Du même auteur, chez le même éditeur :

Le Seigneur de Cristal

Du même auteur, chez d'autres éditeurs :

Cycle *La Pierre de Tu-Hadj* :
1. *Le Sang d'Arion* (1999)
2. *Les Voix de la mer* (2001)
3. *Celle-qui-dort* (2001)
4. *Les Dragons étoilés* (2002)

www.bragelonne.fr

Alexandre Malagoli

Sorcelame

Genesia – Les Chroniques Pourpres, 1

Bragelonne

Collection dirigée par Stéphane Marsan et Alain Névant

Illustration de couverture :
© Michael Welply

Carte :
Pascal Huot

ISBN : 2-914-370-37-7

Bragelonne
35, rue de la Bienfaisance - 75008 Paris - France

E-mail : info@bragelonne.fr
Site Internet : http://www.bragelonne.fr

Genesia

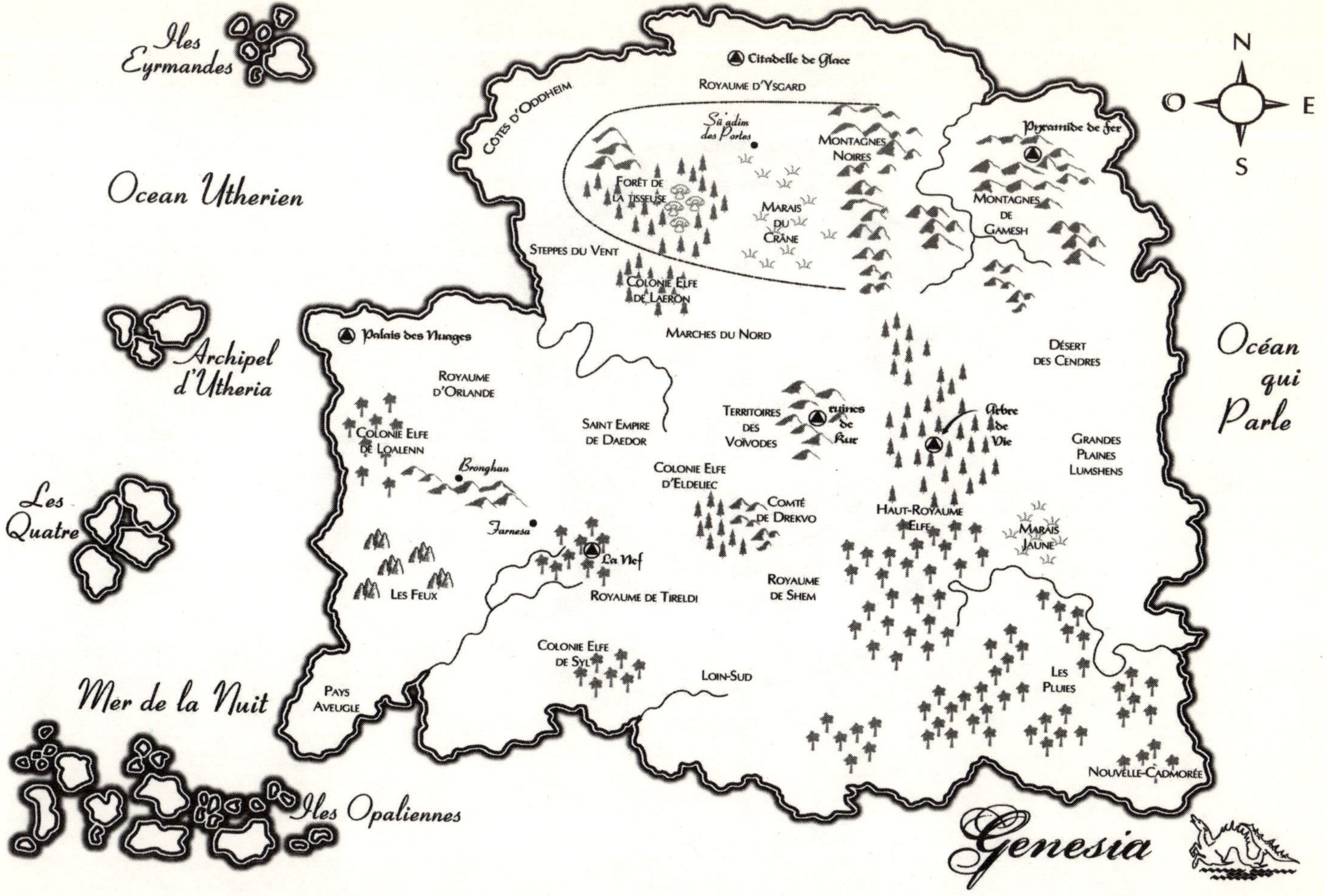

Iles Eyrmandes
Citadelle de Glace
Royaume d'Ysgard
N
O
E
S
Cotes d'Oddheim
Sü'adim des Portes
Montagnes Noires
Pyramide de Fer
Ocean Utherien
Forêt de la Tisseuse
Marais du Crâne
Montagnes de Gamesh
Steppes du Vent
Colonie Elfe de Laeron
Archipel d'Utheria
Palais des Nuages
Marches du Nord
Désert des Cendres
Océan qui Parle
Royaume d'Orlande
Saint Empire de Daedor
Territoires des Voïvodes
ruines de Kur
Arbre de Vie
Grandes Plaines Lumshens
Colonie Elfe de Loalenn
Bronghan
Colonie Elfe d'Eldeliec
Comté de Drekvo
Haut-Royaume Elfe
Les Quatre
Farnesa
La Nef
Marais Jaune
Les Feux
Royaume de Tireldi
Royaume de Shem
Colonie Elfe de Syl
Loin-Sud
Les Pluies
Mer de la Nuit
Pays Aveugle
Nouvelle-Cadmorée
Iles Opaliennes
Genesia

Genesia

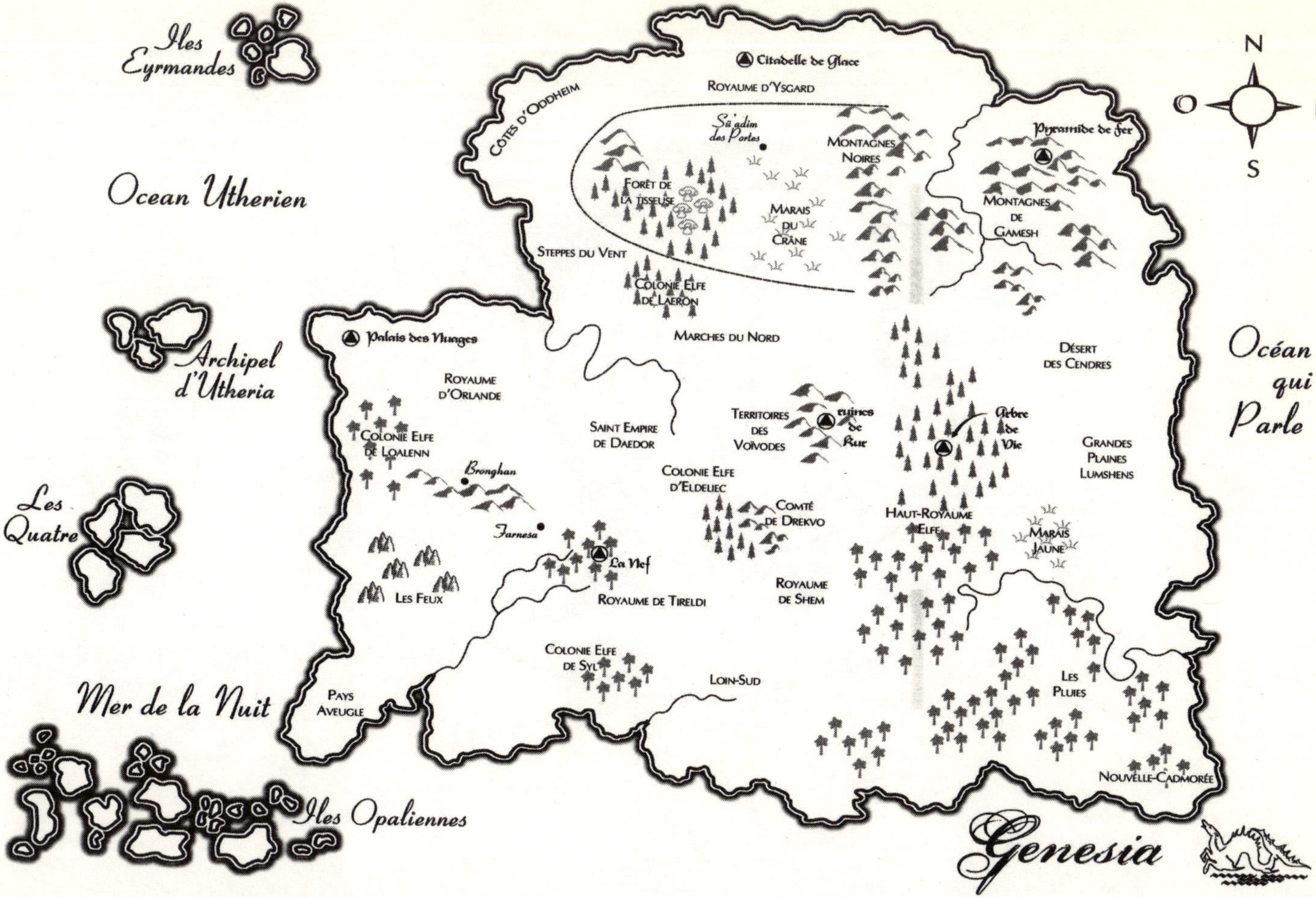
Genesia
N
O
E
S
Iles Eyrmandes
Ocean Utherien
Archipel d'Utheria
Les Quatre
Mer de la Nuit
Iles Opaliennes
Océan qui Parle
Citadelle de Glace
Royaume d'Ysgard
Côtes d'Oddheim
Sü'adim des Portes
Montagnes Noires
Pyramide de Fer
Forêt de la Tisseuse
Marais du Crâne
Montagnes de Gamesh
Steppes du Vent
Colonie Elfe de Laeron
Palais des Nuages
Marches du Nord
Désert des Cendres
Royaume d'Orlande
Territoires des Voïvodes
Ruines de Kur
Arbre de Vie
Saint Empire de Daedor
Grandes Plaines Lumshens
Colonie Elfe de Loalenn
Bronghan
Colonie Elfe d'Eldeliec
Comté de Drekvo
Haut-Royaume Elfe
Farnesa
Marais Jaune
La Nef
Les Feux
Royaume de Tireldi
Royaume de Shem
Colonie Elfe de Syl
Loin-Sud
Les Pluies
Pays Aveugle
Nouvelle-Cadmorée

Prologue

Ketsulas fut le premier à se réveiller. Le seigneur de l'Est souleva le couvercle de son sarcophage, le fit glisser sur le côté. Ses mains gantées de fer saisissant les bords de sa tombe, il se hissa sur ses jambes.

Derrière son heaume, l'ombre d'un sourire fendit son rude faciès.

L'air était lourd et immobile, sentant la poussière.

Le colosse gagna le centre de la crypte. La faible clarté ambiante semblait émaner des parois mêmes de la vaste grotte. Une lumière agonisante, verdâtre comme de l'eau trouble.

L'antique souverain promena un regard confiant à travers cette caverne en forme de pyramide. Autour de sa silhouette bardée d'acier, cinq autres sarcophages étaient disposés en cercle. Ceux-là paraissaient encore clos.

Plus pour longtemps, pensa-t-il.

Car l'heure était venue. Les Anciens Rois devaient se réveiller !

Un crissement de pierre se fit entendre dans son dos, confirmant ses prédictions. Comme il se retournait, il vit une deuxième personne en train d'émerger de son tombeau.

Un vieillard… enveloppé dans une grande cape noire. Son visage disparaissait sous son écharpe et son chapeau à larges bords.

— Finrad, Haut Roi du Nord ! l'interpella Ketsulas de sa voix rauque. (Il parlait assez bas, avec cet accent heurté qui évoquait des terres rocailleuses et arides.) Dis-moi : comment te sens-tu, après ce sommeil de mille ans ?

Un instant, l'homme au chapeau resta silencieux, puis il murmura dans un souffle :

— Encore plus âgé…

Le ton complice de cette plainte arracha un nouveau sourire au seigneur de l'Est. Franchissant les quelques pas qui le séparaient du vieil homme, il agrippa ses avant-bras et les serra fraternellement.

— Heureux de te revoir, déclara-t-il tandis que son regard farouche s'adoucissait quelque peu. Tu sais pourquoi nous nous levons, n'est-ce pas ?

Le vieillard acquiesça :

— Quelque part, en ce moment même, *Il* est train de naître. *L'Enfant… L'Apostat du Destin…*

Sous les bords du chapeau, ses pupilles se voilèrent dans l'expression d'une profonde révérence, tandis qu'il concluait :

— *L'Ost-Hedan.*

— Oui, confirma Ketsulas, la voix chargée d'émotion. Nous allons enfin pouvoir regagner nos royaumes… Achever ce que nous avons commencé.

Finrad se pencha, attrapant le bâton de hêtre noir qui était resté dans son sarcophage.

— Quoi qu'il en soit, déclara-t-il en désignant les flancs de la grotte, je note que ta créature a bien rempli son office. Nul n'a troublé notre quiétude.

L'Ancien Roi de l'Est leva alors les yeux vers les parois à la lueur verdâtre. En observant avec attention, on pouvait discerner l'architecture étrange qui se dessinait sous la mousse et la rocaille accumulées au fil des siècles.

C'était la forme d'un gigantesque serpent lové sur lui-même, sa tête reposant sous sa queue annelée. Toute la caverne n'était en fait rien d'autre que le corps enroulé du monstre. Par endroits, on distinguait même la texture des écailles, qui produisaient cette faible lumière.

— Un fidèle serviteur..., opina de nouveau Ketsulas. Immobile depuis si longtemps qu'il a presque pris l'apparence de la pierre...

Le couvercle d'un troisième sarcophage trembla alors, bientôt suivi par le raclement des autres tombeaux.

L'un après l'autre, les souverains sortaient de leur torpeur. Certains se levaient en chancelant, encore sous l'influence de leur sommeil magique, mais tous paraissaient froidement exaltés à l'idée de retrouver le monde des vivants.

Ils regardaient brièvement autour d'eux, la clarté glauque jetant des ombres inquiétantes sur leur visage. Puis les alliés de jadis se saluaient avec gravité.

— Je sens qu'*Il* vient au monde..., chuchota soudain Finrad, plongé dans une méditation presque religieuse.

— *Il*... ou *Elle*, le reprit Delphydice, l'Ancienne Reine du Sud.

Le vieillard acquiesça.

— J'ai tellement hâte de retrouver les miens..., confia à mi-voix la souveraine des Elfes, qui s'était jusque-là contentée de faire glisser sur l'assistance son regard liquide. Revoir enfin nos peuples orphelins...

Dans la noble assemblée, le silence se fit tandis que chacun songeait à son propre trône laissé vide. Tous étaient curieux de découvrir comment leurs fières nations avaient prospéré durant leur absence.

Bientôt, ils le savaient, les peuples de Genesia seraient récompensés de leur patience. Les Anciens Rois étaient de retour. Ils venaient reprendre leur place à la tête des Six Royaumes.

Sévèrement, l'antique monarque des Nains brisa cet instant de rêverie, rétorquant à la reine des Elfes :

— Pour ma part, j'ai surtout hâte d'en découdre ! Le temps est venu de faire mentir la Dernière Prophétesse... L'Ost-Hedan voit le jour en cette heure, apportant l'espoir de la victoire. Mais c'est à nous qu'incombe la tâche de l'éduquer et de le conduire vers son destin !

À ces paroles, les seigneurs d'autrefois émirent quelques murmures d'approbation.

— C'est bien pour cela que nous sommes réunis, déclara Ketsulas.

« *Presque* réunis », aurait-il dû dire. Car pour que les six Anciens Rois soient au complet, il manquait encore Brenghenann, seigneur des Humains de l'Ouest. Il était le seul à ne pas s'être extirpé de son sarcophage.

Quelques instants passèrent.

Comme l'attente se prolongeait, les traits se tendirent imperceptiblement sur les visages. D'aucuns jugeaient, sans nul doute, qu'ils avaient suffisamment fait preuve de patience durant le millénaire écoulé.

La ligne impassible des lèvres de Ketsulas se durcit légèrement. Une once de nervosité traversa bientôt son regard féroce.

Delphydice, alors, s'avança vers le dernier tombeau encore clos. La démarche digne, elle tenait son bâton d'or pur, au sommet duquel quatre anneaux tintaient à chacun de ses pas. Comme toujours, une chouette au plumage doré était posée sur son épaule gauche.

Sans qu'elle ait besoin de parler, ses compagnons masculins comprirent ce que la souveraine attendait. Ketsulas se porta à son niveau, et ouvrit précautionneusement le cercueil de marbre. Tous approchèrent, tandis que le lourd linteau glissait sur le sol.

À cet instant, l'Ancienne Reine du Sud poussa un hurlement de terreur, qui résonna longuement sous les anneaux du serpent géant.

Brenghenann, le géant roux de l'Ouest, gisait dans son sarcophage. Il avait la gorge tranchée.

Quinze ans plus tard…

Chapitre 1

Le soleil brillait sur la région des Lacs. Toute la vallée resplendissait des couleurs du printemps.

Evan éclata de rire et rejeta la tête en arrière, secouant sa tignasse folle. Les yeux pétillant de malice, l'orphelin de quinze ans poursuivit son imitation de la veuve Melam, sous le regard faussement réprobateur d'Aiswyn, son amie d'enfance.

Les deux adolescents s'étaient assis au bord d'un étang, les moutons paissant tranquillement autour d'eux. Aiswyn, à demi allongée dans l'herbe, prenait appui sur son bâton pour ne pas tacher son corsage blanc. En face d'elle, Evan redoublait de pitreries pour parodier les vieilles commères du village.

— C'est ça, moque-toi ! lui lança la jeune fille en se retenant de pouffer. En attendant, tes corvées n'avancent pas… Ne devais-tu pas repeindre la porte de la forge, cet après-midi ?

Pour toute réponse, le garçon adressa à sa compagne un sourire grimaçant. Il venait de perdre une dent sur le côté, et ce petit trou ajoutait encore à l'insouciance de son expression.

— Voyons…, déclara-t-il bientôt, faisant mine de compter sur ses doigts. Aujourd'hui, j'ai fait des ricochets sur l'eau, j'ai nagé un peu, et j'ai longuement bavardé avec cette rabat-joie d'Aiswyn. (Il glissa un clin d'œil à la bergère, qui faisait la moue.) Cela vaut une rude journée de labeur, n'est-ce pas ? Au moins, si le spectre du val venait me prendre ce soir, je n'aurais pas passé mes dernières heures coincé devant la forge, un pinceau à la main !

— Ne plaisante pas avec ça, le gronda Aiswyn, l'air sérieux. Cela attire les esprits, quand on se rit d'eux…

Evan gloussa, hochant la tête avec dérision.

— De toute façon, le fantôme ne nous ferait rien, répliqua-t-il. Nous sommes bien trop grands, à présent. Il n'emmène que les petits enfants…

— Ce n'est pas une raison, protesta l'adolescente. Tu sais bien que ces choses-là me font peur.

Le garçon le savait, c'était même pour cela qu'il adorait la taquiner en évoquant le sujet. Aiswyn avait toujours été très superstitieuse. Lui ne croyait qu'à moitié à ces histoires de fantômes, même si on déplorait parfois des disparitions d'enfants dans les villages environnants. En vérité, il redoutait davantage la punition qui l'attendrait au retour de son escapade buissonnière.

Il haussa néanmoins les épaules, décidé à profiter jusqu'au bout de ce moment de liberté volée. Avec une satisfaction évidente, il continua de mâchonner nonchalamment le brin d'herbe qu'il tenait entre ses lèvres. Le premier grand soleil de l'année cuisait délicieusement ses bras nus.

— Nous aurions peut-être mieux fait de nous installer à l'ombre des vergers, médita Aiswyn dont la chaleur faisait rosir ses joues.

— Bah…, dit simplement Evan. C'est trop loin…

Se tournant paresseusement vers l'étang, il y puisa un peu d'eau dans sa main en coupe, et la fit ruisseler sur son visage pour se rafraîchir.

Le calme lac lui renvoyait son image, celle d'un garnement aux cheveux en bataille et aux yeux clairs. Avec ce regard un peu rêveur, d'un bleu limpide, il cachait bien son jeu… Toutefois, chacun au village de Bronghan connaissait depuis longtemps la malice du garçon, et son inclination à inventer sans cesse de nouvelles bêtises. Sous le reflet des épis châtains se dessinait dans l'onde un visage rajeuni par une pincée de taches de rousseur, juste sur les pommettes. On distinguait enfin sa silhouette mince et énergique, rendue légèrement tremblotante par la brise qui caressait ces eaux paisibles.

D'un joli lancer de galet, Aiswyn fit s'éparpiller l'image de l'adolescent en de nombreux cercles concentriques.

— Trop loin ? répéta-t-elle, amusée. Ce n'était pourtant pas « trop loin », il y a deux jours… Tu t'es bien rendu à la mare aux têtards, au sud des bois ?

Evan faillit s'étouffer en déglutissant. *Diablerie,* se dit-il, *elle n'est tout de même pas au courant de… ça !*

Il adressa à la bergère un regard dégagé, comme s'il ne voyait pas de quoi elle voulait parler. Mais celle-ci poursuivit sans pitié :

— Des filles du village m'ont raconté que Tehan et toi aviez tenté de les surprendre pendant qu'elles se baignaient. Je suppose que c'était ton idée, bien sûr ?

Le jeune tire-au-flanc cligna des yeux, au bord de la panique. Il ne s'était pas senti aussi mal à l'aise depuis le jour où la mère d'Aiswyn l'avait pris en train de voler des confitures dans son cellier. Machinalement, le garnement s'essuya la bouche, au cas où il lui serait resté un peu de groseille au coin des lèvres.

— Je… Ce n'est pas…, bafouilla-t-il tandis que l'adolescente posait sur lui un regard entendu.

Evan sentait bien qu'il rougissait, mais il n'y pouvait rien. Le pire était que ni Tehan ni lui n'avaient prémédité d'espionner les jeunes filles… Il aurait pu le jurer, leur but avait simplement été de voler leurs robes pour leur faire une bonne farce. Mais en voyant les villageoises nues, les adolescents étaient restés debout comme deux idiots, et s'étaient fait repérer. L'orphelin aurait préféré se casser une jambe plutôt que cet incident arrive jusqu'aux oreilles d'Aiswyn…

— Ma mère prétend que c'est normal, assura la bergère. Elle dit qu'à ton âge, tous les garçons deviennent un peu… polissons.

Le garçon s'étrangla de nouveau.

— Tu en as parlé avec ta mère ? gémit-il.

À cet instant, il aurait donné cher pour disparaître dans le terrier le plus proche. Savoir que la jeune fille connaissait ce petit secret le mettait curieusement au comble de l'embarras.

Evan avait six ans quand Aiswyn avait glissé dans la rivière Hiver, et qu'il avait sauté sans réfléchir pour la secourir. Depuis ce jour, les deux enfants – qui avaient pourtant bu le même lait, lorsque les gens de Bronghan avaient recueilli Evan, alors nourrisson – étaient devenus encore plus inséparables. Ils avaient grandi ensemble, sans jamais se quitter plus de quelques heures.

Et, jusqu'à une période assez proche, ils n'avaient pas eu le moindre mystère l'un pour l'autre.

L'adolescent, troublé, était encore en train de chercher une répartie qui lui donnerait l'air insouciant, quand un nouveau venu fit son apparition. Evan leva aussitôt un regard reconnaissant vers ce libérateur providentiel.

C'était précisément Tehan, le fils du meunier. À grandes enjambées, il dévala la pente herbeuse qui descendait vers l'étang.

— Salut, vous deux ! lança-t-il, essoufflé.

Tehan et son père vivaient seuls sur l'autre berge de la rivière, légèrement à l'écart du village. Avec ses cheveux ébouriffés et sa figure un peu sale, le garçon n'avait pas bonne réputation auprès des mères de Bronghan. Ces dernières préféraient encore voir leur progéniture traîner avec Evan… ce qui n'était pas peu dire.

— Salut, Tehan ! répondirent en chœur les deux adolescents.

Evan, lui, aimait bien le fils du meunier. Il ne prêtait pas attention à son air miteux, aussi longtemps que celui-ci se montrait bon camarade. De plus, le galopin échappait souvent à son ivrogne de père pour gambader dans la vallée, ce qui en faisait aux yeux de l'orphelin un compagnon idéal. En aucun cas quelques nœuds dans les cheveux ou des habits usés aux genoux n'auraient pu le faire changer d'avis.

Il remarqua alors que Tehan arborait un sourire plein de malice :

— Vous ne devinerez jamais..., commença le fils du meunier, l'air excité comme un jeune chamois.

Du regard, Evan le pressa de s'expliquer.

— Un étranger ! s'exclama le nouveau venu, jubilant. Sur la route du Nord... Il va forcément passer par la clairière aux Esprits !

Evan éclata de rire.

— Chic alors ! fit-il. Nous allons...

— Evan ? le coupa Aiswyn. Par les Étoiles, je n'aime guère quand tu fais ces yeux-là...

L'adolescent poursuivit sans prêter attention à la bergère :

— Nous allons lui flanquer une bonne frousse, comme la dernière fois !

La jeune fille lui jeta un regard outré :

— Dites, les garçons, vous n'avez vraiment rien d'autre à faire que taquiner d'honnêtes voyageurs ?

— Oh, la barbe ! objecta l'orphelin en haussant les épaules. Pour une fois qu'il en passe un... On peut bien rire un peu, non ?

Tandis que les deux garnements se jetaient déjà des regards complices, Aiswyn ne se priva pas d'insister :

— Je ne veux pas me mêler de tes affaires, Evan. Mais tu ferais peut-être mieux de rentrer au village, à présent. Kyle doit être furieux que tu te sois absenté si longtemps. Mieux vaudrait éviter de le faire *vraiment* sortir de ses gonds.

Evan esquissa une vilaine moue. Kyle était le forgeron de Bronghan, et l'orphelin était censé être son apprenti. Une situation qui ne les enchantait ni l'un ni l'autre.

— Des clous ! bougonna-t-il. Je me ferai enguirlander, de toute façon. Alors le plus tard sera le mieux !

Aiswyn soupira en rougissant d'exaspération.

— Comme tu voudras, cracha-t-elle. Moi, je vais rentrer mes moutons. Je ne sais pas ce que vous avez exactement derrière la tête, mais je vous connais assez pour sentir des ennuis en perspective ! Alors, bon vent...

Comme les deux garçons la toisaient avec l'air de se gausser intérieurement, la jeune fille rougit de plus belle :

— Mon petit Evan, susurra-t-elle d'un ton moqueur, si tu termines cette journée sans t'être attiré des problèmes gros comme toi, je veux bien me déguiser en danseuse nordienne à la fête du Solstice !

Le temps que leur esprit parvienne à former cette image, les deux compères éclataient de rire en chœur. Les grincements de dents de la bergère ne paraissaient pas les déranger.

— Pari tenu ! s'exclama Evan entre deux hoquets hilares.

Aiswyn, subitement redevenue sérieuse, le dévisagea en clignant des yeux.

— Ce n'était qu'une façon de parler, bien entendu, s'empressa-t-elle d'ajouter sous les ricanements des garçons.

» De toute façon, vous êtes deux idiots ! pesta-t-elle en s'éloignant. Mais vous rirez moins ce soir ! leur cria-t-elle du haut de la colline.

Evan et Tehan la regardèrent disparaître avec des mines goguenardes. Puis le fils du meunier se tourna vers l'orphelin :

— Alors, on y va ?

— Hum… Passons d'abord chez toi : il va nous falloir un peu de matériel…

Souriant toujours jusqu'aux oreilles, les adolescents se mirent donc à marcher vers l'est.

Chapitre 2

Jusqu'au chalet du meunier, les garnements traversèrent au pas de course un tableau de collines vertes et de lacs étincelants. Comment de tels paysages, si propices à une paisible méditation, avaient-ils pu former une nature aussi facétieuse et intrépide que celle d'Evan ? Nul n'aurait su le dire. Mais l'orphelin demeurait toutefois une exception singulière, parmi une population au caractère tranquille.

Au sein de ce paysage bucolique, difficile d'imaginer que le reste du monde était perpétuellement déchiré par la guerre. Ainsi, les bergers de la région des Lacs ne réalisaient pas toujours leur statut de privilégiés : ici, ils étaient loin de tout, protégés du chaos, des légions en marche, des soubresauts des provinces qui se déchiraient comme autant de chiens enragés. Leurs seuls soucis consistaient à éloigner les loups des troupeaux, ou à prier les Étoiles pour que le gel ne détruise pas les fruits des vergers. C'était une vie chanceuse sous bien des aspects.

Dans ce pays reculé, Evan avait grandi en ignorant tout des douleurs d'un monde à l'agonie.

Profitant de l'absence du meunier – qui devait encore cuver son vin quelque part – les garnements firent une razzia sur les réserves de farine, sans oublier de dérober plusieurs chandelles et clochettes à bétail.

— Avec ça, nous sommes parés ! déclara Evan sous le regard entendu de son complice.

Ils avaient pris chacun un plein sac de farine blanche, et Evan se demanda en s'éloignant si une telle quantité était nécessaire. Mais les garçons avaient les jambes solides, accoutumées aux longues marches à travers les collines. Quelques côtes à gravir ne leur faisaient pas peur, même ainsi chargés.

La réalisation de leur canular se précisant, Evan et Tehan se sentaient plus gaillards que jamais. Ils fredonnaient quelque chose en marchant – oui, ce genre de chanson qui aurait fait rougir une fille de leur âge jusqu'à la pointe des oreilles. Coupant par les champs d'herbes hautes, ils traversèrent bientôt d'immenses prés bleus. Au milieu du paysage turquoise, le parfum des fleurs embaumait l'air tout autour d'eux, au point d'en devenir un peu suffoquant. On disait que les émanations des grands pétales faisaient parfois tourner la tête, et qu'on pouvait se perdre dans cette mer de cyan comme un marin s'égarant au cœur de l'océan. Mais par chance, ils n'en étaient pas là…

Quelques minutes plus tard, ils avaient atteint la clairière aux Esprits. C'était un lieu frais et paisible, entouré de pins roux. Son atmosphère extrêmement ombragée lui donnait l'aspect d'un crépuscule permanent. D'après certains, on y voyait rôder les âmes des ancêtres, les soirs de pleine lune. Evan, pour sa part, n'avait jamais été témoin d'un tel phénomène.

De l'autre côté, il y avait en revanche un endroit plus sinistre, résidence supposée du fameux spectre du val. C'était l'un des rares lieux de la région qui ne fût pas verdoyant : une étroite faille rocheuse, sorte de cicatrice qui s'ouvrait au milieu des versants herbus.

Personne n'allait jamais dans cette direction. C'était un gouffre aux falaises nues et percées de grottes, qui attisait les peurs superstitieuses des bergers locaux. Les éboulements y étaient fréquents, rien n'y poussait… Mais surtout, on le disait *maudit*. La plupart des garçons de Bronghan ne se seraient pas aventurés entre ces rochers crayeux pour un trésor.

Seul Evan y traînait quelquefois, poussé par sa curiosité bravache.

En approchant, il nota que Tehan pinçait brièvement les lèvres, scrutant avec anxiété le fond de la gorge. L'orphelin devina qu'il devait craindre d'y surprendre la silhouette vaporeuse de quelque âme sans repos. Riant sous cape, il comprit soudain mieux les réticences d'Aiswyn à les accompagner.

— Tiens, ça te donnera du courage ! se gaussa-t-il, en tendant à son camarade une gourde d'eau-de-vie qu'il avait subtilisée au chalet.

— Mauvaise idée ! se moqua à son tour Tehan. Mon père fabrique cette saleté lui-même… pour son usage personnel.

Evan, haussant les épaules, voulut faire le malin en goûtant une lampée du breuvage… et eut l'impression qu'il allait mourir.

— Délicieuse, rétorqua-t-il avec une grimace, mais sa voix rauque rendit sa réplique inintelligible.

En vérité, il lui fallut encore plusieurs minutes pour s'en remettre. Néanmoins, lorsque le voyageur se montra, les compagnons étaient fins prêts à lui jouer leur tour…

Le nouveau venu avançait d'un pas tranquille, sans se douter de rien. Alors qu'il poursuivait son approche parmi les pins, Evan remarqua qu'il s'agissait d'un vieillard. Il n'en conçut pas de remords particuliers.

Le vieil homme était enveloppé des pieds à la tête dans une cape de voyage noire. Son visage disparaissait entre une écharpe de la même couleur et un chapeau à larges bords. Seules ses épaules voûtées et la manière dont il prenait appui sur son bâton de marche permettaient de deviner son âge avancé.

En voilà un qui ne tient pas à être reconnu, où je me trompe fort…, se dit Evan, jugeant la journée un peu chaude pour cet accoutrement. Mais sa méfiance passagère ne put résister aux assauts de sa malice, tandis que Tehan et lui se mettaient en place.

Ce fut alors que les deux visages blancs apparurent entre les branches des arbres. Deux faces fantomatiques, dansant parmi les ombres crépusculaires.

Le vieillard ne sembla pas les apercevoir immédiatement. La figure enfarinée, Evan et Tehan poursuivirent leur petit manège en ondulant le cou à la manière de serpents. Ils devaient se retenir pour ne pas pouffer de rire, mais le jeu en valait la chandelle.

Pourtant, le voyageur poursuivait son chemin de la même démarche tranquille. *Il est dans la lune, ma parole !* pesta Evan. Il fit un signe à Tehan.

— Ooo-oo ! s'élevèrent deux voix d'outre-tombe. Étranger ! Tu as troublé notre repos et attiré notre colère…

Le vieillard s'immobilisa, l'expression toujours indéchiffrable dans l'ombre de son grand chapeau. Evan s'était à moitié attendu à ce qu'il prenne ses jambes à son cou, mais il appréciait que la reddition de leur victime ne fût pas trop rapide…

Les garnements passaient maintenant d'un arbre à l'autre, y grimpaient parfois, une chandelle dans chaque main pour imiter d'inquiétants feux follets.

— Nous viendrons te hanter chaque nuit, jusqu'à la fin de tes jours…

Tirant des sons inquiétants de leurs clochettes à bétail, ils devaient se mordre les lèvres jusqu'au sang pour ne pas éclater de rire.

Pourtant, au bout d'une minute ou deux, ils commencèrent à se demander pourquoi l'étranger ne bougeait ni ne disait quoi que ce soit.

Le pauvre vieux doit être paralysé de terreur, songea l'orphelin, cette fois avec un début de mauvaise conscience.

Un petit ricanement, comme un souffle, s'éleva alors de sous les bords du chapeau. Le vieillard n'avait toujours pas esquissé un geste.

Tehan jeta à Evan un regard angoissé.

— Étrange amusement pour de jeunes bergers…, déclara soudain l'inconnu, d'une voix qui parut emplir la clairière. Vous voulez donc vous rire de moi ?

Un peu gênés d'avoir été si facilement percés à jour, les garçons conservèrent le silence.

— Je m'appelle Finrad, continua le vieillard. (Sa voix devint un murmure curieusement sonore.) Il fut un temps où l'on ne riait point à l'évocation de ce nom…

Evan se pencha vers son complice, lui glissant à l'oreille :

— Il est temps de filer, je crois. Il ne manquerait plus que ce vieux aille se plaindre au village…

Tehan acquiesça en tremblant, toujours en proie à l'inquiétude.

— Une minute ! les arrêta la voix du vieillard. Inutile de prendre la poudre d'escampette… J'ai justement à te parler, jeune Evan.

Ce dernier ne put s'empêcher de raidir le dos en entendant son nom.

— Je suis cuit ! murmura-t-il au fils du meunier. Vas-y, toi, décampe !

Puis il entreprit de chasser la farine qui lui couvrait le visage avant de se présenter devant l'inconnu.

— Qui ça peut être ? demanda Tehan, que ses jambes semblaient refuser de porter.

Evan haussa les épaules en signe d'ignorance.

— Sûrement quelqu'un de la région, puisqu'il connaît mon nom…, hasarda-t-il.

Sortant de l'abri des pins, il avança prudemment vers le vieil homme.

— Est-ce qu'on s'est déjà rencontrés ? interrogea-t-il en essayant de croiser le regard de l'inconnu.

Ce dernier le toisa un instant, puis lui dit :

— Je suis venu pour t'emmener au Conclave, mon enfant, fit-il d'une voix plus grave et pénétrante que jamais.

— Hein ? fit Tehan, qui était courageusement venu se poster aux côtés de l'orphelin. Mais qui êtes-vous, d'abord ? Je ne reconnais pas votre accent…

Evan, lui, demeura silencieux. Il se sentait étrange.

Le Conclave ?

Ce mot résonnait bizarrement dans sa tête. Le mettait mal à l'aise.

— Écoute Evan, reprit le vieillard. Tu es en danger. Nous devons partir sur-le-champ. Je t'expliquerai en route tout ce que tu as besoin de savoir.

Cet étranger en cape noire... Le Conclave... Evan avait du mal à rassembler ses idées. *Le Conclave !* Ses mains étaient soudain moites, et des bouffées de chaleur le prenaient d'assaut.

— Qu'est-ce qui t'arrive, Evan ? lui parvint la voix de Tehan, au loin.

» Pourquoi est-ce que tu fronces les sourcils comme ça ? Diablerie, qu'est-ce que tu transpires !

L'orphelin serrait les dents. Sa tête lui semblait de plus en plus lourde. Son cœur s'accélérait, tandis qu'une forte odeur métallique emplissait ses narines. Sa vision lui apparaissait troublée d'un voile pourpre.

— Allez... vous... faire... foutre, s'entendit-il cracher malgré lui, détachant soigneusement chaque mot.

L'étranger se redressa légèrement.

— Oh, je vois... On fait sa mauvaise tête.

Il émit un son étouffé, comme s'il pouffait nerveusement.

— Pouvions-nous prévoir que nous aurions affaire à une sale petite teigne ? ricana-t-il tout bas, d'un ton presque affectueux. Mais... assez plaisanté, à présent. Si tu tiens à la vie, tu dois m'accompagner, mon garçon. Nos ennemis t'ont retrouvé, hélas, et ils sont maintenant tout proches.

Evan tremblait, à présent, le visage déformé par une expression de rage. Une inspiration sèche siffla entre ses dents. Les yeux mi-clos, il répliqua d'une voix devenue menaçante :

— Casse-toi, vieux chnoque. Vite.

Le vieillard serra ses deux mains autour de son bâton. Quelque chose dans sa posture indiquait son étonnement, comme s'il avait compris qu'il se passait quelque chose d'anormal. Tehan, les yeux rivés sur son camarade de jeu, ne pipait plus mot.

— Miséricorde..., souffla l'étranger. Se pourrait-il que... ? Non, c'est impossible...

L'inquiétude perçait nettement dans ses paroles lorsqu'il reprit :

— Je croyais pourtant l'avoir mis suffisamment à l'abri...

À l'évidence, le vieil homme s'exprimait à présent pour lui seul, d'un ton où la perplexité semblait le disputer à la culpabilité.

— C'est ma faute, poursuivait-il dans un murmure. J'ai laissé passer trop de temps... J'étais trop accaparé par l'épée... Étoiles, pourvu qu'il ne soit pas trop tard !

Interrompant soudain ses méditations, Finrad reposa son regard pénétrant sur les deux garçons :

— Je dois... hum... mener quelques recherches complémentaires... de toute urgence... Mais pour le moment, il faut à tout prix que tu quittes ce pays. Les limiers de la Fraternité sont à tes trousses, tu m'entends ? Ils sillonnent la région à ta recherche !

Haussant la voix, il s'adressait autant à Tehan qu'à Evan, toujours prostré et figé dans son expression haineuse. Sans doute espérait-il que le fils du meunier rappellerait plus tard ses paroles à l'orphelin, ce dernier ne paraissant pas l'écouter.

— J'ai aperçu les Fraters sur la route, reprit Finrad, ils ne sont plus très loin de ton village. Tu cours un grand danger si tu restes ici ! Alors promets-moi de rejoindre la cité de Farnesa, dans le royaume de Tireldi. Tu as bien compris ? Je te retrouverai là-bas.

Face à l'attitude butée d'Evan, le vieillard leva un regard impuissant vers le ciel :

— Miséricorde, je dois faire si vite... Souviens-toi : Farnesa !

Toujours bouche bée, Tehan le vit alors tourner les talons dans un vaste mouvement de cape, et disparaître d'un pas alerte. Sa démarche précipitée, pleine d'urgence, n'avait plus rien de similaire avec celle qu'il affichait en arrivant. Très vite, les grandes enjambées de l'étranger le mirent hors de vue.

L'adolescent se tourna alors vers Evan, qui semblait reprendre lentement ses esprits.

— Bon sang, Evan, qu'est-ce qui t'a pris ? le tança-t-il. Et si ce drôle de type s'en était pris à nous ?

— Je ne sais pas, déclara l'orphelin en se massant les tempes. Je suis désolé...

» Mais... c'était bizarre. Je me suis senti tellement... en colère ! Et sans aucune raison !

Avec le bout de sa ceinture en tissu, il entreprit d'essuyer la sueur qui avait dégouliné sur son visage. Au fond de lui, la violence qui l'avait si soudainement submergé commençait à peine à se taire. *Vérole, je n'étais pas moi-même !* tremblait-il intérieurement. *Qu'est-ce qui a bien pu se passer ?* se demanda-t-il avec un frisson.

— « Bizarre », ouais… acquiesça Tehan, gratifiant son compagnon d'un regard en coin.

— Enfin…, reprit Evan en se forçant à hausser les épaules. Nous ferions mieux de rentrer, maintenant. Je me sens épuisé.

— Tu crois à ces histoires de Fraters qui seraient à ta recherche ? interrogea son compagnon, faisant allusion aux mises en garde de Finrad.

L'orphelin se mordit les lèvres.

— Bien sûr que non, conclut-il d'un ton qu'il aurait voulu plus assuré. C'étaient juste les élucubrations d'un vieux fou ! Que pourrait bien me vouloir la Fraternité ?

— Si tu le dis…, acquiesça le fils du meunier, embarrassé. En plus de tout ça, poursuivit-il, j'espère que Kyle ne va pas trop te disputer. Tu as tout de même été absent toute la journée…

— Non, il va juste me tuer, tenta de plaisanter Evan. Mais le temps de rentrer, il fera nuit : pour l'instant, je vais déjà essayer d'aller me coucher sans me faire remarquer.

Après être demeuré songeur un instant, l'adolescent fit la grimace.

— Et demain, avec un peu de chance, Kyle aura peut-être oublié mon escapade…, conclut-il sans la moindre conviction.

Chapitre 3

– Dragon prend Fou, déclara Caessia en déplaçant sa pièce sur l'échiquier de marbre.

Un sourire flottant sur les lèvres, la jeune princesse se délecta un instant de l'expression désemparée de Roloña, sa demoiselle de compagnie. Malgré ses efforts, cette dernière ne parvenait jamais à dissimuler totalement sa surprise.

Mat en trois coups… songea Caessia, déjà lasse de cette nouvelle victoire. Elle jeta un regard par la fenêtre, tandis que les yeux de Roloña étaient toujours rivés sur le plateau octogonal, cherchant une impossible échappatoire.

Dans la cour du palais, des hommes d'armes s'affairaient aux préparatifs de la guerre… comme toujours. Le royaume du Tireldi n'avait pas connu une semaine de paix depuis plusieurs siècles.

Au-delà des murailles, on apercevait les berges du fleuve. Des colonnes d'esclaves s'y échinaient au bout de cordages reliés à l'étrave de la Nef – ainsi qu'était baptisé le château de la famille royale. Pour éviter à ce dernier, flottant sur le fleuve, d'être emporté par le courant, les malheureux tiraient, avançaient sans relâche tandis que le frottement du chanvre blessait leurs épaules.

Caessia discerna avec amertume les chaînes qu'ils portaient aux chevilles, bien inutiles tant l'épuisement semblait peser sur ce cortège de spectres humains. Lorsque sonnait l'heure de la relève, loin de penser à s'enfuir, les esclaves claudiquaient jusqu'à leurs baraquements, où ils s'écroulaient dans un sommeil sans rêve. Ayant pourtant appris à se garder de toute sensiblerie, la princesse n'arrivait pas à comprendre le roi, son père… Celui-ci, au nom de quelque antique tradition, refusait obstinément de remplacer les malheureux par des bœufs ou des ancrages au sol. *Que de cruauté inutile…*, frissonna la jeune fille, sans parvenir à invoquer la froideur qui seyait à son rang.

Réprimant un soupir désolé, elle reporta son attention sur la pièce dans laquelle elle se trouvait. Moins spacieuse que la plupart des salons de la Nef, il ne s'agissait que d'un modeste boudoir, qu'elle appréciait toutefois pour son caractère ombragé. Même au plus chaud de l'été, la température y restait agréable. En ce début de printemps, les hautes plantes vertes qui y étaient empotées fleurissaient de bourgeons blancs et délicats, autour d'une fontaine dont le son clapotant rafraîchissait l'esprit.

C'était l'endroit l'idéal pour jouer aux Dragons. La princesse y venait régulièrement avec ses duègnes ou ses demoiselles, qui feignaient d'apprécier autant qu'elle ce jeu de réflexion. En vérité, le seul au palais qui eût pu lui tenir tête était son père, le seigneur Bassianus. Il lui avait transmis la passion de cette forme de joute cérébrale dès son plus jeune âge, et lui-même en était un fervent pratiquant.

— Chevalier en Sept-Nord, signala timidement Roloña, toujours perplexe.

Comme son regard retombait sur le plateau de marbre bicolore, Caessia ne put s'empêcher de penser à sa copie géante, dans les étages de la Nef. Un endroit nommé « la salle de l'Échiquier », où était reproduit, à échelle monumentale, un jeu de Dragons. Dans cette chambre contiguë à la salle du trône, le monarque fomentait sa politique en faisant les cent pas entre les pièces de taille humaine. Perdu dans ses pensées retorses, il ordonnait à des pages de déplacer telle ou telle statue au gré de ses méditations, donnant à chacune de ces figures la valeur symbolique d'un royaume ennemi ou d'une puissance alliée. Sur l'échiquier géant, étaient ainsi disposées les nations et les compagnies Mercenaires selon les plans et les conjectures, les alliances et les trahisons.

La princesse sourit avec fatalisme en songeant à cette manière d'envisager la politique. Pour ce qu'elle en savait, son père – seigneur ancestral de Tireldi et gardien de l'Ancien Trône du Sud – n'était pas plus machiavélique que n'importe quel monarque. Elle ignorait si elle devait s'en réjouir, ou bien en frémir.

Face à elle, Roloña avait à présent compris que tout était perdu. Mais elle n'osait pas déranger l'héritière dans le cours de ses pensées.

Caessia en profita pour laisser encore dériver son esprit, prenant le temps de mener certaines questions à leur terme. C'était l'une des choses qu'elle appréciait dans le fait de jouer aux Dragons, et pas la moindre. Cette activité lui permettait d'isoler ses réflexions, de profiter du silence, sauvée pour quelques heures des innombrables sollicitations du protocole. Pour une princesse, en dehors de ces moments privilégiés, il était presque impossible de se retrouver seule avec soi-même.

Les puissances et les royaumes…, songea-t-elle, revenant à ses soucis politiques. Le jour viendrait où il lui faudrait s'en préoccuper davantage. Lorsqu'elle serait reine à son tour.

Mais ai-je vraiment envie d'être reine ? De passer ma vie enfermée dans un tel sacerdoce, consumée par ma charge comme l'a été mon père ? Et ai-je seulement le droit de me poser ce genre de question ?

Que ferait-elle, quand le moment arriverait ? Pour quelle raison parviendrait-elle, mieux que ses prédécesseurs, à faire cesser les guerres qui déchiraient les territoires sudiens ?

Depuis des générations et des générations, les frontières des différents États s'étaient livrées à cette danse meurtrière. Une danse arythmique et cruelle, dont chaque mouvement répandait des flots de sang. Les douzaines de petites provinces rassemblées sous l'ancienne bannière du Sud s'entrechoquaient tantôt pour une cité, tantôt pour quelque région minière ou plaine fertile… Dans certaines contrées, les étendards avaient changé de couleurs si souvent que les habitants ne savaient même plus à quelle nation ils appartenaient. En vérité, il y avait bien longtemps que les rois successifs n'étaient plus parvenus à ramener l'ordre dans le Sud. Leur pouvoir était bafoué au profit des princes les plus fortunés, des compagnies Mercenaires, ou de la très influente guilde du Commerce...

Caessia soupira.

Par les Anciens Rois, j'ai quinze ans ! Pourquoi tous ces problèmes devraient-ils me concerner ? Elle se reprit bien vite, toutefois, recomposant un visage de glace à l'intention de sa camériste. *Je dois être une bonne fille, n'est-ce pas ? Une jeune princesse bien sage...*

Mais elle ne parvenait pas à chasser ses idées noires. *Et dire que tout semble maintenant empirer...*, songeait-elle avec amertume. Car depuis quelques années, son père faisait face à un nouvel ennemi, plus flou et plus dangereux que les précédents. Un poison populaire, un mouvement que ses initiateurs félons avaient baptisé « République ».

Chaque jour, un nouveau conflit opposait les soldats loyalistes aux belliqueux rebelles qui avaient rejoint les rangs républicains. Bassianus, aux abois, avait dû faire appel à de nombreuses compagnies pour juguler ces explosions de violence, en particulier dans les territoires frontaliers. À cette idée, l'héritière sentit son sang bouillir comme si elle avait été giflée. *Une humiliation sans précédent,* pensait-elle en se mordant les lèvres, *mais surtout un service qu'il fallait payer cher...*

Notoirement, les généraux mercenaires défiaient le pouvoir du roi. Depuis des décennies, ils avaient servi ses adversaires, avant que le monarque ne soit contraint de s'offrir leurs services à son tour. Mais les prix qu'ils pratiquaient étaient volontairement si exorbitants que le roi avait été forcé de doubler les impôts qui pesaient sur son peuple.

Certes, la République avait été réprimée pour cette fois, et ses bases dans les provinces orientales rasées. Les meneurs, souvent de jeunes nobles félons, avaient été renvoyés dans les cachots de leurs pères ; quant aux maudits Elfes qui les avaient épaulés, ils avaient vu brûler leurs derniers bastions forestiers. Le petit comté de Drekvo, lieu d'importance stratégique à la frontière estienne, avait retrouvé le giron du Sud... Mais le coût en vies humaines semblait bien élevé aux yeux de la princesse.

Elle n'ignorait pas que beaucoup considéraient son père comme un tyran, et c'était quelque chose qu'elle vivait parfois très mal. Elle ne voulait pas être haïe, ne voulait pas que son peuple souffre. Elle aurait voulu mieux comprendre les motivations de son géniteur, pour essayer de lui pardonner la brutale sévérité de son règne...

Comme toujours lorsqu'elle formulait ce genre de pensées, elle eut soudain envie de voler un cheval et de s'enfuir au triple galop, loin de la Nef et de ses responsabilités futures.

Pas seulement par peur d'affronter les épreuves auxquelles elle serait confrontée en tant que reine... Car, bien que fort jeune, elle possédait déjà un tempérament dur et déterminé, qui la prémunissait quelque peu contre ces appréhensions. Bien entendu, son éducation d'héritière royale avait encore aguerri ces traits naturels, lui apprenant à toujours faire face.

Mais ce qui lui paraissait insoutenable, c'était qu'on lui *impose* cette existence écrite à l'avance, qu'on lui refuse tout droit de choisir...

Pour se consoler, elle se disait que les choses étaient identiques partout ailleurs. Les puissants devaient se débattre avec des problèmes de ce type, c'était leur lot... *Mais en suis-je capable ? Puis-je l'accepter ? Et dans le cas contraire, combien de temps pourrai-je encore donner le change ? Tromper mon père et m'abuser moi-même ?* Caessia ne pouvait s'empêcher de se poser mille questions. Pourtant, quoi qu'elle en dise, elle possédait plus que sa part de cet orgueil un peu mesquin qui se vrille dans la poitrine des seigneurs. Elle le savait : appartenir aux gens du commun lui aurait fait horreur.

Un page entra alors dans le boudoir, apportant un plateau de fruits frais. Les deux soldats nains qui gardaient la porte s'écartèrent un instant pour le laisser approcher la princesse.

D'un signe de tête, celle-ci le remercia et le congédia tout à la fois. Le jeune garçon posa son plat sur une ottomane et s'en fut à reculons, sans oser lever les yeux sur les nobles demoiselles. Roloña, qui s'était déplacée dans un bruissement de tissu, saisit une orange et commença à l'éplucher pour Caessia.

— Merci, ma cousine, dit l'héritière, utilisant le terme usuel bien que les deux jeunes filles n'aient en vérité aucun lien de parenté.

Roloña ne put s'empêcher de rougir légèrement, goûtant au sourire reconnaissant que lui adressait sa princesse. C'était peut-être pour cela que Caessia l'appréciait autant : la jeune courtisane était encore incapable de masquer ses sentiments véritables.

L'altesse royale observa le travail précis des doigts qui s'affairaient habilement autour de l'écorce. Geste pour elle à jamais étranger... Comme tous les anciens disciples du monastère de Jade, la princesse n'avait pas le droit de toucher le moindre objet tranchant, pas même un inoffensif couteau de table.

Les déroutants fondements philosophiques du monastère impliquaient certaines attitudes symboliques, et Caessia – toute héritière du trône qu'elle fût – devait s'y conformer. C'était à ce prix que les moines avaient accepté de lui enseigner leur sagesse et leur art du combat.

La princesse réprima une bouffée de tristesse. Son propre père avait décidé de l'exiler là-bas, alors qu'elle n'avait que dix ans. Pas une seule fois, tout au long de son séjour, il ne lui avait donné de nouvelles, ni même répondu à ses lettres.

Mais c'était pour son bien qu'il avait choisi de l'envoyer au monastère, disait-il, afin qu'elle apprenne à se défendre... Et Caessia ne pouvait pas nier qu'elle en avait grand besoin, victime comme elle l'était depuis son enfance de mystérieuses tentatives d'assassinat.

Cent fois, avant son départ, elle avait échappé de justesse à la mort. Dans son berceau, dans les parcs où elle avait joué, au milieu des salons où elle avait conversé avec ses dames de compagnies... Très peu de lieux, dans la Nef, étaient exempts pour la jeune fille d'un souvenir violent. Elle en avait acquis une habitude naturelle, n'ayant jamais vécu autrement que sur la défensive. Depuis sa naissance, les poignards semblaient pleuvoir sur elle, toujours de la part d'agents daedoriens.

Jusqu'à présent, nul n'avait pu expliquer cette obsession des Fraters à vouloir abattre l'héritière de Tireldi, alors qu'ils ne s'en prenaient jamais au roi directement. Les relations entre son royaume et le Saint-Empire s'étaient tendues au fil des années, mais en dépit de preuves flagrantes, la Fraternité avait toujours nié sa responsabilité. Ce qui ne l'empêchait pas d'envoyer sans cesse de nouveau tueurs aux trousses de la jeune princesse...

Ainsi, d'un point de vue purement pragmatique, son exil avait sans doute été la meilleure solution. Il la plaçait en sécurité et la rendait en même temps plus compétente pour l'avenir. Mais Caessia n'arrivait pas à se remettre du sentiment d'abandon qui l'avait alors étreinte. Du dédain avec lequel elle s'était sentie éloignée de la cour et de son père.

Aujourd'hui, après cinq années d'études attentives, la princesse connaissait plus de trente manières de neutraliser un adversaire à mains nues, et savait mettre chaque muscle de son corps au service de sa volonté. En échange, elle avait promis de respecter jusqu'à la fin de ses jours les étranges coutumes des moines jadiens.

Du bout des doigts, elle saisit le quartier d'orange que lui tendait Roloña, et le porta à sa bouche. *Acide et sucré. Comme la cour qui m'entoure dans ce palais,* pensa-t-elle.

Elle avait mûri, durant son séjour parmi les moines, et ne se considérait plus comme une fillette. Elle portait un regard plus lucide sur bien des aspects de son statut.

Avant tout, sa formation avait accentué sa confiance en elle. Basé sur le contrôle de soi, et peu favorable à l'étalage des sentiments, l'enseignement jadien lui avait appris à ne plus montrer sa souffrance. Mais Caessia n'était pas dupe : elle savait qu'elle ne pouvait agir que sur les apparences, et non sur le fond. La princesse avait été, et serait toujours, une écorchée vive. Les choses la touchaient, l'émouvaient violemment. Qu'elle ait appris à le dissimuler n'y changeait rien.

Elle était aussi revenue plus perspicace, capable d'une meilleure acuité quant à l'avenir qu'on lui destinait. Elle comprenait mieux, maintenant, pourquoi son père avait tant tenu à l'envoyer au loin, si jeune. *Pas seulement pour me protéger, père... Tu ne me feras pas croire ça.*

Car le monastère de Jade était avant tout connu pour la discipline qui y régnait... Il paraissait à présent évident à Caessia que le monarque avait eu pour but de la préparer à lui obéir aveuglément. En la confiant aux soins des moines, il avait cherché à la soumettre autant qu'à l'endurcir... *Bien sûr, il fallait dresser cette enfant au caractère trop orageux, assujettir ce qu'on avait perçu en elle de révolte et d'ardeur tourmentée. Rendre plus lisse cette petite fille anxieuse et agitée, qui posait toujours trop de questions... Pourquoi, père ? Pourquoi donc étais-tu aussi terrifié par ce que j'étais ?*

Il y avait des moments où Caessia détestait réellement Bassianus, haïssait tous ceux qui prévoyaient de régir sa vie.

Ils voulaient me forger pour je sois leur outil, efficace et résignée, pensait-elle. *Mais ils ont échoué...* Le monastère, avec ses combats, ses sacrifices et ses privations, ne l'avait pas domptée comme l'espérait le roi. Loin de l'assouplir, les années d'ascétisme n'avaient fait que tremper sa personnalité, donner des armes à son caractère indépendant et nerveux. Tout compte fait, cet éloignement forcé n'était parvenu qu'à aiguiser encore davantage la lame de la rébellion.

Père, nous savons tous deux depuis longtemps que je ne serai pas l'héritière attendue..., ruminait Caessia. *J'aurais tant voulu te plaire, être la fille dont tu rêvais... Mais tu me voulais forte, rusée et docile, et je remplis seulement deux de ces attentes.*

Ses yeux noirs se posèrent soudain sur sa demoiselle de compagnie, la fixant avec une intensité nouvelle.

— Réponds-moi franchement, Roloña..., ordonna-t-elle.

L'intéressée acquiesça, non sans une subtile appréhension.

— D'après toi, que pense la noblesse de mon retour à la Nef ? demanda alors la princesse.

La courtisane commença par rosir de plus belle, troublée par le caractère abrupt de la question.

— La cour ne peut que se réjouir, Votre Altesse, répondit-elle au bout d'un instant.

Puis, comme Caessia lui réaffirmait d'un regard son désir de sincérité, elle ajouta :

— Je vous promets que c'est la pure vérité. Cela fait maintenant presque un an que Votre Altesse est revenue au palais, et jamais je n'ai entendu personne s'en plaindre. Au contraire, nombreux sont ceux...

Elle parut soudain hésiter, mais, enhardie par ce moment de complicité que lui offrait sa princesse, osa poursuivre :

— Nombreux sont ceux qui apprécient l'influence que vous avez sur Sa Majesté votre père. On dit de vous que... vous avez la tête sur les épaules, pour quelqu'un de si jeune.

Caessia acquiesça pensivement. Elle avait pu juger par elle-même combien ses interventions, aux rares conseils où elle était conviée, semblaient soulager les puissants du royaume. Hélas, ces derniers seraient bien déçus s'ils se figuraient que la jeune princesse avait l'oreille de son père...

Décidée à poursuivre son petit interrogatoire, elle demanda innocemment :

— Et pourquoi cela, chère cousine ? Reprocherait-on quelque chose à la politique que mène le roi Bassianus ?

Évidemment, tout ceci était un peu cruel pour la pauvre Roloña. Voyant sa demoiselle de compagnie de plus en plus embarrassée, Caessia en conçut un semblant de remords. Mais cela faisait quelque temps déjà qu'elle avait besoin d'un avis naïf : aussi ne comptait-elle pas lâcher sa prise à présent qu'elle l'avait ferrée.

— Ce que vous me demandez là dépasse mes compétences, objecta faiblement la camériste. Une demoiselle comme moi n'entend rien à la politique, j'en ai peur... De quel droit pourrais-je juger l'œuvre de votre père ?

— Qui te le demande ? la rassura Caessia. Je voudrais simplement savoir ce qu'en pense la cour. Toi qui fréquentes ces lieux depuis toujours, peut-être me diras-tu ce qu'il en est ? Nous sommes ici entre nous, et… je te le réclame comme une faveur.

Partagée entre fierté et inquiétude, Roloña prit le temps de se rafraîchir à l'aide de son éventail. La princesse sourit discrètement, notant en elle-même qu'il ne faisait pas chaud à ce point.

— Puisque vous me posez la question, murmura-t-elle enfin, je dois avouer qu'il circule quelques rumeurs…

Caessia l'encouragea du regard à continuer.

— On dit que certains nobles craignent les conséquences de la sévérité du roi. Ils se plaignent secrètement de la dureté de ses décrets, de l'accroissement des impôts… « Comportement irrationnel », ai-je entendu ! Il semblerait en effet qu'à mesure que Sa Majesté devient plus vulnérable face à ses ennemis, sa main se fait plus dure sur nos paysans. Et cela, beaucoup ne le comprennent pas. D'aucuns redouteraient même qu'une telle politique ne finisse par mener le peuple vers une révolte de grande envergure. On dit que… la République s'attirerait chaque jour de nouvelles sympathies.

L'héritière acquiesça. Elle savait tout cela. Mais que ces débats de chambre soient parvenus aux oreilles d'une petite courtisane comme Roloña, voilà qui était inquiétant.

— En haut lieu, on se méfie des rebelles, poursuivait la demoiselle, devenu intarissable comme ces grands timides qu'on a exhortés à s'exprimer. S'il faut croire ce qui se raconte, ils seraient plus nombreux et mieux organisés qu'on ne l'a prétendu jusqu'à présent… Peut-être même le Drekvo en abriterait-il encore, malgré les efforts du comte.

Elle marqua une pause, baissant les yeux.

— Certaines mauvaises langues critiquent Sa Majesté, prédisant qu'il finira par conduire son royaume à la faillite. Selon ces voix perfides, votre père accorderait trop d'importance à son armée, et à ces concessions minières du Nord où il envoie sans cesse de nouvelles cohortes d'esclaves.

Caessia hocha la tête lentement. Elle se sentait personnellement attaquée lorsqu'on médisait sur son père. Pourtant, elle-même n'approuvait pas sa politique, et elle était la première à sentir qu'il s'y prenait mal. Mais que d'autres s'autorisent à le blâmer dans son dos la blessait toujours profondément. C'était une curieuse relation d'amour et de haine qui la reliait à lui, et elle aurait voulu être la seule autorisée à le juger.

Toutefois, c'était vrai : Bassianus envoyait trop d'esclaves dans ces mines du Nord. Cela commençait à poser de sérieux problèmes. Quand les prisons ne lui fournissaient plus assez de bras, il ne se contentait plus de réquisitionner les repris de justice, mais organisait des rafles dans certains villages. Toutes les franges de la population qui n'étaient pas directement utiles à la communauté – vieillards, infirmes, idiots, parfois même enfants – étaient emmenées et conduites vers le nord. Caessia se demandait à quoi ces malheureux pouvaient bien servir dans les mines... Mais elle savait que la multiplication de ces enlèvements avait été une des injustices qui avaient motivé la naissance de la République. Et le monarque ne voulait rien entendre, accaparé par ses obsessions.

Quant à la gestion de son armée... *Tant que sa politique conservera ce cap,* se disait Caessia, *des paysans en colère continueront de rejoindre les camps retranchés de la République. Les soldats de la monarchie tomberont dans leurs embuscades, les convois royaux seront attaqués sans vergogne...* Mais son père semblait demeurer aveugle aux conséquences. Au contraire, il se montrait sans cesse plus avide.

Il pressurait le pays, encore et encore, afin de financer son armée moribonde. L'héritière, qui avait des oreilles un peu partout, n'ignorait pas ce qui se passait dans les villages où étaient cantonnées les troupes. Un ennemi trop souvent invisible, une inactivité qui ne seyait guère aux hommes d'armes... Des filles avaient été malmenées, des réserves de nourriture pillées, et le ressentiment du peuple n'avait fait qu'empirer. Peu à peu, on voyait un cadet de petite noblesse, un fils de maréchal-ferrant, un bourgmestre plus coriace que les autres se lever comme autant de héros locaux, prêts à rassembler autour d'eux une population écrasée par les taxes.

— Bien entendu, concluait Roloña, ce ne sont que de vulgaires bruits de couloirs... La plupart d'entre nous continuent d'accorder toute leur confiance à Sa Majesté.

La courtisane avait ajouté cette phrase avec une petite révérence, comme si elle regrettait déjà de s'être laissé aller à un tel épanchement.

Caessia s'apprêtait à lui répondre, mais toutes deux se tournèrent alors vers la porte, qui s'ouvrait de nouveau. La créature qui pénétra cette fois dans la pièce était un Nain, vêtu de brocart blanc et jaune. Sur sa tête était vissée un bonnet garni de grelots.

Mon bouffon est peut-être le plus digne de foi dans ce château, pensa Caessia en le voyant entrer.

Chapitre 4

Evan avait espéré que le village tout entier serait plongé dans le sommeil lorsqu'il arriverait. Malheureusement, ce n'était pas le cas... Une lanterne allumée, pendue devant la porte du vieux Meglinn, indiquait une réunion du conseil.

Le garçon haussa un sourcil intrigué, et pria pour que sa petite fugue n'en soit pas à l'origine. Kyle se plaignait souvent du manque d'assiduité de son apprenti, mais de là à rassembler le conseil du village... *Non. Il y a sûrement autre chose.*

Sur la pointe des pieds, Evan s'approcha de la maison de l'ancêtre. La curiosité le poussa à se glisser dans l'ombre pour se coller à la fenêtre.

À l'intérieur, une demi-douzaine d'hommes conversaient devant un feu de cheminée. Kyle et le chef Meglinn étaient parmi eux, ainsi que le père d'Aiswyn. *Le conseil au grand complet...*, nota l'adolescent. Tous affichaient une mine inquiète.

Avec ces ombres que projetaient les flammes sur les angles de leurs visages, la scène avait quelque chose de sinistre et d'excitant, peut-être comme une veillée d'armes.

Evan sentit l'aiguillon de l'indiscrétion le piquer de plus

belle. Il plaqua son oreille contre la vitre, pour entendre ce que les hommes chuchotaient.

— … L'essentiel n'est pas de savoir combien ils sont exactement, disait le vieux chef du village. Mais plutôt ce qu'ils veulent, et s'ils comptent faire halte à Bronghan…

Les autres membres du Conseil acquiescèrent sévèrement.

— De toute façon, ils ne font certainement que passer dans la région, tempéra Gwedon, le père d'Aiswyn.

— Et si ce n'était pas le cas, berger ? s'emporta Kyle, tâchant néanmoins de contenir sa grosse voix pour ne pas réveiller tout le village. Ces oiseaux de malheur ne font jamais rien au hasard…

Gwedon sourit en hochant la tête.

— Sans doute, *forgeron…*, rétorqua-t-il d'un ton légèrement moqueur. Mais je persiste à croire que ce n'est pas notre petit hameau qui les intéresse. Tu penses, des missionnaires de la Fraternité ! Que viendraient-ils faire par chez nous ?

Evan se figea.

Des Fraters ?

Il sentit ses entrailles se nouer en repensant aux paroles du vieil étranger. Contrairement à ce qu'il s'était efforcé d'espérer sur le chemin du retour, Finrad n'aurait donc pas menti ?

Le garçon comprenait mieux à présent les visages soucieux des membres du conseil. La présence d'une troupe de Fraters dans les parages n'avait rien pour rassurer. Quand bien même on ne voudrait croire que la moitié des affreuses histoires qui circulaient sur le compte de ces religieux fanatiques…

— N'empêche qu'ils se sont arrêtés dans tous les bourgs en amont de l'Hiver, déclara Glenforn, le potier. Ils semblent chercher quelque chose… Et cette nuit, ils ont dressé leur camp à deux pas d'ici. Encore heureux que le fils Doniec soit descendu de Bronhilt pour nous avertir !

— Quand je pense, fit un autre berger, qu'ils ont fait tout ce voyage depuis Daedor pour gagner notre bonne vallée des Lacs… Ah, ça, on aura vraiment tout vu !

Evan approuva mentalement cette dernière réflexion. Même si la Fraternité menait des incursions sans cesse plus audacieuses à travers le royaume d'Orlande, jamais auparavant elle n'avait envoyé ses légions dans des territoires aussi reculés que les Lacs.

— Des problèmes en perspective, rumina Kyle, croisant ses bras musculeux sur sa poitrine.

— Allons, allons, peut-être pas…, rectifia posément le vieux Meglinn. Pour le moment, nous ne savons rien… Si vous voulez mon avis, les Fraters ne cherchent qu'à afficher leur force, et intimider notre bon roi Lemneach en démontrant qu'ils peuvent s'aventurer aussi loin qu'ils le désirent sur ses terres.

Il soupira :

— Enfin… nous verrons bien dans les prochains jours s'il y avait lieu de s'inquiéter.

À ces paroles, Kyle se leva brutalement, manquant de peu s'assommer contre la poutre qui soutenait le plafond.

— Alors nous n'allons rien faire ? explosa-t-il, la voix grondante. Pas même aller jeter un œil sur la route ?

Meglinn le calma d'un sourire débonnaire.

— Voyons, Kyle… Je te l'ai dit : tu te fais trop de souci. Aux yeux des missionnaires, nous ne sommes que des paysans sans importance… Nous menons une vie trop simple pour les intéresser. Leur grande obsession est de « débusquer le mal », n'est-ce pas ? Dites-moi : quel terrible mal pourraient-ils débusquer ici, à Bronghan ?

Cette remarque fut suivie de quelques rires bon enfant, qui détendirent légèrement l'atmosphère.

— J'aimerais tout de même mieux ne pas les savoir dans les parages ! lança néanmoins une voix, et les rires se firent jaunes.

Le vieux chef poursuivit d'un ton fataliste :

— Eh quoi ! Même si ces étrangers voulaient nous nuire, il n'y aurait rien à faire contre eux, hélas. Vous savez bien qu'ils ont des pouvoirs magiques ! C'est pourquoi nous attendrons. Et cela, précisa-t-il, est également valable pour un brave gaillard tel que toi, Kyle !

L'intéressé baissa les yeux, ne trouvant pas la réponse cinglante qu'il devait chercher.

La discussion semblait close, aussi Evan songea qu'il était temps pour lui de quitter les lieux avant de se faire remarquer.

Par malheur, il était déjà trop tard… Levant la tête, il croisa soudain le regard de Gwedon, droit devant lui. Le père d'Aiswyn le fixait à travers la fenêtre, les poings sur les hanches. Ses yeux froncés se voulaient sans doute sévères, mais l'expression amusée sur ses lèvres trahissait son indulgence.

Pitié, Gwedon, ne me dénonce pas…, pria silencieusement le garçon.

Une seconde tendue s'écoula, puis le berger adressa un clin d'œil complice à l'adolescent, lui faisant signe de déguerpir. Après un sourire à la fois contrit et reconnaissant, Evan s'éloigna donc à reculons.

Une chance que ce ne soit pas Kyle qui m'ait pris en train d'espionner le conseil ! se dit-il avec soulagement. Il imaginait déjà comment le robuste villageois l'aurait attrapé par sa peau de mouton afin de le traîner devant tous les autres hommes…

Or, Evan n'avait aucune envie d'affronter la colère du conseil au grand complet. Pas cette nuit. Pas après le goût amer que lui laissaient ces récentes révélations… *Tout d'abord les mises en garde du vieillard, dans la clairière aux Esprits,* ruminait-il, *et maintenant cette réunion… Ainsi, les Fraters ont établi leur bivouac à proximité ? Cela fait quand même une drôle de coïncidence !*

Sa nature téméraire et insouciante était malmenée, aujourd'hui, et une sourde angoisse lui tenaillait l'estomac. Il avait besoin de réfléchir. Dans ces conditions, Kyle et son caractère emporté étaient bien les dernières choses auxquelles il souhaitait se frotter ! *Foutu bonhomme…*, jura-t-il en lui-même.

Il devait pourtant avouer que c'était un peu sa faute, si ses relations avec le forgeron n'étaient pas des plus faciles. Depuis que celui-ci l'avait pris comme apprenti, l'adolescent semblait s'être acharné à lui faire regretter ce choix…

Préférant mille fois gambader dans la vallée ou garder les moutons en compagnie d'Aiswyn, il se montrait rarement à la forge. *J'ai mieux à faire que transpirer toute la journée dans les vapeurs de l'atelier,* se répétait-il, totalement réfractaire à l'apprentissage d'un travail aussi pénible. En conséquence, peu de soirs ne passaient sans qu'une altercation ne l'oppose au maître artisan. Leurs disputes étaient devenues légendaires à Bronghan, et il était fréquent que le jeune paresseux s'en retourne finalement dormir dans la maison de Meglinn.

Pourtant, devait bien admettre Evan, *Kyle n'est pas vraiment un mauvais homme...* Souvent de méchante humeur, la colère facile, mais pas mauvais. Parfois, il leur arrivait même de rire tous les deux. Et lorsqu'il était fier du travail de son apprenti, le forgeron se fendait à l'occasion d'un petit geste d'affection, ébouriffant d'une main paternelle la tignasse du garçon. Le problème, bien entendu, c'était qu'Evan avait nettement plus souvent tendance à désobéir ou fainéanter qu'à tenter de mériter un compliment...

Le seul adulte à Bronghan qui parvenait – tant bien que mal – à faire entendre raison au garnement, c'était le vieux Meglinn. Le chef du village l'avait autrefois recueilli, et l'orphelin l'aimait comme un père. C'était l'ancien qui l'avait hébergé, durant ses premières années, avant qu'il n'ait sa propre chambre au grenier de la forge. Aujourd'hui encore, l'adolescent adorait retrouver son lit d'autrefois, et s'endormir en entendant la respiration régulière du vieil homme.

Pourtant, ce soir-là, il n'essaya pas de se glisser dans la bicoque de son enfance. Il ne se rendit pas non plus chez Kyle... Sa décision était prise : il ne pouvait pas rester à Bronghan. Les avertissements de Finrad résonnaient toujours dans son esprit. Et même si l'orphelin n'y croyait encore qu'à moitié... *Inutile de tirer les diables de Pourpremonde par la queue,* se disait-il. *On ne sait jamais...*

Dans le doute, il irait se cacher quelques jours dans les collines, en attendant que les Fraters soient passés. Bien entendu, il n'envisageait pas une seconde d'entreprendre le long voyage jusqu'à la cité de Farnesa. *C'est vraiment un vieux fou, s'il croit que je vais me lancer ainsi sur les routes pour le retrouver !* Non, il lui suffisait de trouver un abri et de se montrer un peu patient...

Evan fit la moue, pensif. Il savait qu'Aiswyn aurait été d'accord avec lui, mais il espérait seulement que les autres jeunes du village ne se moqueraient pas de cet excès de prudence. *Vérole, ils en feraient autant à ma place !* se dit-il pour se convaincre.

De toute façon, le garnement devait bien avouer qu'il ne sentait pas très fier à l'idée de tomber nez à nez avec ces missionnaires... *Et s'ils venaient vraiment pour moi ?* Les raisons pour lesquelles des Daedoriens s'intéresseraient à un jeune berger orphelin lui échappaient, mais le risque méritait malgré tout d'être pris en considération. À présent que son étrange colère était passée, l'adolescent était de plus en plus enclin à prêter foi aux paroles de Finrad. *Après tout, je ne rencontre pas tous les jours un vieil étranger semblant en savoir autant sur mon compte,* songeait-il avec gravité.

Se mouvant à pas de loup à travers le village endormi, Evan prit néanmoins le temps de faire un détour par la demeure de Gwedon. Il ne pouvait s'en aller sans dire au revoir à Aiswyn, ni lui expliquer pourquoi il partait.

Après avoir grimpé lestement aux branches du chêne habituel, il atterrit bientôt dans la chambre de la jeune fille. Celle-ci, ayant l'habitude de ses visites tardives, laissait toujours sa fenêtre entrouverte.

Ce soir, pourtant, elle ne l'avait pas attendu avant de plonger dans un sommeil paisible. Sa couverture de laine avait glissé sur le côté. Le garçon la remit en place sur ses épaules. Du bout des doigts, il dégagea également les boucles blondes qui s'étaient plaquées sur sa joue.

Si Evan rendait souvent visite à Aiswyn par cette fenêtre, il était plus rare qu'il s'invite pendant qu'elle dormait. Il se sentait embarrassé et un peu grisé. Non sans un sourire, il imagina la tête que ferait son amie si elle se réveillait à ce moment précis, et le surprenait penché au-dessus de sa couche.

Discrètement, le garçon laissa au pied du lit une poignée de violettes cueillies dans les prés bleus, sur le chemin du retour. Puis il déposa un baiser sur le front de la jeune fille.

— Tu vois, murmura-t-il, je ne me suis pas attiré d'ennuis particuliers, finalement. Au contraire, cette idée de farce dans la clairière aux Esprits va peut-être bien m'en éviter de plus sérieux...

Il sourit avec malice :

— On dirait que tu me dois une danse, Aiswyn...

Moins d'une minute plus tard, il était redescendu dans les allées muettes du hameau. Il n'avait pas osé réveiller son amie, qui paraissait dormir d'un sommeil tranquille. *Pourtant, je ne peux pas m'enfuir sans lui dire adieu,* méditait-il en regagnant la forge. Il connaissait assez la jeune fille pour savoir combien elle s'inquiéterait, et il imaginait sans mal la scène qu'elle lui ferait à son retour. *Autant attendre demain matin,* conclut-il, *et en profiter moi aussi pour dormir un peu. Je ne suis tout de même pas à quelques heures près...*

Silencieusement, il regagna donc sa propre chambre, dans le grenier de la forge. Après s'être glissé sous sa couverture, il repensa un moment aux événements de la journée. Il ne se souvenait pas qu'aucune autre ait jamais été aussi riche en rencontres et perturbations diverses.

— Moi qui me plaignais sans cesse du manque d'animation..., souffla-t-il.

Il dut néanmoins réprimer un frisson, comme l'image d'une légion de Fraters se formait dans son esprit. *Pourvu que les paroles de ce Finrad ne soient que divagations, et qu'ils ne soient pas réellement à mes trousses !* pria-t-il tout bas.

Par ailleurs, d'autres pensées ne cessaient de le tracasser. Il ne comprenait toujours pas ce que lui voulait le vieil étranger, ni sa propre réaction étrange – presque un coup de folie, comme il le réalisait avec le recul – lorsque le mot « Conclave » avait été prononcé.

Décidément, Evan devait le reconnaître : les incidents venus casser la routine de son petit village n'étaient pas tels qu'il les aurait espérés. Et la peur, un sentiment qu'il n'avait pas si souvent eu l'occasion de ressentir au sein de cet environnement protégé, commençait à le tenailler sérieusement.

Quelques jours, s'encouragea-t-il. *Dans quelques jours, les Fraters seront loin et tout cela ne sera plus qu'un mauvais souvenir...*

Il soupira. Après les marches soutenues de la journée, ses jambes au repos fourmillaient délicieusement, comme s'il les avait plongées dans un bac d'eau chaude. Il ferma les yeux et s'endormit bientôt.

Chapitre 5

Des bruits de portes claquées sans discrétion… Des éclats de voix… Les gémissements étonnés de personnes tout juste arrachées à leur sommeil…

Evan, à mi-chemin entre rêve et réalité, entendait cette rumeur comme si elle appartenait encore à un autre monde. Puis, dans un sursaut, il se redressa.

Haletant, il comprit qu'il se passait quelque chose dans l'enceinte de Bronghan. Les courbatures accumulées au cours de la journée précédente l'endolorissaient toujours, mais il tenta malgré tout de s'éclaircir les idées. Quelle heure était-il ? La nuit était encore très noire…

Se traînant jusqu'à la petite lucarne qui donnait sur la place du village, le garçon distingua plusieurs villageois s'éclairant à l'aide de flambeaux. Ils étaient sortis précipitamment de chez eux, en chemise de nuit. Seuls les membres du conseil étaient vêtus de pied en cap. De toute évidence, ces derniers n'étaient pas allés se coucher – Kyle ayant sans doute réussi à convaincre ses pairs que la nuit risquait d'être perturbée.

Et le forgeron avait eu raison : au milieu de la place, face au vieux Meglinn, se dressaient une vingtaine de cavaliers inconnus.

Les étrangers ne semblaient pas avoir l'intention de mettre pied à terre. Cette manière de débouler dans le village en pleine nuit, avec leurs chevaux noirs aux naseaux écumants, leur conférait presque une aura de créatures de cauchemar. *Les Fraters, déjà ?* frissonna Evan. *Oh non, quelle guigne !*

Afin de les observer de plus près, il enfila ses vêtements en vitesse et dévala l'échelle qui donnait dans la rue. À peine eut-il rejoint les autres sur la place, que Kyle l'apostropha dans un souffle bourru :

— Où étais-tu encore passé, toute la journée ?

Evan bredouilla une réponse inintelligible : le forgeron avait sa figure des mauvais jours.

— Tu te moques foutrement de l'inquiétude des tiens, mauvais garnement ! (Son regard se reporta sur les nouveaux venus.) Allons… Pour l'instant reste bien à côté de moi. Je n'aime pas beaucoup les manières de ces gens-là.

Le garçon leva les yeux à son tour, dévisageant les étrangers avec angoisse. *Que n'ai-je suivi le conseil de Finrad dès hier soir !* se fustigeait-il. *Je n'aurais pas dû avoir autant de scrupules à réveiller Aiswyn, et il aurait fallu que je m'enfuie immédiatement !*

Les cavaliers, de toute évidence, étaient bien des membres de la Fraternité. Ils en portaient le costume ecclésiastique, à mi-chemin entre la robe et l'armure. Ces soutanes bleu nuit, aux lourdes épaulettes de métal argenté, leur donnaient un air imposant et terrifiant. Malgré lui, Evan sentit enfler le nœud d'angoisse qui avait pris place dans ses entrailles…

Pour le moment, Meglinn accueillait avec une politesse un peu froide ces intrus qui s'invitaient à l'heure où tous les honnêtes travailleurs de Bronghan se trouvaient dans leur lit. Son respect craintif envers les Daedoriens n'en était pas moins manifeste, et son ton de remontrance demeurait très timide. La supérieure des missionnaires, identifiable à la couleur dorée de ses épaulettes, se contentait de le toiser dédaigneusement.

Evan considéra cette dernière avec étonnement : il s'agissait d'une toute jeune femme, une vingtaine d'années peut-être, avec de beaux yeux noirs et des lèvres couleur cerise. Elle paraissait étonnamment fluette, sous les lourdes pièces de son armure.

L'orphelin nota aussi qu'elle était la seule femme parmi les cavaliers. Tous les autres sans exception étaient des colosses à l'allure martiale, impression renforcée par leurs crânes rasés ou leurs cheveux coupés très courts.

Comment une telle jouvencelle parvient-elle à se faire obéir de ces monstres ? s'interrogea Evan.

La réponse ne se fit pas attendre. Lorsque la voix de la jeune fille s'éleva, pleine d'une autorité glaciale, elle suffit aussitôt à démentir cette première impression de fragilité.

— Vieillard, répliqua-t-elle à Meglinn sans même se présenter, sache que les affaires de la Fraternité ne souffrent point de respecter vos horaires de paysans.

Le ton toujours aussi dur, elle s'adressa à la foule dans sa globalité :

— N'ayez crainte, nous serons brefs : il vous suffit de réunir sur la place tous les adolescents que compte ce village. Et dépêchez-vous ! Plus tôt notre tâche sera accomplie, plus tôt vous pourrez regagner vos lits.

À ces paroles, les gens de Bronghan restèrent un moment interdits. Ils ne semblaient pas encore savoir s'ils devaient prendre peur, ou bien s'indigner de recevoir ces ordres d'une étrangère. La plupart paraissaient seulement attendre la décision du vieux chef.

Evan, quant à lui, avait blêmi… Il jeta un regard autour de lui. Était-il donc le seul à avoir remarqué l'insigne des Examinateurs, gravé sur les épaules de la jeune femme ?

On ne pouvait pourtant pas s'y tromper : les rumeurs concernant ce sinistre hiéroglyphe en forme d'œil avait depuis longtemps franchi les frontières, et la réputation de ceux qui le portaient avait atteint les régions les plus reculées… Comme paralysé, l'orphelin peinait encore à réaliser ce que ses yeux lui montraient. *Cette jolie fille aux lèvres cerise porte l'emblème des Examinateurs,* se répéta-t-il lentement, tandis qu'une nausée envahissait sa gorge.

D'un seul coup, les terribles rumeurs entendues à la veillée lui revenaient en mémoire. Les rafles, les interrogatoires, les confessions extorquées sous la torture... Pour débusquer ce qu'ils appelaient *l'hérésie*, les Examinateurs ne connaissaient aucune pitié. Et, par-dessus tout, ils ne supportaient pas de se tromper, préférant livrer un innocent aux pires supplices plutôt que de reconnaître leur erreur...

— Allons, s'impatienta la supérieure, plus vite ! Faites s'aligner vos jeunes afin que nous puissions accomplir notre mission !

Evan frissonna, réalisant seulement maintenant la teneur de la requête des Fraters.

Quelqu'un lui toucha la main, le faisant sursauter. Mais ce n'était qu'Aiswyn, comme il le remarqua avec soulagement. L'adolescente s'était approchée de lui en silence, et lui adressait un regard inquiet.

Ne t'en fais pas, tenta-t-il de lui glisser dans un sourire.

Tout autour, des murmures soucieux montaient néanmoins de la foule.

— Votre *mission* ? répéta le vieux Meglinn, la voix faible et tremblante. Mais... qu'est-ce que vous entendez par là ?

L'agacement passa furtivement dans les yeux de la cavalière :

— Nous ne leur ferons aucun mal, vieil homme. Le reste ne te regarde pas.

Comme tous les villageois restaient sans autre réaction qu'un air unanimement consterné, elle fronça le nez avec mépris :

— Par le Très-Pur, réveillez-vous un peu ! Je veux voir les enfants de quatorze à seize ans, en rang devant nous... Immédiatement ! C'est un ordre de la Fraternité !

Tandis qu'elle perdait patience, sa voix était devenue encore plus sèche et pressante, claquant à la manière d'un fouet. Quelques mères de famille sursautèrent, traversées par un frisson cinglant.

Réagissant comme à un signal, une demi-douzaine de Fraters mirent alors pied à terre. Ils se dirigèrent silencieusement vers la grange communale, en bordure de la place centrale. On entendait plus que le raclement des pas de ces colosses chaussés de bottes d'acier.

Sous le regard glacial de leur supérieure, ils forcèrent les portes de la réserve puis se positionnèrent en demi-cercle à l'entrée. Pas un villageois n'avait osé bouger. Le vieux Meglinn adressait à l'Examinatrice son habituel sourire débonnaire, avec cette fois une nuance de naïveté inquiète.

— Plus vite ! hurla-t-elle tandis que ses yeux s'enflammaient avec une fixité fanatique.

Son accent estien, plus prononcé que jamais lorsqu'elle montait dans les aigus, donnait à sa voix une teinte métallique.

Une fois encore, un petit sursaut traversa l'assistance, sauf chez ceux que la frayeur paralysait totalement. Evan, lui, observait avec une fascination morbide le visage de la jeune femme, que l'impatience et l'autorité transformaient en pure expression de haine.

Ces étrangers sont complètement fous..., songea-t-il avec angoisse. Leur ton sec et guttural le pétrifiait ; il aurait souhaité se trouver à des lieues de là...

Un murmure de stupeur monta alors de la foule, et l'orphelin lui-même eut le souffle coupé par le spectacle qui s'offrait à lui. Les six Fraters postés devant la grange avaient porté leurs mains au niveau de leurs tempes, fermant les yeux dans une attitude méditative. Tandis que leurs lèvres adoptaient un pli sévère, ils parurent se concentrer profondément, puis s'arc-boutèrent en direction des réserves de céréales. Et soudain, de ses propres yeux, Evan vit les grains commencer à noircir !

Plus aucun son n'était perceptible. Tous les regards étaient rivés sur l'immense tas de céréales qui pourrissaient et se consumaient, se racornissant lentement.

— Sorcellerie..., gémit enfin une villageoise, apparemment au bord de l'évanouissement.

Evan lui-même eut un haut-le-cœur tandis que les Daedoriens poursuivaient leur manœuvre d'intimidation. C'était donc vrai... Les membres de la Fraternité étaient tous des Dracomanciens... Ils manipulaient des pouvoirs qui échappaient aux autres mortels.

L'orphelin n'avait jamais été superstitieux. Cette nuit, pourtant, il ne pouvait éviter la crainte respectueuse qui l'envahissait face à cette démonstration de force.

Le chef du village se mordit les lèvres, au comble de l'embarras. Son expression s'était faite presque suppliante, mais elle paraissait ne produire aucun effet sur l'inflexible religieuse. Tous les deux s'affrontèrent ainsi du regard durant quelques instants, la petite silhouette courbée de Meglinn s'aplatissant de plus en plus face à la droite posture de la cavalière. Finalement, le vieillard se retourna vers les siens pour déclarer :

— Peut-être vaudrait-il mieux obtempérer, mes amis. Je pense que nos enfants n'ont rien à craindre… puisque nous avons la parole d'une Examinatrice.

L'assemblée trembla à la mention de ce dernier terme, beaucoup n'ayant pas encore prêté attention à l'insigne en forme d'œil. Puis les hommes acquiescèrent doucement, troublés mais décidés par la confiance qu'ils portaient au vieux chef. Les mères de famille émirent seulement quelques plaintes anxieuses, que leurs maris firent taire avec des paroles rassurantes. La mort dans l'âme, le vieux Meglinn se tourna donc vers la cavalière et acquiesça avec lenteur.

Sur un regard satisfait de leur supérieure, les religieux qui avaient mis pied à terre regagnèrent silencieusement leur selle. Evan nota que la plus grande partie du grain avait été épargnée. Toujours à demi caché avec Aiswyn derrière la haute silhouette de Kyle, il sentit la jeune fille lui prendre la main et la serrer avec angoisse.

— Tout va bien se passer, lui promit-il en déposant un baiser sur sa joue.

Du moins, je l'espère…

Bientôt, la quinzaine d'adolescents qui vivaient à Bronghan se retrouva donc alignée face aux cavaliers.

L'un des Fraters fit approcher sa monture le long de la file. Ses yeux froids se posèrent sur Todrew, le fils du potier, qui se tenait à une extrémité de la rangée. Le religieux leva les mains à hauteur de ses tempes, et un tatouage brun se matérialisa bientôt au milieu de son front. Evan devina que cette marque se manifestait lorsque les Fraters faisaient appel à leur pouvoir – même s'il n'avait pu le remarquer précédemment, ces derniers lui tournant le dos. Sans l'avoir jamais vu, il reconnut pourtant ce tatouage de forme circulaire… Celui-ci représentait un dragon se mordant la queue : le symbole bien connu des Dracomanciens.

Pris de panique, Todrew commença à trembler de tous ses membres. Son teint était devenu livide. Sans un mot pour le rassurer, le natif de Daedor mut lentement sa main droite, tendant son index vers le visage de l'adolescent.

L'air autour d'eux se mit alors à vrombir sourdement, faisant naître un mouvement de recul – et plusieurs cris étouffés – au sein de la foule.

Seul le jeune Todrew n'avait pas bougé. Il demeurait parfaitement immobile, tandis qu'une force invisible paraissait lui maintenir la nuque pliée en arrière.

Evan commença par s'étonner de cette impassibilité. Connaissant son compagnon de jeu, il aurait parié que ce dernier allait s'enfuir à toutes jambes… Mais, avisant son visage figé, il comprit bientôt que Todrew devait être sous l'influence d'un pouvoir qui le maintenait paralysé.

Pourpremonde…, jura-t-il tout bas. *Si ces fichus Dracomanciens viennent pour moi, je suis bel et bien foutu !* Il ne se sentait pas très rassuré. *Non,* se corrigea-t-il, *j'ai les jetons. Vraiment les jetons.* C'était une douleur inédite et lancinante qui lui fouillait les entrailles.

Peut-être était-ce dû en partie à la main d'Aiswyn, qui serrait la sienne de plus en plus fort, irradiant une peur panique. Pour Evan, il y avait quelque chose de très perturbant à la sentir aussi vulnérable. La jeune fille était habituellement comme une petite mère pour lui, une présence rassurante et fiable… Mais cette nuit, c'était elle qui avait besoin de réconfort. Et Evan se sentait totalement impuissant, couard, incapable de la protéger. Il se maudissait intérieurement, cette frustration ne parvenant pas, hélas, à chasser une once de sa terreur.

Il n'osait même pas regarder son amie. Tous les deux se trouvaient au milieu de la file, leur tour viendrait tôt ou tard…

Pour ne rien arranger, Todrew changea soudain d'expression. Ses traits se crispèrent brutalement, évoquant à la fois le dégoût et la douleur.

Pourtant, il n'esquissait toujours pas le moindre mouvement pour s'enfuir. Aucune réaction ne s'éleva non plus de la foule, les jeunes du village faisant face au Dracomancien mais tournant le dos à leurs parents.

Evan, en revanche, pouvait facilement observer son camarade. Il se pencha pour mieux le voir, et perçut dans le regard du malheureux garçon autant de souffrance que d'effroi.

Surpris et révolté, l'apprenti forgeron retint de justesse un juron. Selon toute évidence, le pauvre Todrew n'appréciait pas du tout ce qu'on était en train de lui faire subir… Cette sorcellerie imposée par le Frater devait être effroyablement douloureuse ! Evan ouvrit la bouche pour s'en plaindre, mais un coup de cravache sur l'épaule détourna son attention.

Pas vraiment cinglant, cependant assez sec pour le faire sursauter, celui-ci venait de l'Examinatrice :

— Tiens-toi bien droit ! lui lança-t-elle sévèrement.

Les adultes du village, bien qu'un murmure désapprobateur fût passé dans leurs rangs, n'intervinrent pas. Peut-être l'auraient-ils fait pour leur enfant naturel… mais pas pour Evan l'orphelin, ce petit bon à rien. Curieusement, seul Kyle poussa une exclamation sonore, que la cavalière fit semblant d'ignorer.

Au bout d'une interminable minute, le Frater relâcha enfin son emprise sur Todrew. Celui-ci s'écroula, soupirant d'épuisement. Il paraissait au bord de la syncope, mais lorsque sa mère amorça un mouvement pour s'approcher, la religieuse lui fit signe de demeurer là où elle était.

— Il ira mieux après une bonne nuit de sommeil, assura-t-elle sans chaleur. Allons, au suivant !

Chaque fois, les premières secondes voyaient l'adolescent concerné plonger dans un état hypnotique d'une parfaite neutralité. Puis venaient les gémissements, les grincements de dents, quand certains même ne se tortillaient pas sur place, visiblement en proie à d'éprouvantes sensations.

Bien entendu, la tension montait peu à peu parmi la population de Bronghan. Mais personne n'osait réellement mécontenter les représentants de la Fraternité. À plusieurs reprises, Kyle s'était approché du vieux Meglinn, lui murmurant des paroles houleuses à l'oreille. Mais le chef du village ne paraissait pas vouloir prendre son avis en considération. À présent, le forgeron se contentait de secouer vigoureusement la tête, faisant voltiger sa crinière rousse. Même s'il n'était pas prêt à passer outre l'avis du chef, il ne se privait pas d'imprécations crachées à mi-voix, et de regards noirs en direction des cavaliers.

L'adolescente qui précédait Aiswyn s'appelait Tianna. Elle était également fille de berger. Evan la connaissait bien, car tous les trois avaient l'habitude de garder les troupeaux ensemble.

Ainsi qu'il en avait été pour les autres avant elle, la terreur quitta son visage d'un seul coup lorsque la main du magicien la prit sous son emprise hypnotique. Mais bientôt, la jeune fille commença à émettre un désagréable bruit de gorge, comme un enfant qu'un mauvais rêve troublerait dans son sommeil.

Au bout d'un instant, Evan remarqua avec colère et désespoir que de lourdes larmes roulaient sur les joues de Tianna. Son corps bientôt secoué de sanglots provoqua quelques plaintes plus vives parmi les adultes du village, mais les regards menaçants des fanatiques étrangers suffirent à ramener le calme. Une minute plus tard, la petite bergère tombait à genoux, inspirant à grandes goulées saccadées. Enfin libérée, elle pleurait toujours, mais ce semblait maintenant être de soulagement.

Le tour d'Aiswyn était venu.

Evan sentit les ongles de son amie s'enfoncer dans sa paume. La malheureuse tremblait comme une feuille. Il eut l'impression qu'elle n'entendait même pas les paroles d'encouragement qu'il lui murmura à l'oreille.

Ses lèvres étaient blanches et pincées, et lorsqu'elle tourna une dernière fois son regard vers le garçon, ce dernier y lut l'extrême anxiété que provoquait chez elle tout ce qui touchait au surnaturel.

Le Dracomancien parvint au niveau de la jeune fille. L'Examinatrice, qui s'était également approchée, donna un coup de sa lanière de cuir torsadé sur le poignet d'Aiswyn, afin de lui faire lâcher la main d'Evan. En claquant, la mèche laissa une trace rouge sur la peau laiteuse de la bergère.

Puis le Frater leva son doigt épais, à l'ongle carré, devant le visage de l'adolescente. Evan vit Aiswyn se mordre les lèvres pour ne pas gémir de terreur.

Les yeux pleins de haine, il fixa le missionnaire. Hélas, l'attitude impassible du sinistre personnage lui confirma qu'il n'y avait aucune pitié à attendre de sa part. L'orphelin, un cri de rage bloqué dans la gorge, se dit qu'il aurait volontiers roué de coups ce visage imperturbable…

Le pouvoir invisible qui faisait bourdonner l'air jaillit enfin de l'index du Dracomancien, et la tête d'Aiswyn fut rejetée en arrière, yeux révulsés. Le cœur d'Evan battait la chamade, à tel point qu'il en avait mal dans la poitrine. Un frisson le parcourut. Il ne pouvait détacher son regard des traits figés de son amie.

C'était encore le début de l'expérience, et la bergère ne paraissait pas souffrir. Seul un grand vide semblait alors habiter son corps immobile. Mais Evan savait que les choses allaient empirer. La sueur coulait dans son dos, il sentait monter en lui la panique. La panique, et… un sentiment de haine irrépressible.

Maintenant, ses mains tremblaient sans qu'il puisse les contenir. Il était plus furieux que le jour où Tehan l'avait dénoncé au conseil pour une bêtise que lui-même avait commise, plus humilié que les quelques fois où il s'était retrouvé les quatre fers en l'air, après une bagarre qui avait mal tourné.

Il lui semblait presque retrouver cet étrange état second, celui dans lequel l'avait plongé sa rencontre avec Finrad, le vieillard de la clairière aux Esprits.

Une poignée de secondes passa. Subitement, les yeux d'Aiswyn s'ouvrirent en grand, pupilles dilatées sous l'effet de la surprise. La même terreur et la même douleur que chez les victimes précédentes se mirent à crier silencieusement dans son regard... Evan eut l'impression qu'il devenait fou.

Sa vision se voila. Toute la scène lui apparut comme floue, et une odeur métallique emplit ses narines. *Ça recommence comme cet après-midi,* réalisa-t-il. *Qu'est-ce qui m'arrive ?*

Mais il ne chercha pas vraiment de réponse à cette question. Il n'avait plus qu'une envie, qu'une seule pensée en tête : bondir sur cet étranger arrogant. L'empêcher de faire du mal à Aiswyn.

Mais qu'est-ce qui m'arrive ? répétait pourtant, craintivement, la partie lucide de son esprit. Tandis qu'il se sentait perdre le contrôle, elle le martelait encore d'interrogations inquiètes : *Ai-je un problème ? Suis-je malade ?*

Ses pensées se brouillèrent un instant, puis il n'y tint plus. Il bougea sans vraiment s'en rendre compte. Comme quelques heures plus tôt, il voyait rouge, le sang battant dans ses tempes.

Instinctivement, il se jeta entre le Frater et son amie d'enfance... Hors de lui, il devinait que ses traits étaient déformés, ses lèvres découvrant ses canines.

Face au cavalier, Evan vit ses bras se lever par réflexe, brandissant des poings menaçants. Un reste de conscience lucide l'empêcha toutefois d'aller au bout de son mouvement, et il se retint – au dernier moment – de frapper l'étranger.

Hélas, les conséquences de son geste allaient malgré tout s'avérer désastreuses... En effet, la brusquerie de son agression avait effrayé le destrier du missionnaire : piaffant et écumant, l'animal se cabra violemment. Durant une seconde, l'imposante monture, devenue comme folle, battit furieusement des sabots en direction du visage d'Evan.

Ainsi surpris en pleine concentration, le religieux eut à peine le temps de pousser un cri. Lâchant ses rênes, il fut rejeté en arrière.

Avant que quiconque ait bien réalisé ce qui se produisait, il était désarçonné, exécutant un plongeon brutal vers le sol, où il atterrit avec un bruit mat. Son cheval, emporté par le poids du colosse en armure ecclésiastique, suivit son maître dans sa chute et s'écrasa lourdement sur lui.

Le silence mortel qui vint ensuite fut comme un signal tirant tout le monde de sa torpeur :

— Voyez s'il est blessé ! ordonna l'Examinatrice à ses subordonnés.

Aussitôt, une véritable pagaille régna sur la place du village. Les hommes mûrs, craignant que les Fraters ne s'en prennent aux habitants, rassemblèrent leur famille autour d'eux. Les mères de famille vinrent arracher leurs enfants présents pour les conduire en arrière, soutenant ceux qui étaient encore trop bouleversés pour marcher. Evan vit ainsi Aiswyn disparaître dans un tourbillon de robes brunes et mauves, serrée entre les bras de sa mère. Plusieurs missionnaires étaient déjà descendus de cheval pour s'enquérir de l'état de leur compagnon.

Étoiles miséricordieuses…, se lamenta le garçon, le souffle coupé par l'ampleur de ce qu'il venait de provoquer.

Le premier Daedorien accroupi auprès de son frère d'armes se redressa très vite, son visage exprimant une fureur difficilement contenue. Il glissa un mot à l'oreille de l'Examinatrice, qui engloba alors la foule d'un regard indéchiffrable. Ses lèvres rouges tremblaient de colère.

Sous le corps tressautant du destrier à l'échine brisée, Evan ne pouvait apercevoir qu'un pan de soutane taché de boue. Il hésita à s'approcher pour constater les dégâts, mais les faces blêmes des étrangers suffirent à lui faire deviner que le pire s'était produit… Ce fichu Dracomancien avait dû s'ouvrir le crâne, ou quelque chose comme ça.

Oh non…, gémit intérieurement l'orphelin. *Par pitié… Qu'est-ce que j'ai encore fabriqué ?*

Chapitre 6

— Sargon ! Te voilà enfin ! s'exclama Caessia en accueillant son bouffon.

Le petit personnage s'inclina, jusqu'à faire traîner sa longue barbe sur le marbre. Comme tous les Nains présents au palais, il avait appartenu à l'unité des Bakars. Ces soldats d'élite, réputés incorruptibles, avaient loué leurs services au grand-père du roi actuel. Depuis, ils étaient toujours restés parfaitement fidèles à la famille Tireldi.

Sargon avait ceci de particulier qu'il ne portait aucune arme apparente, et que son costume n'était en rien semblable à l'uniforme austère des mercenaires nains.

— Alors, murmura la princesse à son oreille, quelles sont les nouvelles de la Nef ?

Le bouffon sourit largement. En tant que Bakar, il pouvait se promener librement dans tout le palais flottant. Ce qui faisait de lui, bien sûr, le parfait espion de l'héritière…

S'exprimant par gestes, il entreprit de former non pas l'un des mimes comiques dont il avait le secret, mais une rapide série de signes codés. C'était le seul moyen qu'il possédait pour communiquer, et Caessia demeurait l'une des rares personnes capables de le déchiffrer.

Sargon était devenu muet à la suite d'une blessure à la gorge, ce qui lui interdisait de poursuivre sa carrière dans le métier des armes. Aucun Nain n'aurait accepté de se battre au côté d'un confrère inapte à pousser le cri de guerre sacré de leur peuple.

Comme il entamait sa complexe pantomime, un sourire vint définitivement chasser la moue soucieuse des lèvres de la princesse.

— Une histoire amusante..., traduisit-elle, à l'intention de Roloña.

Nouvelle flopée de gestes.

— Cela concerne... la Première conseillère de mon père.

Sargon reprit de plus belle ses explications silencieuses, et Caessia écarquilla alors les yeux de surprise.

— Elle a... elle a un amant ?! s'exclama-t-elle, sans même songer à garder cette révélation pour elle. En es-tu sûr ?

Battement de cils désarmant de la petite créature barbue.

Caessia pouffa dans un souffle discret, une main sur sa poitrine. Elle n'en revenait pas. Il y avait bien eu des rumeurs, depuis quelques mois, mais elle n'avait jamais osé y prêter foi.

La Première conseillère, songeait-elle, dont le mode de vie paraissait toujours si ascétique... La Première conseillère dont nul, à part le roi, n'avait le droit de voir le visage...

Caessia se délectait. Mais Sargon poursuivait déjà son récit.

— Attends, ce n'est pas tout, murmura l'héritière à sa demoiselle de compagnie. Par les Anciens Rois ! Il semblerait que mon père soit justement en chemin pour monter la voir ! Sargon l'a aperçu avec toute sa suite sur le perron du grand escalier...

La princesse n'ignorait pas que le protocole imposait à la Première conseillère de respecter le célibat. Censée consacrer sa vie uniquement au service du royaume, elle figurait une personne à part dans la noblesse. En dehors du roi, nul n'était autorisé à l'approcher, afin de garantir son objectivité et sa pureté vis-à-vis des intrigues de la cour.

— Si mon père la surprend avec un invité... Un *homme*, qui plus est...

Caessia imaginait le scandale… Bien entendu, il n'avait pas fallu très longtemps avant que l'idée ne lui vienne d'essayer d'en tirer parti.

L'année dernière, lorsqu'elle était revenue du monastère de Jade, la princesse avait vite compris combien l'influence de cette femme mystérieuse était devenue lourde sur son père. L'idée que la Première conseillère avait mis le roi dans son lit lui avait traversé l'esprit, et elle en avait ressenti un certain agacement, bien que celui-ci fût veuf depuis des années.

Une chose lui paraissait claire : c'était à présent cette inconnue qui tenait les rênes du royaume. Et inconnue, elle l'était à plus d'un titre. De par sa fonction, évidemment, mais tout autant par le flou qui entourait ses origines. Arrivée de nulle part peu après la naissance de Caessia, elle avait toujours mené une vie discrète, gravissant cependant tous les échelons de la carrière politique jusqu'à la place enviée qu'elle occupait aujourd'hui.

Caessia était persuadée que la conseillère était derrière le comportement étrange du roi. Son père ne s'était jamais montré aussi intraitable, avant ces dernières années. Et elle soupçonnait également celle qu'elle avait déjà surnommée « la vipère » de vouloir lui ravir l'amour de son géniteur. Ce dernier se montrait encore plus froid, depuis son retour, comme si son cœur avait été détourné d'elle par de perfides paroles. L'austère sévérité dont il avait toujours fait preuve semblait bien avoir récemment atteint son paroxysme.

Non pas que le roi se soit jamais montré très prodigue d'affection envers sa fille…, songea Caessia avec une moue amère. Il en avait toujours été ainsi, comme si le monarque lui reprochait secrètement quelque crime. Sans jamais le montrer, sans même l'accepter consciemment, la jeune fille en souffrait terriblement. Ne pas avoir su se faire aimer de lui… C'était son échec, sa faiblesse. Elle n'avait jamais compris ce qu'elle avait pu faire de mal.

Ayant depuis longtemps renoncé à séduire ce bloc de granit insensible, elle avait désespérément tenté de le haïr. Cela aurait dû être facile… Son père était un despote, un monstre sans cœur, et elle le savait. Mais ce n'était pas aussi simple. Des sentiments complexes la ramenaient toujours à lui. Inconsciemment, elle aurait voulu pouvoir lui pardonner, pouvoir le changer. Faire en sorte qu'il lui accorde enfin son affection et son respect. Cet espoir insensé était une chaîne qu'elle traînait maintenant depuis des années, sans grand espoir de s'en libérer un jour.

Et les choses avaient encore empiré depuis son retour du monastère. Sur ordre de sa maîtresse – l'héritière l'aurait parié – Bassianus ne semblait plus s'intéresser à sa fille que pour la marier. Il ne cessait donc de lui présenter princes et barons sudiens, tous jugés comme de bons partis... mais aucun au goût de la jeune fille. D'ailleurs, à quinze ans, celle-ci rêvait de vivre un bon millier de choses, et prendre un époux n'en faisait pas partie.

Voilà précisément où ses pensées l'avaient conduite, en une lumineuse fraction de seconde. Si Caessia pouvait sauver la mise à sa rivale, peut-être cette dernière consentirait-elle à lui lâcher un peu de lest ? En échange de son aide, la princesse pourrait négocier une trêve dans ce défilé de prétendants...

De plus, la perspective que la Première conseillère ait un mignon lui convenait tout à fait. Celle-ci serait ainsi moins tentée de faire les yeux doux à son père... *D'une pierre deux coups,* médita l'adolescente, la commissure des lèvres incurvée avec un rien de machiavélisme.

— Je crois bien que j'ai une idée, susurra-t-elle à son bouffon. Sois-moi agréable, et vas voir où en sont mon père et sa suite.

Sargon s'inclina avant d'obéir avec vélocité. Quelques secondes plus tard, il était de retour avec une nouvelle salve de gesticulations.

Ils traversent le hall du troisième étage, déchiffra Caessia. *Ils en ont probablement pour une minute, le temps de saluer tous les courtisans venus présenter leurs hommages au roi...*

Elle fronça brièvement les sourcils. *Impossible d'emprunter le grand escalier, on me verrait...*, réfléchit-elle.

— Très bien, décida la jeune fille à voix haute.

D'un doigt porté à ses lèvres, elle fit signe à Roloña de ne pas broncher. Puis, sans la moindre considération pour le sacro-saint protocole qui régissait la vie d'une princesse, elle se glissa par la fenêtre du boudoir.

Malgré la recommandation muette de l'héritière, Roloña ne put s'empêcher de pousser un petit cri de stupeur. Voyant sa maîtresse s'agripper à la paroi extérieure de la tour, elle blêmit comme si elle allait s'évanouir. Terrifiée à l'idée que la princesse fasse une chute tandis qu'elle se trouvait en sa compagnie ? Ou plutôt scandalisée par une attitude aussi cavalière ? Caessia n'aurait su le dire... Mais elle ne put résister à l'envie d'adresser un clin d'œil insouciant à la malheureuse.

Une espièglerie qui sembla étonner plus encore la camériste... Il était souvent difficile de se rappeler que Caessia était encore presque une enfant. C'était la conséquence de cette maturité qu'elle prenait tant soin d'afficher.

Les deux gardes nains paniquaient également. Ayant hésité une seconde entre poursuivre l'héritière et aller chercher du secours, ils avaient finalement opté pour la seconde solution. Caessia, tout en disparaissant vers l'étage supérieur, supposait qu'ils allaient prévenir Nimrod, le lieutenant bakar chargé de sa sécurité.

Alors qu'elle grimpait avec agilité le long de la muraille du palais, la princesse se félicita mentalement de ses choix vestimentaires. Le pantalon bouffant et la tunique qu'elle portait s'avéraient sensiblement plus adaptés à ce genre d'activité qu'une lourde robe d'apparat... Mettant à profit toute l'adresse et la concentration enseignées par les moines jadiens, Caessia évoluait avec une facilité déroutante vers les hauteurs de la Nef. Telle une araignée gracieuse, elle atteignit rapidement les appartements de la Première conseillère.

Sans complexe, elle enjamba alors le rebord de la fenêtre, pour apparaître d'un bond au beau milieu de la chambre.

L'espace d'une seconde, la princesse put vérifier qu'il y avait bien deux occupants dans la pièce. Leurs silhouettes de profil se raidirent de surprise, et Caessia eut tout juste le temps d'apercevoir la forme fugitive d'une femme aux cheveux cuivrés.

L'instant suivant, la Première conseillère s'était réfugiée derrière un paravent, non sans avoir poussé une exclamation étouffée.

L'adolescente mesura seulement alors combien son plongeon au cœur de la pièce avait manqué de tact, et s'excusa précipitamment :

— Je suis désolée, ma dame. Pardonnez-moi cette intrusion inconvenante, mais j'ai à vous parler… de toute urgence.

Son regard se posa alors sur l'amant de la conseillère. Debout dans une posture martiale, il ne ressemblait guère à l'idée que Caessia s'était brièvement faite de lui.

Il portait une pesante armure à plaques, heaume sous le bras. Subitement, l'héritière douta que ce rude guerrier soit présent pour les raisons que l'on croyait. Avec son visage aux traits grossiers, tout en méplats et en ossature, il semblait plus redoutable que séduisant. *Voilà un gaillard qui n'invite pas vraiment à la bagatelle…*, jugea la jeune fille en frissonnant malgré elle.

Toutefois, elle devait reconnaître à l'homme un charisme hors du commun. Son nez cassé et sa peau tannée lui donnaient quelque chose de rugueux, sans doute même troublant. Il se dégageait de sa personne une force incroyable, et ses yeux légèrement bridés abritaient un regard farouche. « *Inexorable* », songea la princesse. Voilà le mot qui seyait à cet individu. Et cela semblait pouvoir s'appliquer à son pouvoir de séduction comme à la peur qu'il inspirait naturellement.

Comme l'invité n'esquissait pas un mot de présentation, Caessia se tourna vivement vers la maîtresse des lieux. Celle-ci apparaissait en ombres chinoises derrière le paravent.

— Je dois m'entretenir avec vous, ma dame, répéta l'héritière d'un ton insistant. Je sais que nul hormis mon père ne devrait voir votre visage, mais la règle me semble avoir déjà été bravée…

— Mon ami est aveugle, répliqua froidement la Première conseillère.

Caessia, qui avait senti le regard de l'homme se poser sur elle pour la dévisager, n'en crut pas un mot. Mais elle n'avait guère de temps pour ces détails.

— Je venais vous informer, ma dame, que le roi est en train de monter vous voir, dit-elle donc.

L'ombre de la marâtre parut tressaillir. La princesse la détailla du regard pendant la seconde qu'il lui fallut pour répondre. Quelque chose était niché sur son épaule, peut-être un petit animal de compagnie. On distinguait la silhouette d'un long bâton dans sa main… Et un cliquetis métallique se faisait discrètement entendre, évoquant à Caessia les bracelets d'argent qu'elle-même portait aux chevilles.

— Pourquoi venir m'en avertir ? demanda finalement la conseillère.

Caessia gaspilla le temps d'un battement de cœur à sourire du désarroi qu'elle sentait dans la voix de sa rivale.

— Parce que je connais le moyen de vous éviter la disgrâce, assura-t-elle. Je suis venue vous proposer ce marché : j'escorterai votre « ami » (Elle n'avait pu se retenir de donner à ce mot une intonation moqueuse.) jusqu'à un endroit où mon père ne risquera pas de le trouver. En échange, je vous demanderai plusieurs petites faveurs…

— Et comment ferez-vous ? l'interrompit la politicienne. Il n'y a aucun moyen d'éviter Bassianus, à présent ! Mon visiteur ne pourra jamais vous suivre par la voie que vous avez empruntée pour venir…

— Je sais, répondit l'adolescente, avisant d'un regard le quintal de métal dont était recouvert le silencieux inconnu. Mais vous oubliez que j'ai grandi ici. Je jouais entre ces murs, étant enfant, et dans ma solitude de jeune princesse, j'ai arpenté ces quartiers de la Nef plus profondément que vous ne l'imaginez. Je suis certaine d'en connaître tous les recoins, y compris ceux dont le roi lui-même ignore l'existence.

— Un passage secret ? devina la conseillère. Ainsi, vous pourriez conduire discrètement mon hôte loin d'ici ?

Tous trois tressaillirent en entendant les clairons qui annonçaient chaque visite du roi. Ce dernier et sa suite avaient à présent atteint l'ultime hall avant l'étage fatidique.

— À deux conditions, déclara précipitamment Caessia. La première, que vous cessiez de vouloir me marier coûte que coûte. *Je sais* que l'idée vient de vous…

» La seconde, que vous vous cantonniez à une relation purement platonique avec mon père. Je ne vous empêcherai pas d'être sa conseillère, mais je ne veux pas d'une idylle entre lui et vous. Considérez cela comme le caprice d'une jouvencelle si ça vous chante. Nous comprenons-nous ?

La silhouette en ombre chinoise demeura parfaitement immobile, prenant une lente inspiration.

— C'est donc pour cela que vous me vouez un tel ressentiment…, soupira-t-elle enfin. Sachez qu'il n'y a jamais rien eu d'autre que l'État, entre votre père et moi. Mais quoi qu'il en soit, j'accepte vos conditions.

Elle porta une main à son épaule gauche, comme pour caresser la petite forme frissonnante qui s'y trouvait.

— Je fais le serment de respecter vos souhaits. Et, par ailleurs… (Sa voix s'adoucit sensiblement.) J'aimerais assez que nous puissions être amies.

Au grand étonnement de Caessia, la gratitude perçait dans le ton de la conseillère lorsqu'elle conclut :

— Jeune Altesse, je veux que vous sachiez que je n'oublierai pas ce que vous vous apprêtez à faire pour moi. Si nous nous sommes mal comprises dans le passé, je veillerai à ce qu'il en aille différemment à l'avenir…

Caessia, un peu troublée par l'émotion qu'elle sentait chez son ancienne rivale, acquiesça sans un mot. Puis elle entraîna l'étrange guerrier à sa suite, lui murmurant de se dépêcher s'il ne voulait pas tomber nez à nez avec le roi.

Chapitre 7

— Maudits paysans ! cracha la Soror d'une voix chargée de fiel. Vous n'avez aucune idée de l'erreur que vous venez de commettre…

Le regard d'Evan, paniqué, alla de l'étrangère au vieux Meglinn. Mais le chef du village paraissait à peine moins désorienté que les autres habitants. Tremblant comme une feuille, il se contentait d'observer d'un air suppliant les missionnaires vêtus de bleu.

— Il est mort ! annonça froidement l'Examinatrice. L'un de nos frères a péri par votre faute !

Un concert de lamentations survola la foule :

« Un accident… », entendait-on dans ce brouhaha gémissant. Un regrettable accident…

Les autres bribes qui revenaient fréquemment étaient « gamin turbulent » et « même pas de notre sang ».

Mais Evan était trop figé par la terreur pour s'en formaliser. Il nota que la cavalière ne semblait pas prêter attention à lui pour le moment. Pas plus qu'aux suppliques des villageois, d'ailleurs.

D'un ton à la fois doucereux et méprisant, elle reprenait déjà :

— Il ne fait plus aucun doute que nous sommes ici dans un village ennemi de la Fraternité... Quelque mal invisible doit certainement se terrer parmi ces gens.

— Non, je vous en prie ! la coupa fébrilement Gwedon, le père d'Aiswyn. Nous ne sommes que de modestes bergers !

La jeune femme mima une moue dubitative :

— Pourtant, les autres hameaux de la région n'ont pas refusé de coopérer, eux, et tout s'est bien passé. C'est vous, gens de Bronghan, qui avez tué notre frère, un missionnaire pacifique ! Croyiez-vous que nous nous laisserions faire ?

Un éclair de cruauté traversa ses yeux noirs, tandis qu'elle se tournait vers ses subordonnés :

— Le Mal est ici. Brûlez tout, Fraters.

Dans la seconde, un silence pesant retomba sur l'assemblée. *Non... Pitié !* pouvait-on lire dans tous les regards. La religieuse le remarqua, mais se contenta d'y répondre par un sourire froid et perfide.

— Pardonnez-nous ! implora alors le vieux Meglinn, semblant retrouver soudain l'usage de la parole. Vous avez bien vu que ce n'était que la bêtise d'un enfant ! Voyons, il ne l'a pas fait exprès !

À la grande surprise d'Evan, l'ancien s'était mis à sangloter tout en suppliant. Le garçon, qui l'avait toujours connu digne et majestueux comme un arbre centenaire, sentit son cœur se déchirer. Le chef semblait prêt à se jeter à plat ventre devant les chevaux des Daedoriens si cela pouvait empêcher le pire.

— Ne mettez pas le feu à notre village, par pitié... Ne nous faites pas de mal...

La voix de l'ancêtre se brisa tandis qu'il s'abandonnait ainsi aux larmes, ayant renoncé à toute tentative de dissimuler son émoi.

Demeurant insensibles, les Dracomanciens acquiescèrent en direction de leur supérieure :

— À vos ordres, Soror !

Puis ils se dispersèrent en brandissant des flambeaux.

Malgré sa frayeur, Evan aurait voulu cracher une imprécation cinglante, briser l'assurance de ces visages aux yeux glacés. Mais il restait tétanisé. Il avait entendu tant d'histoires de villages brûlés, de populations entières déportées vers les bagnes de Daedor… Jusqu'à maintenant, il avait toujours cru ce sort réservé aux pays lointains.

Sa seule réaction fut de se cacher le visage avec ses mains. *Aiswyn, le vieux Meglinn, et même Kyle… Tous en danger, par ma faute !* Un geste malheureux, un seul, et son univers entier vacillait, prêt à s'écrouler…

Le malheureux garçon était assailli d'images terrifiantes : Aiswyn enchaînée et tirée par les cheveux, sous la poigne des soldats de la Fraternité… Aiswyn égorgée au fond d'un cachot sordide, assassinée pour un morceau de pain dans les horribles prisons de Daedor…

Autour de lui, ça commençait à être le chaos. On se pressait en tous sens, on le bouscula à plusieurs reprises. Il dut pourtant se forcer à réagir, lutter pour trouver le courage d'ouvrir les yeux et de contempler la scène dont il était à l'origine.

Partout, des cavaliers en robe bleu nuit. Ils donnaient l'impression d'être cent, à présent, sur leurs chevaux noirs et écumants. La lumière des torches enflammait les épaulettes d'acier argenté. Une flamme que l'on retrouvait dans leurs regards, animés par une détermination fanatique.

Certains villageois tentaient de s'agripper à leur bride ou à leurs bottes ferrées, les suppliant d'épargner leur maison. D'autres s'éparpillaient dans les ténèbres, hurlant de terreur.

Les cris assourdissaient l'adolescent, qui n'aurait jamais cru une telle agitation possible au sein de son village. Personne ne songeait à le blâmer, tant les habitants étaient préoccupés par la sécurité de leur famille et de leurs biens. Il se dressait seul au milieu d'un tourbillon de feu et de bruit, les sabots martelant le sol, le sang battant son visage, affluant follement, juste sous la peau.

Toujours immobile et choqué, il avisa Kyle qui s'exprimait avec colère, et tentait de rassembler autour de lui un groupe de pères de famille. Quelques hommes se rallièrent à lui, apparemment décidés à défendre Bronghan contre les étrangers.

Evan, isolé, blêmit. Il aurait voulu rejoindre le forgeron et se battre à ses côtés... *C'est bien le moins que je puisse faire, à présent !* Mais ses pieds refusaient obstinément de le porter jusque-là.

Le regard errant fébrilement de droite à gauche, il observait les Fraters accomplir leur sinistre besogne. Les religieux n'hésitaient pas à jouer de l'épée lorsque des villageois se dressaient sur leur passage. Secouant la tête comme pour dire « non », l'orphelin fut ainsi témoin des premières morts violentes que la région eût connu depuis la fin des guerres Chaosiennes.

Toutefois, il ne réalisait pas pleinement ce qu'il voyait. Cela ne pouvait pas être. Il ne pouvait être en train d'assister au massacre d'hommes qu'il connaissait depuis toujours, il ne regardait pas chuter les corps sans vie de ceux avec qui il avait grandi... Il refusait d'y croire.

— Lâches ! Vous êtes tous des lâches ! criait une voix forte, celle de Kyle.

Evan savait que ces invectives s'adressaient aux Daedoriens, mais il ne pouvait s'empêcher de les prendre pour lui.

Il était encore cloué sur place, seul dans l'œil du cyclone, lorsqu'il vit le vieux Meglinn tomber à son tour. Le vieillard, ayant tenté de s'interposer entre les cavaliers et un groupe d'enfants, avait reçu le poing ganté de fer d'un religieux en plein visage. Puis le Frater, presque sans y prêter attention, l'avait fait piétiner par son destrier.

Confronté à ce spectacle, Evan reçut un choc qui le tira de sa torpeur. Il se secoua et courut jusqu'à l'endroit où l'ancêtre s'était écroulé. En chemin, un Daedorien le frôla, manquant le faire trébucher, mais il continua vers son but.

S'agenouillant auprès de Meglinn, l'orphelin saisit sa tête pour la poser délicatement sur ses cuisses. La face tuméfiée du vieux chef était méconnaissable, livide autour des plaies rouges et brunes. L'os du crâne était découvert en plusieurs endroits, là où les sabots l'avaient frappé.

— Vieux Meglinn..., sanglota Evan, les épaules secouées de tremblements irrépressibles. Je suis désolé... Je suis désolé...

Il se sentait incapable de quoi que ce soit, hormis répéter ces mots jusqu'à la fin des temps. Baignant dans son sang, le mourant l'interrompit, toussant une réponse incompréhensible. Puis, faisant appel à ses ultimes forces, il articula plus distinctement :

— Pas… ta faute, fils. Un accident…

Ses lèvres se retroussèrent brutalement comme un éclair de douleur le traversait. Il reprit, d'une voix plus faible encore :

— Je t'ai aimé comme mon propre enfant… Mais, à présent, il faut que tu saches… (Il toussa de nouveau, crachant du sang.) Tu n'es pas d'ici. Tes vrais parents… n'étaient pas originaires des Lacs, j'en suis presque certain. (Respiration sifflante.) Quand je t'ai trouvé, il y avait quelque chose parmi tes langes… quelque chose que j'ai toujours conservé sans te le dire.

D'une main tremblante, le vieillard fouilla dans les replis de son vêtement, pour finalement en extirper un étrange serre-tête en métal, sur lequel était gravé la silhouette d'un fauve.

— C'était ce diadème, avoua-t-il. Tu vois, je l'ai toujours gardé précieusement. Je voulais te le remettre lorsque tu serais… un homme. (Il grimaça un sourire douloureux.) J'avais peur que tu ne te mettes en tête de partir sur les routes afin de retrouver ta vraie famille, si je te le donnais trop tôt…

Les yeux déjà à demi éteints du chef se perdirent un instant dans la contemplation du curieux objet argenté.

— C'est tout ce que je sais de toi, hélas. Un nourrisson abandonné devant ma porte, avec ce drôle de diadème. Ce n'est pas grand-chose… Mais j'espère que cet indice pourra t'aider à savoir un jour d'où tu viens, fils. (Il tendit sa main vers le visage du garçon, qui l'aida à la poser sur sa joue.) Maintenant, sauve-toi, mon garçon. J'espère que tout ira bien. J'espère que…

Le vieux Meglinn n'acheva pas sa phrase. Ses yeux se fermèrent et sa main devint molle contre la joue d'Evan, inondée de larmes. L'orphelin baisa une dernière fois la peau parcheminée, puis se releva en titubant. Empoignant machinalement le serre-tête d'argent, il le fit disparaître sous son gilet.

— Maudit ! jaillit soudain une voix derrière lui.

Se retournant lentement, il découvrit que c'était bien à lui qu'on s'adressait. La femme de Glenforn lui jetait un regard ivre de haine. Accroupie devant sa chaumière en flammes, elle tenait le corps de son mari entre ses bras. Le potier avait reçu un coup d'épée à la tête, et perdait beaucoup de sang.

— Sois maudit ! répéta la villageoise. Tout ça, c'est de ta faute ! Tu n'as jamais apporté que le malheur parmi nous !

Derrière elle, son fils Todrew, du même âge qu'Evan, l'observait également. L'expression hébétée et presque craintive, il semblait considérer son ancien compagnon de jeu comme un dangereux démon, porteur de quelque malédiction fatale.

Evan se sentait terriblement mal. *C'est un cauchemar,* se disait-il. *Je vais me réveiller, et rien de tout ça n'aura existé.* Hélas, il ne parvenait pas à s'en convaincre. La peur, le dégoût et la culpabilité le submergeaient par vagues terribles.

Pourquoi ai-je perdu le contrôle de moi-même ? se fustigeait-il. *Pourquoi ai-je fait ça ? Serais-je en train de devenir fou ?*

Mais l'heure n'était pas à ces questions. Il regarda autour de lui, tâchant de rassembler ses esprits. Il devait sortir de cet état de choc, sortir de ce village avant qu'il ne soit trop tard. Où diable était Aiswyn, parmi ce chaos ?

Comme il déambulait à la recherche de son amie, ses yeux eurent le malheur de croiser ceux de l'Examinatrice.

— Le voilà ! s'écria alors cette dernière. Surtout, ne le laissez pas s'échapper ! Il doit payer pour notre frère !

Pris de panique, Evan vit soudain trois cavaliers tourner bride pour se diriger vers lui. Prenant ses jambes à son cou, il s'élança pour fuir la place centrale. S'il pouvait se faufiler entre les chaumières, l'obscurité se refermerait sur lui, et lui permettrait de disparaître sans crainte.

Alors, sans se départir de sa colère glaciale, la voix de l'Examinatrice s'éleva à nouveau, semblant s'adresser aussi bien aux villageois qu'à ses Fraters :

— Bloquez-le, attrapez-le ! Je vous préviens, habitants de Bronghan : s'il s'enfuit, vous mourrez tous ! Il ne restera que cendres de vos pauvres masures, et de vos familles !

Evan eut à peine le temps de frissonner qu'un homme se dressait déjà devant lui, lui barrant le passage. Il s'immobilisa de justesse pour ne pas le percuter, reconnaissant Gwedon, le père d'Aiswyn.

— Halte-là, souffla le berger d'un air fataliste. Tu as entendu… Je ne peux pas te laisser partir.

Estomaqué, l'orphelin scruta le regard de son vieil ami. Gwedon avait l'air sérieux.

— Laisse-moi passer ! gémit Evan, pris de panique. Par pitié… tu vois bien qu'elle bluffe !

Cependant, malgré l'expression sincèrement attristée qui avait pris place sur son visage, le père d'Aiswyn ne bougea pas d'un pouce. Derrière son dos, Evan entendait le bruit des sabots des destriers qui approchaient.

— Voyons, jamais ils n'exécuteraient tout un village ! Pas sur les terres de Lemneach… Même eux ne sont pas assez fous pour ça !

Gwedon sourcilla légèrement. Il devait penser que le garçon avait raison. Mais était-il prêt à prendre le risque ?

Aiswyn déboula alors de nulle part, ses jupes tachées de suie. Hors d'haleine, elle attrapa la main de l'orphelin et le tira en avant.

— Courrons, Evan ! cria-t-elle.

Puis, comme Gwedon persistait à les empêcher de passer :

— Père, tu perds la tête ? demanda-t-elle avec étonnement. Qu'est-ce que tu fais ?

Le berger serra les dents tout en ordonnant :

— Laisse-le, Aiswyn ! Va plutôt te cacher. Si je le laisse partir, les Fraters se vengeront sur les habitants…

La jeune fille secoua violemment la tête.

— Je pars avec lui, dit-elle d'un ton de défi, ou bien je meurs ici avec lui !

Gwedon, sa posture s'affaissant un peu, ne paraissait pas en croire ses oreilles.

— Tu es complètement folle !

— Non, père, c'est toi qui es lâche… Est-ce là ce que tu m'as enseigné ?

Tout en parlant, la bergère jeta un bref regard par-dessus son épaule. Les cavaliers, retenus un instant par une poignée de défenseurs, s'étaient maintenant relancés au galop vers leur proie.

— Choisis vite ! souffla-t-elle.

Muet et livide, Gwedon soupira et se décala enfin, les laissant s'engouffrer dans les ténèbres étroites qui se plissaient derrière lui, entre deux chaumières.

Comme ils allaient disparaître, la voix de l'Examinatrice s'éleva impérieusement dans leur dos :

— Non, ne le laissez pas filer ! ordonnait-elle. Il faut le marquer !

Poussé par la curiosité, peut-être, l'orphelin commit alors l'erreur de se retourner. La seconde qu'il perdit à essayer de deviner ce à quoi la Soror faisait allusion lui fut fatale.

Debout sur ses étriers, l'un de ses poursuivants daedoriens le fixait. Il ne semblait même plus voir les courageux villageois qui, menés par Kyle, tentaient de le désarçonner. Ses mains ouvertes à hauteur des tempes, il était tout entier plongé dans l'usage de la Dracomancie.

— Dépêchons-nous, Evan ! lança Aiswyn.

Mais il était trop tard. Un flot d'étincelles noires quitta soudain le front tatoué du Frater, s'élançant vers l'orphelin sous forme d'ondes concentriques. Accompagnée d'un courant d'air surnaturel, cette lumière sombre gifla Evan, au point de le jeter à terre.

Prestement, Aiswyn l'aida à se remettre sur ses pieds, et le poussa en avant tandis que l'Examinatrice s'exclamait :

— Cours, petit meurtrier ! Tôt ou tard, tu seras châtié : sache que tu es marqué !

L'orphelin serra les dents. Il y avait une sorte d'exultation dans le ton de la jeune femme. Il pouvait presque sentir son regard froid lui transpercer le dos. *Marqué... Qu'est-ce que cela peut vouloir dire ?*

Il se glissa à la suite d'Aiswyn, dans les petites allées sombres et silencieuses de Bronghan. Ils coururent dans ces couloirs d'obscurité tiède, que le drame joué sur la place n'avait pas encore atteints.

Les Fraters, sans doute trop occupés à maîtriser les villageois qui s'en prenaient à eux, ne parurent pas donner la chasse aux deux fuyards. Mais le sang d'Evan battait si fort dans ses tempes qu'il n'était même pas certain de les entendre, dans le cas contraire.

Ils ne m'ont pas tué, songea Evan. *Pourquoi ?*

Leur course les mena jusqu'à la sortie du hameau, puis à travers les collines, où ils se perdirent dans les mille replis de ce relief retroussé. À bout de souffle, ils coururent encore, laissant Bronghan en flammes derrière eux, jusqu'à ce que leurs jambes les trahissent et qu'ils s'écroulent dans l'herbe.

Au loin, la fumée noire s'élevait toujours, charriant son cortège de cris assourdis. Elle montait, loin au-dessus des chaumières à présent invisibles. Dans cette nuit tiède de début de printemps, vers le ciel, vers les étoiles.

Chapitre 8

Caessia traversa l'étage au pas de course. Dans son sillage, le colosse revêtu de bronze avançait à grandes enjambées pour ne pas se laisser distancer.

Il se déplace sans trop de difficultés, pour un aveugle ! se moqua secrètement la princesse.

Enfin, elle atteignit l'angle du couloir où se dressait une statue de lion à trois têtes. Son pouce retrouva instantanément le mécanisme dissimulé dans un œil de la créature, et un pan du mur opposé se libéra avec un raclement sourd.

Une seconde plus tard, l'étrange inconnu et elle se glissaient dans le passage dérobé – un corridor étroit et obscur. Caessia arracha une torche aux toiles d'araignée, l'alluma, et fit signe à son compagnon de continuer à la suivre.

Ils empruntèrent une série d'escaliers en colimaçon qui obligèrent le guerrier à avancer parfois de profil, n'ayant pas été pensés pour la largeur d'épaules d'un homme en armure lourde. Puis, au bout d'une poignée de minutes, ils débouchèrent sur un embarcadère vide au rez-de-chaussée de la Nef.

Caessia leva les yeux sur l'invité de la Première conseillère.

Celui-ci n'avait toujours pas prononcé la moindre parole. Son visage semblait taillé dans la roche, tandis qu'il se tenait sans ciller face à la jeune fille.

Elle brûlait de le questionner, bien entendu. Lui tirer les vers du nez comme elle savait si bien le faire, apprendre ce qu'il faisait auprès de l'inspiratrice de son père... Face à un autre homme, l'adolescente se dit qu'elle y serait parvenue.

Pourtant, en la circonstance, aucun son n'acceptait de sortir de sa gorge nouée. Malgré toute la colère qu'elle nourrissait envers elle-même, il n'y avait rien à faire. Ce rude seigneur couvert de métal sombre avait quelque chose de trop intimidant.

Comme pour l'impressionner davantage, il choisit ce moment pour remettre son heaume, orné de deux cornes de bélier. Seul son regard dur devint alors visible à travers une mince fente.

Dégageant adroitement la corde qui retenait l'une des barques amarrées, Caessia indiqua à l'inconnu d'y prendre place. Lorsqu'il se fut couché sur le côté selon ses conseils, elle le recouvrit d'une bâche et commença à ramer vers le fleuve ensoleillé.

Du haut des remparts, on la prendrait sans doute pour une domestique partant faire des achats à terre. Du moins, elle l'espérait... Si le bruit de son escapade venait à courir, elle risquait de gros ennuis, sans parler des dégâts infligés à son amour-propre. Elle, la princesse héritière, surprise à ramer de ses propres bras comme la première batelière venue !

Elle prit soin d'accoster loin des colonnes d'esclaves qui retenaient en permanence le palais flottant. Dès que la coque de leur barque heurta la berge, le guerrier rejeta la couverture qui le couvrait et mit pied à terre.

Sans un regard d'adieu pour la princesse – cette dernière eut la désagréable impression qu'il l'avait évitée délibérément – il se dirigea vers un proche bosquet de lauréoles.

Il siffla alors, à trois reprises. La première fois, Caessia sursauta en entendant finalement un son franchir le seuil de ses lèvres.

Une minute plus tard, alors qu'elle ramait déjà dans le sens inverse, elle vit apparaître un épais destrier sur la rive. Surgissant du petit bois, la monture bardée de bronze ne s'arrêta que le temps pour son maître de l'enfourcher. Puis l'étranger disparut au galop entre les arbres.

Caessia se mordait les lèvres de rage, vexée de n'avoir pas osé l'interroger. Elle se sentait ridicule et puérile. *Une gamine, ainsi qu'ils me considèrent tous… Voilà comment je me suis comportée…*

Consciente toutefois de se laisser aller à la frustration, elle savait bien, au fond, que ses récriminations n'étaient pas fondées. Rares étaient ceux à la Nef qui voyaient en elle une enfant. Combien de fois lui avait-on dit ou laissé entendre qu'elle paraissait plus adulte que son âge ?

Au sein de la cour, on peinait fréquemment à croire qu'elle n'avait que quinze ans. Cette ambiguïté lui avait souvent permis de se protéger, et servi à des degrés divers. Les mieux informés parmi les courtisans n'ignoraient d'ailleurs pas quelle politicienne retorse se dissimulait dans ce corps de toute jeune fille. *Une fleur vénéneuse… Voilà ce qu'ils ont fait de moi…*

Ou bien l'aurais-je été de toute façon ? Souvent, la jeune héritière se demandait quelle part d'elle avait été façonnée par la cour et par les moines jadiens. On la disait mature, redoutable. Mais cela ne lui avait-il pas été imposé, comme le reste ? Parfois, elle aurait tellement souhaité avoir été une fillette ordinaire…

Mais elle n'était pas au bout de ses soucis pour la journée. Une surprise de taille l'attendait à la Nef, qui lui fit aussitôt sortir ces pensées de la tête.

Sur le perron de la porte Médiane, entouré de ses fidèles serviteurs, son père semblait l'attendre de pied ferme. Armés de porte-voix, des domestiques lui crièrent d'accoster auprès du roi, lorsqu'elle fit mine d'ignorer sa présence et de regagner son discret embarcadère de départ.

Elle était prise au piège. La mort dans l'âme, elle se résolut à subir les foudres de son géniteur. Chacun savait que la princesse n'avait pas le droit de quitter le palais sans autorisation. Encore moins sans escorte.

Tout en se composant par avance la mine la plus angélique possible, elle profita des derniers mètres pour réfléchir à la situation. Comment son père avait-il pu apprendre sa petite fugue ?

Les sources de fuite étaient limitées. *Pas Roloña...*, médita-t-elle rapidement. *En tant que demoiselle de compagnie, elle n'aurait rien à y gagner, et trop à perdre...*

Ni aucun garde ou serviteur, qui n'auraient pas obtenu l'oreille du roi dans un délai aussi court.

Voyons... Pas Nimrod non plus. Le Nain à barbe bleue lui était attaché depuis le berceau, et avait toujours veillé sur elle avec fidélité. Même du temps du monastère, il l'avait accompagnée en tant que garde du corps. S'il devait actuellement pester contre l'insouciance de sa maîtresse, et prévoir de la sermonner plus tard, il n'aurait cependant pas cherché à lui attirer des problèmes. *Je crois bien que le brave lieutenant préférerait trahir le roi lui-même plutôt que moi,* sourit machinalement la jeune fille. Tout comme Sargon – avec lequel il œuvrait de concert pour servir au mieux l'héritière, le Bakar était un fidèle parmi les fidèles. À eux deux, ils constituaient les seuls personnes en lesquelles Caessia pût réellement avoir confiance à la Nef.

En approchant du quai, elle aperçut la Première conseillère auprès de son père. Ou plutôt, la devina. Comme à chacune de ses apparitions publiques, celle-ci se trouvait cachée entre quatre draps pourpres, tendus par autant de serviteurs.

Malgré sa surprise, Caessia dut alors se rendre à l'évidence. Ce coup bas ne pouvait venir que d'*elle* !

Blessée, elle s'en voulut de l'avoir crue sincère, peu de temps auparavant. Et dire qu'elle avait avalé ses promesses de réconciliation sans se douter de rien... *Elle m'a bien bernée, avec sa damnée voix douce ! Je comprends mieux comment mon père en est arrivé là...*

Se jetant à l'eau, des esclaves en pagne nagèrent vers elle, puis halèrent son embarcation jusqu'au ponton de pierre. Un jeune page s'approcha avec une ombrelle tandis qu'elle mettait pied à terre. Elle le repoussa d'un signe bref.

— Père ? s'inclina-t-elle innocemment, exécutant la révérence favorite du monarque.

Ce dernier ne semblait hélas pas d'humeur à se laisser amadouer. Ses yeux luisaient comme deux grosses perles noires sous ses sourcils touffus. Sa silhouette famélique disparaissant sous d'innombrables couches de vêtements ; seules ses mains étaient visibles, croisées sur son ventre. Elles trahissaient son mécontentement, les phalanges maigres se caressant entre elles selon un rythme soutenu.

— Caessia, gronda-t-il d'une voix sourde, tu n'ignores pas qu'il t'est interdit de quitter la Nef sans ma permission...

— Mais, père..., commença l'adolescente.

Le roi l'interrompit d'un geste autoritaire. D'un claquement de langue, il signifia à sa cour de se retirer.

Seuls restèrent quelques domestiques de confiance, et la Première conseillère – accompagnée de ses nécessaires serviteurs. *Voilà qui représente à peu de chose près l'intimité optimale qu'on peut espérer au sein de ce palais,* remarqua Caessia.

— Nous avons à parler sérieusement, déclara le souverain d'un ton qui avait bizarrement perdu de son caractère coléreux. Pas ici. Montons dans mes appartements.

La princesse, bien qu'un peu anxieuse, ne put qu'accepter de le suivre. Elle se retint d'adresser au passage une œillade assassine à la conseillère. Les draps qui protégeaient cette dernière étaient tissés en mailles très fines, qui lui permettaient de distinguer son environnement. Caessia ne tenait surtout pas à lui offrir le petit plaisir de savourer sa victoire. Elle leur emboîta donc le pas, le menton haut et l'air dégagé, même si pour l'heure l'attitude de se tortiller sur place avec malaise lui serait venue plus spontanément.

En dépit des années écoulées, son père avait toujours sur elle ce pouvoir implacable.

Tout en gravissant les étages du palais – aucun courtisan ne venait les ralentir, cette fois, chacun ayant senti combien l'heure était grave – elle observait sa silhouette usée.

Le voyant ainsi, l'adolescente ne pouvait s'empêcher de poser sur lui un regard de tendresse et de compassion. Elle avisait tristement dans quel état de délabrement physique sa charge le plongeait un peu plus chaque jour. Depuis quand n'avait-il pas pris le temps d'avaler un repas convenable ? Ses cheveux d'un blanc de neige paraissaient cassés et fourchus, son teint avait l'aspect terne de celui des malades. Sous les ors de sa tenue et la complexité de sa coiffure protocolaire, le monarque offrait un spectacle désolant. L'orgueil de sa toilette rendait plus pathétique encore la faiblesse de son maintien.

Pauvre vieux père..., soupira Caessia en pensée, soudain honteuse de lui causer du souci. *Le roi Bassianus, avec sa peau parcheminée, ses lèvres blanches... Si semblable à une momie...*

À combien de semaines remonte notre dernier moment ensemble ? Seuls, pour se parler comme un père et sa fille...

Elle se souvenait – elle y pensait chaque jour – de ce matin d'été, alors qu'elle jouait dans l'un des jardins intérieurs de la Nef. C'était peu après qu'elle ait échappé à une nouvelle tentative d'assassinat ; elle devait avoir six ou sept ans.

À cette époque, elle n'avait encore presque jamais rencontré son père, qui laissait à une armée de nourrices le soin de s'occuper de cette enfant encombrante. Un homme s'était approché de l'endroit où elle était en train de jouer, et la nurse qui s'occupait d'elle avait dit gaiement :

— Regardez, ma demoiselle, voici venir Son Altesse ! Votre père !

Réalisant peut-être pour la première fois qu'elle avait un père, la fillette avait ressenti une soudaine impulsion, et couru vers lui en l'appelant de sa petite voix. Son cœur battait follement, tout inondé de cet amour inédit.

L'homme ne l'avait même pas regardée.

Peut-être ne l'avait-il pas aperçue ; elle ne le saurait jamais. Tout ce dont elle se souvenait, c'était de l'avoir subitement vu tourner les talons. Elle se rappelait l'image de ces deux bottes qui s'éloignaient. C'était cela, son père, pour Caessia. Cette image de jambes bottées qui prenaient la fuite devant elle.

Lorsqu'ils eurent atteint les quartiers du souverain, celui-ci les fit entrer dans son cabinet de travail, où il se laissa choir aussitôt au fond d'un fauteuil. La Première conseillère s'écarta de trois mètres, donnant la fausse impression de les laisser tous deux en tête-à-tête.

Le roi avait l'air morose, presque menaçant. Sa fille devinait qu'elle pouvait redouter une sanction exemplaire.

Tout autour, s'étalait un décor somptueux qu'aucun d'eux ne remarquait plus. Des bas-reliefs couraient sur les murs, représentant diverses scènes historiques. Des trophées de chasse s'alignaient : immenses défenses de pachydermes, têtes de fauves et de licornes… Caessia tâcha de ne pas y voir un sinistre présage.

Chapitre 9

– Ma fille…, soupira le roi avec lassitude. As-tu au moins une explication à me fournir ?

La princesse hésita à peine. Aussi rageant que cela lui parût, elle ne pouvait pas dire la vérité. Jamais son père ne l'aurait crue, et cela n'aurait fait qu'envenimer la situation. Une enfant, même héritière du sang, n'accusait pas inconsidérément la Première conseillère de Tireldi.

Inutile de passer pour une petite menteuse…, put-elle seulement se lamenter. *C'est à elle qu'il fera confiance, j'en suis sûre !*

Mais tu ne perds rien pour attendre, vipère ! se jura-t-elle, gratifiant cette fois la politicienne d'un regard brillant de haine. *Cela se paiera plus tard…*

Toutefois, pour le moment, elle en était réduite à conserver le silence.

Elle aurait aimé être sûre que sa décision de se taire n'était pas motivée par la crainte que lui inspirait son père. La crainte de lui parler, la crainte de le décevoir… C'était toujours la même chose !

L'adolescente savait bien qu'elle n'avait plus l'âge de ces enfantillages, et que sa situation aurait peut-être exigé un peu plus de détermination, mais le roi conservait son terrible ascendant sur elle. Lorsqu'elle croisait son regard d'une froideur inexplicable, il lui semblait toujours avoir dix ans et entendre la sentence qui l'envoyait étudier au monastère de Jade…

C'est ridicule ! pestait-elle en son for intérieur. *Je suis assez hardie pour imposer un chantage à la Première conseillère, mais incapable de révéler la vérité à mon propre père !*

— Tu ne dis rien ? siffla ce dernier. C'est bien ce que j'imaginais, conclut-il avec un nouveau soupir. Toujours aussi butée, on dirait…

» Qu'en pensez-vous, ma dame ? demanda-t-il en se tournant vers la conseillère.

Faut-il donc qu'il soit incapable de prendre une décision sans s'enquérir de son avis ! s'emporta intérieurement Caessia, comme une voix suave s'élevait derrière le drap pourpre :

— Je suppose que Sa Majesté pourrait accorder un peu d'indulgence à cette enfant… Notre princesse est encore naturellement insouciante.

À ces mots, le monarque observa un long silence, plongé dans une méditation maussade.

Pendant ce temps, Caessia détailla la carte d'état-major qui était déroulée sur son bureau. C'était un bel ouvrage à l'encre sépia, où toutes les nations du monde connu étaient représentées et nommées en grosses lettres. Posés sur le parchemin, des osselets de céramique symbolisaient les forces militaires des différents pays, et le spectacle ainsi offert n'avait rien de rassurant pour l'avenir des peuples du continent. Presque à chaque frontière, des légions étaient massées. Chaque royaume avait un quelconque motif de guerroyer contre au moins l'un des autres… Par le jeu des intérêts contradictoires… Dans le mouvement sans fin de l'injustice et de la vengeance…

Le princesse trembla en réalisant que le chaos risquait encore de s'aggraver sur Genesia. Rarement, dans toute son histoire, les tensions avaient été si fortes, les guerres si nombreuses. Le regard de la jeune fille embrassait la carte comme s'il s'était agi d'une gravure morbide représentant quelque sabbat sanglant.

À l'est, il y avait le puissant empire de Daedor, attendant son heure pour mener cette guerre sainte dont il menaçait habilement les autres contrées depuis des décennies. Au-delà, c'était le royaume déchu des Elfes, où nul n'allait plus.

À l'ouest, le royaume d'Orlande tentait de demeurer un phare de civilisation. Mais ses visées pacifistes commençaient à le mettre en danger, faisant de lui une cible pour les peuples plus belliqueux.

Du Nord, on n'avait plus de nouvelles, ou presque. La fière nation d'autrefois semblait être retombée dans la barbarie et le culte de la violence. Plus loin, les Nains avaient clos les portes de leurs forteresses, se terrant au cœur de montagnes interdites.

Le Sud, enfin, n'avait conservé qu'une intégrité de façade. En vérité, Tireldi était une imposture, tant le royaume s'était morcelé en dizaines de petites provinces marchandes et de cités-États rivales. Souvent, Caessia pensait aux Anciens Rois, ces souverains légendaires qui avaient soi-disant régné des siècles plus tôt sur les Six Royaumes – à l'époque où ce terme signifiait quelque chose, et où les six Trônes possédaient encore un véritable pouvoir politique. On disait, sans vraiment y croire, que les mythiques monarques reviendraient un beau jour parmi les vivants, et reprendraient leur place à la tête des puissantes nations. *J'en connais qui auraient une drôle de surprise*, ironisa la princesse. *Ces nations n'existent plus ! Il ne reste que des miettes de leurs Six Royaumes...*

Elle soupira, jetant un ultime regard à la carte. Le monde que ses aînés lui laisseraient en héritage semblait bien impossible à gouverner, jugea-t-elle, découragée.

Elle n'eut pas à faire preuve de patience plus longtemps, car son père paraissait avoir achevé ses réflexions, et reprenait enfin la parole :

— La jeunesse, l'insouciance..., grommela-t-il. Cela ne pourra pas éternellement jouer en sa faveur... D'ailleurs, j'ai beaucoup songé à ce que vous m'aviez suggéré, ma dame. Je pense... je pense maintenant que vous aviez raison.

La jeune fille tressaillit, détestant qu'on parle ainsi d'elle en sa présence. Elle redoutait ce que la marâtre avait encore pu imaginer.

— J'ai été aveuglé par mon amour paternel, et mon souhait de la garder auprès de moi, poursuivait le roi. Mais je ne peux plus reculer : ce mariage lui fera le plus grand bien ! De plus, cela l'incitera certainement à se comporter enfin comme il sied à une dame de son rang.

Caessia fronça les sourcils avec colère.

— Un mariage ? Certainement pas ! rugit-elle sans pouvoir se contenir davantage.

Le roi tourna vers elle un regard outré, mais cette fois, rien n'aurait pu l'obliger à conserver le silence.

D'un ton apaisant, la Première conseillère reprit alors la parole :

— Il s'agit de votre avenir, jeune Altesse. Croyez-moi, j'aurais aimé prendre votre défense... Mais il m'a bien semblé voir un homme, avec vous, dans cette barque. Plusieurs autres témoins ont remarqué sa silhouette qui s'éloignait sur la berge.

» Comprenez, il est impossible pour une jeune fille de votre condition d'entretenir de telles... relations. Cela ruinerait votre réputation, et vos chances de trouver un parti honorable. C'est pourquoi je pense moi aussi qu'il est plus que temps de vous unir à un fidèle époux.

— Vipère ! cracha Caessia, au comble de la fureur.

Les poings fermés contre ses cuisses, les mâchoires crispées, elle se tenait droite en face du roi.

— Ne l'écoutez pas, père ! Elle veut m'éloigner de vous...

En entendant ses propres mots, prononcés sous le coup de l'émotion, l'idée fit son chemin dans l'esprit de la princesse. *Bien sûr...*, comprit-elle. *Comme j'ai été bête ! Jamais cette garce ne pourrait connaître la paix, si je restais ici après ce que j'ai vu... Elle aurait trop peur que je la dénonce pour les visites qu'elle reçoit, et que quelqu'un finisse par me croire.*

— N'imaginez pas que vous pourrez me marier de force, père ! reprit l'adolescente avec l'énergie du désespoir. Vous savez que je ne l'accepterai pas. Même mes duègnes sont d'accord pour dire qu'il est encore trop tôt !

Le monarque souffla bruyamment.

— Je préfère tout ignorer, ma fille, de ce galant que tu reconduisais hors du palais. Je refuse même d'y penser. Mais je comprends mieux, à présent, pourquoi aucun de ceux que je te présentais ne trouvait faveur à tes yeux...

— Ce n'était pas mon amant ! s'écria la jeune fille, avec la désagréable certitude de ne pas être écoutée. C'était celui de...

— Par les Anciens Rois, Caessia ! Notre position implique des sacrifices. Les jolies amourettes ne sont pas de notre rang !

— Mais c'était l'invité de...

Cette fois encore, le roi la coupa :

— D'ailleurs, tu ne sais même pas à qui je compte offrir ta main ! s'emporta-t-il. Peut-être le jugerais-tu à ton goût... Qui sait ?

Sans pouvoir s'en empêcher, Caessia lui répondit d'un rire sarcastique.

— Oui, comme mes prétendants habituels... Encore l'un de ces vieux seigneurs qui ne pensent qu'à épouser votre armée et votre fortune ? Et quand bien même il me plairait... Je n'ai que quinze ans : je ne veux pas me marier !

Je suis beaucoup trop jeune..., se dit-elle, brusquement au bord de la panique. *Beaucoup trop jeune pour tellement de choses que je suis déjà forcée d'accomplir...*

Caessia, si dure en apparence, se sentait une fois de plus terriblement désemparée. *C'en est trop...*, se dit-elle en sentant son autodiscipline vaciller. *Ça devient trop dur de faire face à tout ça !*

Sa maturité de façade pouvait tromper autrui, mais elle-même ne pouvait pas toujours tricher : face à l'adversité, il lui fallait parfois admettre qu'elle n'était qu'une adolescente. Et peut-être intimement moins solide qu'une autre, parce qu'on lui avait laissé si peu de temps pour être une petite fille... C'était à présent l'un de ces moments délicats.

Je ne dois pas craquer maintenant, s'exhorta-t-elle pourtant.

Mais elle avait bien l'impression que la coupe était pleine... Autant qu'elle ait pu mûrir sur le plan intellectuel, martial ou politique, il n'y avait rien au monde qui puisse lui donner l'âge qui lui manquait. La Nef et le monastère de Jade lui avaient appris bien des choses, mais il n'existait nul moyen *d'apprendre* à vieillir ses émotions. Cela, elle l'avait bien compris. Ça ne venait qu'avec le temps... En attendant, il lui fallait beaucoup lutter, pour faire croire aux autres et à elle-même qu'elle pouvait tenir bon. *Un visage de glace, un cœur endurci comme la pierre...*, s'encouragea-t-elle pour tenter de retrouver ses défenses.

Pourquoi lui faisaient-elles défaut précisément maintenant ? En cet instant, face à son père et à la Première conseillère, elle se retrouvait subitement penchée au-dessus d'un vide vertigineux. Et quelque part au fond, se terrait tout ce qu'elle avait dû taire et refouler au fil des années.

D'un seul coup, tout au bord du gouffre, elle réalisa sa fragilité. Elle avait fait trop d'efforts depuis longtemps, assumé trop de responsabilités en serrant les dents. À l'âge où la plupart des filles jouaient encore à la poupée, l'héritière avait toujours dû se montrer raide et digne, disponible pour un protocole qui envahissait chaque minute de sa vie.

Qui savait combien c'était difficile ?

Qui pouvait avoir la moindre idée des barrières qu'elle devait ériger pour protéger son esprit de tout ça ?

Elle se mit à penser aux rares heures qu'elle parvenait à voler, souvent en fin de soirée... Ces heures de prostration où, allongée mollement comme un corps sans vie, elle essayait tant bien que mal de retrouver ses forces. Rassembler ses pensées intimes, au milieu de ce que lui imposait sans cesse le monde extérieur... Rêver un peu pour survivre au lendemain.

Nul ne l'entendait sangloter, pendant ces heures nocturnes. Nul ne pouvait plus lui interdire ces petites ivresses oniriques.

Mais cela suffisait rarement. Le plus souvent, elle n'avait même plus envie de se battre pour préserver sa libre conscience, pour sauver ces aspirations qui n'appartenaient qu'à elle. L'adolescente se contentait de laisser ses pensées errer vers des rivages sombres, où plus rien ne semblait pouvoir la motiver.

Alors, paressant sur son lit, il lui arrivait parfois de songer au pire. Elle envisageait d'échapper à ce monde. Échapper aux désirs des autres, au manque de place. Elle se sentait alors comme amoureuse de la mort.

Oui, elle brûlait de retrouver le trépas, qui l'avait accompagnée dès sa naissance, le trépas qu'elle avait partagé quelques instants avec sa mère morte en couches. Qui semblait l'avoir marquée pour son existence entière. *Amoureuse de la mort, si jeune…*, pensait-elle, tremblant de ses propres pulsions. *Ma vie vient à peine de commencer. Pourquoi ai-je ce genre de pensées ?*

C'est trop tôt… Tout comme cette idée de mariage, réalisa-t-elle, ramenée à sa situation présente.

Peut-être précisément parce qu'elle commençait à se sentir devenir une femme, quelque chose dans cette perspective lui faisait horreur. Elle voulait encore prendre le temps de l'imaginer sans le voir, cet homme qu'elle aurait un jour envie d'aimer. Quelque chose s'éveillait lentement au fond de son ventre, et rendait son cerveau plus propice à rêvasser. C'était trop injuste d'avoir à accepter un mariage forcé maintenant. Justement maintenant.

Caessia changeait, certaines choses ne lui semblaient plus aussi simples et prosaïques qu'autrefois. Tout ce dont elle était certaine, c'était qu'elle ne voulait pas être offerte. Celui qu'elle aimerait, elle le choisirait, pour la seule raison qu'il lui plairait. Et ce serait une magnifique créature, pas un vieux baron racorni par les ans et les intrigues…

Oui, j'ai le droit d'espérer ça…, médita-t-elle, croisant le regard devenu impatient du roi.

— Qui que ce soit, reprit-elle à haute voix, je ne l'épouserai pas ! Je suis sûre que c'est un porc !

— Un peu de mesure, intervint la voix tranquille de la conseillère. Le comte Drekvo est quelqu'un de respectable… Il serait malvenu de l'insulter sous ce toit.

Un Drekvo ? trembla Caessia. *C'est donc là-bas qu'on veut m'exiler, auprès d'un de ces rustauds frontaliers ? Dans ces détestables régions froides qui n'ont jamais appartenu qu'à moitié au royaume du Sud ?*

Malgré toute son amertume, l'héritière se sentit défaillir, le sentiment de révolte la fuyant pour faire place à une terreur sourde. Elle avait soudain l'impression d'être ce morceau de chair qu'on lance au chien fidèle pour le remercier d'avoir bien servi son maître...

La sale vipère ! enragea-t-elle en maudissant la conseillère. *Elle a volontairement choisi le pire homme et le pire endroit !*

Frissonnant et desserrant les poings, Caessia relâcha la tension de son corps dans un réflexe de reddition. *Le territoire de Drekvo...* Les hommes de là-bas n'avaient pas meilleure réputation que leur pays infect. Des barbares, des chefs de guerre sans aucune éducation...

Bien sûr, la jeune fille se savait assez de caractère pour se faire respecter d'un tel homme... de gré ou de force. Mais elle refusait l'idée même de s'enterrer dans ce bout du monde jusqu'à son accession au trône.

Plus cette image s'imposait à elle, et plus les choses lui semblaient claires. *Jamais ! Non, je n'accepterai pas cette vie qu'on prétend écrire pour moi, à ma place ! C'est à moi seule de décider...*

Il fallait y échapper. L'adolescente ne pouvait se résoudre à accepter un tel sort.

Moins fière, elle se serait peut-être jetée aux genoux de son père, l'implorant de renoncer à son projet. Mais Caessia rejeta cette pensée avec dédain. Elle ne supplierait en aucun cas. Et surtout pas en présence de son ennemie intime.

De ses yeux noirs et brillants, elle fouilla intensément le regard du roi. Le court échange qui s'établit entre eux échappa à la Première conseillère. Caessia lisait dans l'expression de son père la certitude d'œuvrer pour le bien de tous. Elle le défia du regard, sachant pourtant qu'il n'y avait rien à faire.

Elle aurait voulut lui signifier, par son attitude, qu'elle était capable de rationaliser la situation. Que son désaccord méritait l'attention du souverain, qu'elle était assez mûre pour décider elle-même de son avenir. Au lieu de ça, elle ne parvint, hélas, qu'à s'enfermer davantage dans un rôle de petite fille rebelle et capricieuse. Il y avait trop de fureur, trop d'émotions en elle à ce moment...

Plus les secondes passaient, et plus elle sentait le piège se refermer sur elle. Son destin lui échappait, inexorablement, comme une poignée de sable filant entre ses doigts.

Je dois trouver un moyen, répéta-t-elle mentalement tandis que le silence s'éternisait.

— Alors, ma fille ? reprit Bassianus, croyant à tort que sa colère était calmée. Es-tu cette fois décidée à m'obéir ?

Caessia hocha imperceptiblement la tête.

La fuite… Hélas, je ne vois plus que cette solution.

— Eh bien ? insista le monarque, qui n'avait pas perçu son infime acquiescement.

— Oui père, répondit l'héritière d'une voix un peu rauque. Il en ira selon votre volonté.

Elle baissa les yeux, pour renforcer son apparente soumission.

Deidwen d'Orlande, la fille du roi Lemneach… Si je parviens à rejoindre les terres de l'Ouest, je suis certaine qu'elle me donnera asile.

Le roi se leva péniblement, pour venir serrer la jeune fille contre son cœur. Stupéfaite, Caessia se raidit malgré elle sous cette étreinte. Elle ne partageait aucun souvenir de ce genre avec son géniteur. Était-ce pour effacer sa culpabilité qu'il lui donnait cette accolade tardive ? Après avoir hésité, elle-même déposa finalement un baiser discret sur sa joue.

Elle se sentait mal à l'aise, hantée par l'idée que son destin tout entier venait de basculer en quelques minutes.

— Je suis heureuse pour vous, princesse, chuchota la Première conseillère d'une voix feutrée, comme pour ne pas troubler leur démonstration d'affection.

Sans doute s'attendait-elle à ce que Caessia remercie à présent le roi, ainsi que le voulait l'usage. L'adolescente se résolut donc à ravaler encore une fois sa fierté, afin de donner le change jusqu'au bout. À cet instant et en ce lieu, il était de toute façon inutile de lutter.

— Recevez toute ma gratitude, père…, commença-t-elle, secrètement étranglée d'horreur. (Elle faisait toutefois l'effort de conserver un ton neutre, refoulant les bouffées de rage et de frustration qui revenaient sans cesse s'emparer d'elle.) Pour m'avoir protégée jusqu'à maintenant. Pour accorder votre bénédiction à ce mariage. Car j'ai la conviction que vous avez choisi pour moi le meilleur parti possible.

Involontairement, elle avait presque craché ces derniers mots. Mais elle ne s'affola pas. Si elle s'était exprimée d'une manière trop aimable, le souverain en aurait certainement conçu des soupçons. Elle ne pouvait passer en quelques instants de l'hystérie à la docilité totale. La Première conseillère se méfiait peut-être déjà de la facilité avec laquelle sa rivale avait rendu les armes…

— Je souhaiterais à présent me retirer pour méditer tout cela, demanda alors Caessia, la voix toujours humble et retenue.

En réalité, elle n'avait déjà plus qu'une seule pensée à l'esprit : comment allait-elle organiser sa fuite ? Elle s'imaginait vaguement dérober une barque et une monture, après s'être assuré la complicité de Nimrod. Puis elle se réfugierait chez la princesse Deidwen, avec qui elle entretenait depuis des années une chaleureuse correspondance.

Seulement, la jeune princesse ne pouvait s'empêcher de se demander si un plan aussi flou suffirait à tromper la vigilance de son père. Elle craignait que la Première conseillère ne se doute de ses intentions. Seul élément pour la rassurer : elle supposait que son ennemie se moquerait fort qu'elle échoue dans le Drekvo ou bien au Palais Suspendu de Lemneach, pourvu que ce fût loin de la Nef…

Le roi lui ayant accordé sa permission, Caessia esquissa une courtoise révérence, puis se retira.

Elle réalisa dans les couloirs qui la conduisaient à ses appartements combien elle était bouleversée. Les larmes qu'elle n'avait pas voulu verser devant la conseillère se mirent à couler le long de ses joues. Les lèvres pincées de vexation, la jeune fille les balaya aussitôt d'un revers de main.

Aujourd'hui, elle renonçait à un trône. Elle préférait défendre sa liberté de femme, au prix de l'honneur de son père et de la pérennité du royaume. Un tel choix, lui semblait-il, se mariait mal à la futilité des sanglots.

Chapitre 10

— Nous passerons la nuit ici, décréta Aiswyn en s'asseyant sur ses talons.

Les deux adolescents avaient finalement trouvé refuge dans une grotte minuscule, à flanc de colline. L'endroit était un peu humide, mais son entrée basse et étroite leur assurait la discrétion.

— Bizarre, tout de même, que les Fraters ne nous aient pas poursuivis..., ajouta la jeune bergère.

Evan haussa les épaules.

— Moi, ça me va.

Puis, plus gravement, il déclara :

— Je suis... je suis tellement désolé d'avoir provoqué cette catastrophe... Si tu savais !

Une fois de plus, l'orphelin était au bord des larmes, mais il n'était pas question de s'y abandonner. Après les événements de la nuit, Aiswyn avait certainement besoin d'être réconfortée... Pas de devoir supporter un gamin pleurnichard.

Il tâcha donc de lui sourire. Il aurait voulu se montrer plus chaleureux, mais pas un mot ne parvenait à sortir de sa bouche.

— Ne m'en veux pas, souffla-t-il finalement, mais je n'ai pas vraiment le cœur à parler maintenant. Je crois qu'on ferait mieux d'essayer de dormir un peu.

— Je vois, assura l'adolescente.

Elle vint néanmoins se poster en face de lui, et attendit patiemment qu'il daigne lever les yeux vers elle.

Au bout d'un moment, Evan trouva le courage de la regarder en face. Aiswyn, son amie d'enfance… Il devait reconnaître que sa simple présence suffisait à lui réchauffer le cœur. Mais il se sentait si coupable !

Il se demanda ce que la jeune fille avait derrière la tête. Il avait d'abord pensé qu'elle le réprimanderait, mais elle lui souriait, les lèvres entrouvertes, comme si aucune tragédie n'avait eu lieu. Son regard clair sondait celui du garçon avec une tendresse pudique, et même ce qu'il interpréta comme une note de compassion.

De nouveau, il lui rendit son sourire. Il était toujours un peu étonné par son attitude.

— Je n'arrive pas à croire que c'est moi le responsable de tout ça, lui confessa-t-il.

— Tu as seulement voulu me défendre, chuchota-t-elle en hochant la tête et en lui prenant la main. Jamais je n'oublierai ce que tu as fait pour moi cette nuit.

Evan comprit enfin pourquoi la bergère ne lui adressait aucun reproche. Elle était pleine de gratitude. Pire, elle devait penser que c'était sa faute à elle, si le village avait brûlé. En l'espace d'une seconde, l'orphelin avait lu cela dans ses yeux, et son propre sentiment de culpabilité ne s'en était trouvé que renforcé.

Il ouvrit la bouche pour parler, mais se contenta de soupirer.

C'était ainsi : le plus souvent, tous les deux n'avaient pas besoin de discourir pour se comprendre. Depuis leurs plus tendres années, ils avaient vécu comme des jumeaux. Ces derniers mois, Evan avait bien remarqué que cette complicité leur attirait des regards différents… Mais il n'était pas encore certain de comprendre ces étranges sourires en coin, qui apparaissaient à présent sur les lèvres des commères du village lorsqu'elles les surprenaient ensemble. Pensif, il observa Aiswyn, pelotonnée face à lui, les genoux ramenés contre sa poitrine. Dans l'obscurité, il ne discernait presque que ses yeux.

— C'était vraiment si horrible, ce que le Dracomancien vous faisait subir ? demanda-t-il, esquissant à son tour une moue compatissante.

La jeune fille pinça les lèvres.

— Peu importe ce que diront mes parents et les gens de Bronghan, fit-elle. Je jure que je ne pourrai jamais regretter le fait que tu sois intervenu.

— À ce point ? s'inquiéta l'orphelin.

Aiswyn acquiesça. Il lui fallut encore quelques secondes avant de réussir à s'expliquer.

— C'est difficile à raconter, dit-elle en frémissant. Le Frater me maintenait sous son emprise, et... (Elle déglutit, reproduisant malgré elle le regard d'un animal acculé.) Je ne pouvais plus bouger. Il... il est entré dans ma tête, Evan ! Et je ne pouvais rien faire pour l'en empêcher !

La jeune fille s'était mise à trembler, revivant en pensée ce souvenir douloureux.

— C'est fini, maintenant, murmura Evan d'une voix qu'il tâchait de rendre rassurante.

Attirant la jeune fille contre sa poitrine, il ajouta :

— Nous ne sommes pas obligés d'en discuter, tu sais.

Mais Aiswyn secoua la tête avec détermination, et poursuivit :

— Ça va, ne t'en fais pas. Il y a quelque chose que j'ai trouvé plus étrange et plus déplaisant que tout le reste. Comment te décrire... ?

Elle avait cessé de frissonner, et paraissait à présent se concentrer pour restituer au mieux ses impressions.

— Tu vois, cette... sorcellerie (Elle avait craché le mot avec dégoût.) aurait dû s'en prendre à mes pensées – c'est du moins ce que j'avais redouté... Mais ce n'était pas le cas. Ce que le missionnaire sondait en moi, c'était quelque chose de beaucoup plus profond, une partie de mon esprit dont j'ignorais jusqu'à l'existence. Une partie tellement plus *intime*.

» C'était ça, hélas, qui intéressait le Frater. Il s'insinuait tout au fond de mon âme, dans ses territoires vierges, à la recherche de je ne sais quoi...

Elle s'interrompit, le temps d'une inspiration saccadée.

— Tu comprends pourquoi je t'ai béni du fond du cœur, quand tu l'as fait lâcher prise. C'est vrai, à cet instant je me moquais bien de ce qui pourrait arriver ensuite !

Evan hocha la tête, toujours aussi sombre.

— Je suis désolé que tu aies eu à supporter ça.

— Cesse donc d'être désolé ! chuchota-t-elle en lui lissant les cheveux d'une main apaisante. Ça ne te ressemble guère.

— Tu ne comprends pas, Aiswyn, tout est de ma faute ! Si les Fraters sont venus, si tu as eu à vivre cette horrible expérience...

— Qu'est-ce que tu racontes ? s'exclama la bergère. Tu ne peux pas endosser ça, voyons ! Au contraire, tu m'as sauvée, alors arrête de te flageller. (Elle eut un petit rire étonné.) Mais qu'est-ce qui t'arrive, à la fin ? Je veux qu'on me rende le véritable Evan ! ironisa-t-elle.

L'orphelin inspira lentement. Il avait été à deux doigts de lui parler des mises en garde de Finrad, mais une impulsion de dernière minute l'avait retenu.

— Quoi qu'il en soit, enchaîna-t-il, c'est bien moi qui ai provoqué la mort de ce Daedorien. Et cette fois, il ne s'agit pas d'une petite bêtise, Aiswyn. J'ai fini par déclencher un désastre... Kyle avait bien dit que ça arriverait un jour.

L'adolescente sourit malgré elle, amusée par cette soudaine inversion des rôles. Habituellement, c'était plutôt elle qui se faisait du souci...

— Bon sang, qu'est-ce que nous allons tous devenir ? soupira de plus belle Evan, et alors le sourire d'Aiswyn s'effaça d'un coup.

Du bout des doigts, elle lui caressa doucement la joue, comme elle le faisait parfois lorsqu'il s'était fait rosser dans une bagarre.

— Étoiles miséricordieuses... Tu te fais du souci pour nous tous ? Tu ne te rends pas compte, n'est-ce pas ?

Le garnement lui jeta un regard intrigué.

— Mon pauvre Evan, pour le moment la seule question que tu

devrais te poser est « qu'est-ce que *je* vais devenir ? » C'est toi qui cours le plus grave danger ! Tu as entendu l'Examinatrice : elle a promis que tu serais châtié...

La petite bergère, dont l'inquiétude avait percé à travers son murmure, semblait subitement prête à fondre en larmes. Comme si – Evan le réalisa aussitôt – elle ne les avait retenues que difficilement jusqu'ici.

Poussé par un soudain élan, il serra la jeune fille un peu plus fort entre ses bras, et celle-ci posa la tête sur son épaule. Il éprouvait une drôle de sensation à la voir aussi bouleversée pour lui.

Tous deux restèrent un moment silencieux, blottis l'un contre l'autre au bord de cette caverne humide, perdus et seuls au milieu de la lande.

L'idée d'avoir de nouveau affaire à la Fraternité n'enchantait guère Evan, il devait l'avouer. Mais il espérait que les Daedoriens l'oublieraient tôt ou tard. Il lui suffirait de rester caché un moment...

Marqué ! Le mot tournait et retournait dans sa tête. *Mais les Fraters ont d'autres chats à fouetter,* s'encourageait-il silencieusement. *Qu'est-ce qu'ils en ont à foutre, d'un gamin qui les a défié par accident ?*

Sauf... sauf si Finrad avait raison, et qu'ils étaient déjà à mes trousses. Sauf s'ils me traquent pour une raison inconnue, et que leur sorcellerie de cette nuit n'était destinée qu'à me débusquer parmi les autres jeunes...

Il se mordit la lèvre. *Au moins, cela signifierait qu'ils ignorent encore que je suis celui qu'ils recherchent...*, conclut-il, s'accrochant à toute hypothèse susceptible de le rassurer. *Dans ce cas, ma bêtise de tout à l'heure m'a peut-être bien sauvé la vie !*

Il fronça les sourcils, songeur. Contre lui, Aiswyn commençait à grelotter. *Peur ou froid ?* se demanda-t-il. Les deux, probablement. Dans leur modeste abri battu par les courants d'air, la température commençait à chuter un peu.

Le garçon ôta son gilet en peau de mouton et le posa sur son amie, ignorant ses protestations.

— Merci, murmura-t-elle finalement; son souffle chatouillant le cou d'Evan.

— Ça va ? s'enquit doucement ce dernier.

— Je m'inquiète pour mes parents, avoua la bergère. Je m'en veux. Nous sommes là, en sécurité, sans savoir ce que les Fraters sont en train de faire à notre village… Dans quel état retrouverons-nous Bronghan, quand nous rentrerons ? Combien de familles en deuil ? Et s'ils… s'ils avaient tué tout le monde ?

L'orphelin secoua la tête avec conviction.

— Pas question de penser ça. D'ailleurs, je suis sûr que c'est impossible, la Fraternité ne prendrait pas un tel risque. Tu comprends, le roi pourra peut-être tolérer une poignée de victimes, d'autant que les Fraters peuvent faire valoir l'argument qu'ils ont été les premiers à perdre un homme dans cette histoire… Mais il n'accepterait jamais le massacre d'un village tout entier. Cela déclencherait forcément une guerre. Et les Daedoriens le savent.

» À mon avis, les Fraters doivent se contenter de terroriser les gens et de rosser ceux qui joueraient les héros. Je suis certain qu'ils épargneront presque tout le monde.

— *Presque…*, trembla Aiswyn.

— Je sais. C'est horrible. J'arrive à peine à réaliser ce qui se passe cette nuit. Mais il va falloir nous montrer forts.

La jeune fille leva yeux, posant sur le visage d'Evan un regard étrange.

— C'est effrayant de te voir aussi grave, petit frère. Je sais que l'heure ne se prête pas à l'insouciance, mais… en quinze ans, je ne t'avais jamais vu faire preuve d'un tel sérieux.

» Comme tout a changé, cette nuit… Rien ne sera plus jamais pareil, n'est-ce pas ?

Les lèvres un peu crispées, Evan haussa les épaules sans répondre. Au bout d'un moment, il soupira :

— Toutes ces années, durant lesquelles je me suis éperdument fichu des conséquences de mes actes… Je ne me rendais pas compte, tu sais. Jamais je n'aurais imaginé que je pouvais provoquer autant de mal !

» Si au moins il y avait une chance que cela me serve de leçon..., se lamenta-t-il. Mais je crois que je suis comme ça, il n'y a rien à faire.

Aiswyn lui fit signe de se taire.

— Nous reconstruirons, affirma-t-elle. Nous enterrerons nos morts et nous reconstruirons.

Evan acquiesça lentement, tandis que son amie poursuivait :

— Dans la région des Lacs, nous sommes de petites gens, mais nous n'avons jamais eu besoin de personne pour nous dire comment nous sortir des situations difficiles. Bronghan a toujours survécu aux mauvais hivers, au gel et aux loups... Il survivra aux Fraters.

» Nous logerons les sans-abri dans les habitations épargnées, le temps de redresser les autres. Nous ferons jouer la solidarité avec les autres villages de la région.

— Je ne peux pas, la coupa l'orphelin.

Il prit une profonde inspiration tandis qu'Aiswyn lui jetait un regard inquiet.

— Je ne peux pas participer à ça. Il ne faut pas que je rentre à Bronghan. Crois-moi, j'aurais voulu aider à rebâtir notre village... Mais ce serait trop dangereux.

Il marqua encore une courte pause. *Maintenant...*, s'exhortait-il. *C'est maintenant que je dois lui dire.*

— Tu sais, cet étranger à qui nous avions décidé de jouer un tour, dans la clairière aux Esprits ? Il s'est passé quelque chose d'étrange... Il me connaissait, il savait mon nom, et m'a même mis en garde contre la venue des Fraters.

Aiswyn ne disait rien, mais l'observait toujours, attentive.

— Je n'en ai pas parlé. Je n'y croyais qu'à moitié... Mais il avait raison ! Et... il a dit autre chose : que les Fraters venaient pour moi. Tu comprends ? C'était *moi* qu'ils voulaient, Aiswyn.

— Voyons, c'est ridicule ! Pourquoi les Fraters te chercheraient-ils ?

— Ça... je n'en sais rien, avoua le garçon. Mais le vieillard qui m'a averti m'a dit de le retrouver à Farnesa, dans le Sud. Je suppose qu'il pourra m'en dire plus.

À ces mots, la bergère se raidit, s'échappant des bras de son compagnon.

— Tu ne comptes pas aller là-bas ? C'est à des semaines de route !

Evan baissa les yeux.

— C'est que je n'ai pas le choix. Je dois échapper à la Fraternité, et ce vieil étranger est certainement le seul à pouvoir m'y aider. Mais surtout… le plus loin je serai de Bronghan, le plus en sécurité vous serez. Je ne veux pas vous mettre en danger de nouveau.

— Je te retrouve enfin, répondit Aiswyn, masquant son émotion sous un ton moqueur. Tout est toujours simple, avec toi…

» As-tu pensé à d'autres solutions, avant de te lancer tête baissée sur la route ? Ou vas-tu agir sans réfléchir, comme toujours ?

Le jeune garçon fit la moue.

— Nul besoin de réfléchir, dans mon cas. Je n'ai que ça à faire… et ne crois pas que ça m'enchante.

Aiswyn resta plusieurs minutes silencieuse. Elle semblait réaliser doucement que son ami allait vraiment quitter le pays. Peu à peu, son expression s'assombrit, tandis qu'elle parcourait du doigt une couture de son chemisier. Pinçant les lèvres avec anxiété, elle finit par lâcher :

— C'est impossible, voyons. Nous savons tous les deux que tu es incapable de veiller sur toi-même… Tu t'imagines, seul sur les chemins, au bout du monde ? (Elle ravala un sanglot sec.) Par les Étoiles… J'ai peur pour toi, Evan.

Chapitre 11

Grelottant sur la berge, Caessia ôta ses vêtements trempés et les dissimula entre les roseaux. Sans perdre de temps, elle tira de son sac les habits secs qu'elle avait préparés. Par souci de discrétion, elle avait préféré traverser à la nage plutôt que voler une barque. À présent, nue dans l'obscurité glacée, elle regrettait un peu sa décision. Elle enfila pantalon et tunique puis se blottit vivement dans sa grande cape de velours mauve.

Aiguillonnée par une irrésistible impulsion, elle jeta enfin un dernier regard vers la Nef… Le sentiment étrange qui l'étreignit alors la fit penser à une mue. Comme si elle s'était débarrassée de son propre épiderme en même temps que de ses vêtements. Elle baissa les yeux machinalement vers les atours cachés dans la boue : elle n'aurait pas été si surprise de découvrir parmi eux une enveloppe de peau humaine.

Caessia de Tireldi, infante de l'Ancien Trône du Sud, achevait sa route ici.

Caessia, adolescente errante mais libre, respira à pleins poumons et se mit en marche.

Quelque chose lui disait qu'il n'aurait pas pu en aller autrement.

Les choses devaient finir ainsi, c'était la seule issue. Toutes ces années, on m'a crue solennelle, coulée dans le moule de mon statut... Seulement, elle savait que cette raideur, cette froideur délibérément affichée, n'étaient au contraire que le reflet de sa rébellion. Une manière de survivre, de dissimuler sa précieuse intimité. *Je n'aurais jamais été la souveraine attendue. Je n'aurais pu supporter d'être prisonnière...*

Il ne s'était pas écoulé huit heures depuis qu'elle avait eu cet entretien fâcheux avec son père. Dès la nuit tombée, elle s'était sentie prise d'une frénésie qui l'avait poussée à fuir sur-le-champ. Après une décision aussi grave, s'était-elle dit, l'action ne pouvait supporter d'attendre.

Le cœur battant, la princesse avait rassemblé ses affaires comme une folle. Peu sûre d'elle, la nervosité lui troublant l'esprit, elle avait eu l'impression que tout le palais l'espionnait. Une méfiance paranoïaque s'était emparée d'elle, si bien qu'elle n'avait même pas prévenu Nimrod de son départ. Elle redoutait trop que le Bakar ne tente de la raisonner, et n'attire ainsi l'attention sur eux. Maintenant un peu calmée, elle maudissait déjà son attitude, considérant que la protection du Nain aurait pu lui être fort utile dans les temps à venir, et songeant combien il serait blessé qu'elle ne lui ait pas accordé toute sa confiance. Et elle avait au moins autant de peine pour son bouffon, le fidèle Sargon. Celui-ci se laisserait sans nul doute mourir de chagrin en l'absence de sa maîtresse...

Elle secoua la tête avec énergie. *Sensiblerie !* Pour l'instant, elle ne devait penser qu'à elle. Les deux Nains avaient toujours été très proches l'un de l'autre, liés par leur loyauté envers la princesse. Ils sauraient se réconforter mutuellement de son départ.

Elle, en revanche, était seule face à son destin. Dans les heures à venir, il lui faudrait trouver une monture, se renseigner sur les routes praticables et celles tenues par de trop nombreux hommes d'armes... Elle allait devoir apprendre des dizaines de choses dont elle ignorait tout, à commencer par se débrouiller seule.

Elle ne devait surtout pas se laisser aller à la méditation. Sa décision de fuir avait été trop déchirante, trop lourde de conséquences :

si elle y pensait, ne serait-ce qu'une seconde, elle risquait de réaliser à quel point sa situation était grave, et différente de tout ce qu'elle avait connu jusqu'à présent. Ce serait alors le début des doutes... Peut-être même l'envie la prendrait-elle de rebrousser chemin et de rentrer à la Nef pour se soumettre à son père. *Non !* se dit-elle. *Ne pas penser...* Seule la précipitation et les actes pouvaient l'empêcher de succomber à la terreur.

Par chance, elle ne craignait pas le danger physique, se sachant apte à se défendre, et anesthésiée par les multiples tentatives de meurtre auxquelles elle avait échappé. Seule l'effrayait la perspective de regretter son choix et de se plier à un avenir détesté.

À petites foulées souples, elle s'éloigna des berges du fleuve. Si ses informations étaient exactes, il y avait dans les proches marécages des loueurs de Trolls qui ne se montraient pas trop regardants sur l'identité de leurs clients.

Leurs élevages, dissimulés dans les brumes de la mangrove, étaient pour la plupart clandestins et ne reversaient aucune taxe au roi. *Si je veux devenir invisible aux yeux de mon père, il va falloir que je m'habitue à traiter avec ce genre de personnes...*, se dit Caessia avec un sourire déprimé.

Vers le milieu de la nuit, après avoir craint de perdre son chemin de nombreuses fois, elle parvint enfin à un hameau englué dans la vase. Réveillant sans remords la sentinelle de garde, la jeune fille réussit à se faire indiquer la direction du plus proche éleveur de Trolls, à quatre heures de marche plus au sud.

L'aube pointait lorsqu'elle atteignit enfin son but.

Est-ce possible ? pesta intérieurement la princesse. *Cet endroit est encore plus malodorant que le reste du marais !*

Au-dessus des enclos où dormaient encore les bêtes, des fumerolles rances s'élevaient lentement. D'une démarche décidée, Caessia avança vers le bâtiment principal et tambourina à la porte en hélant le maître des lieux.

Ce dernier surgit quelques instants plus tard, visiblement surpris de cette visite matinale.

— Qu'est-ce que c'est ? rugit-il en apparaissant sur le perron.

Caessia fit l'effort de ne pas reculer d'un pas, face à cet homme imposant qui l'écrasait de toute sa taille.

Seulement vêtu d'un tablier de cuir sombre, l'éleveur était couvert de tatouages obscènes. Son regard torve mit la jeune fille mal à l'aise en se posant sur elle.

— J'ai besoin d'un Troll, déclara-t-elle d'une petite voix.

Puis, se forçant à prendre un ton moins timide :

— Votre animal le plus fort : j'ai devant moi un long voyage…

Les Trolls étaient les bêtes de somme les plus prisées du continent. Aussi puissants que des bœufs, mais plus agiles et plus intelligents, ils avaient en prime le pied sûr, héritage de leur habitat naturel dans ces marécages accidentés.

— Qu'est-ce que vous foutez dans le coin ? commença par s'intriguer l'éleveur.

Caessia savait dès le départ qu'une jeune fille seule au beau milieu des marais attirerait quelques soupçons. En particulier vêtue comme elle l'était, dans tous les atours de la noblesse… Néanmoins, elle ne se démonta pas :

— Cela ne vous regarde pas, décréta-t-elle. J'ai de quoi payer pour votre meilleur Troll, c'est tout ce que vous avez besoin de savoir.

L'homme la toisa une seconde sans rien dire. Bientôt, ses lèvres grasses esquissèrent un sourire qui cherchait à peine à cacher sa malveillance.

— Pas très malin de gambader toute seule par ici, marmonna-t-il sans la quitter des yeux. Fais-moi voir ton or…

Méfiante, Caessia fouilla pourtant dans sa poche pour en extraire une dizaine de ducats.

Le regard de l'éleveur se durcit, tandis que la cupidité y brillait de plus belle. Il toucha les pièces et laissa lentement remonter ses doigts sales sur l'avant-bras de la princesse, pour enfin lui saisir le coude.

— Montre-moi *tout* ton or, éructa-t-il. C'est vraiment beaucoup plus cher, un Troll…

Caessia inspira calmement.

— Je connais les prix, assura-t-elle. Il y a assez dans ma main pour une bête de très bonne qualité.

L'homme raffermit sa prise sur son coude, et lui souffla à l'oreille :

— Ici, c'est chez moi. *Je* décide du prix, c'est tout.

» Si tu n'as pas assez sur toi… alors on pourra toujours s'arranger, ajouta-t-il avec un sourire qui en disait long.

Non sans une certaine exaspération, la princesse hocha la tête de droite à gauche. Avec élégance, sa main vint se poser sur celle du maquignon.

Alors, d'un seul mouvement sec, elle lui tordit le bras et l'obligea à s'agenouiller. La figure soudain cramoisie de douleur et de colère, l'homme tenta de se débattre, mais la prise de Caessia était ferme. L'éleveur comprit vite que plus il bougerait, plus la souffrance lui vrillerait le bras.

— Petite morue ! cracha-t-il tandis que les veines de son cou gonflaient à éclater.

La princesse resserra cruellement sa clé.

— Il faut être poli, susurra-t-elle en détachant bien les mots.

Un instant passa avant qu'elle enchaîne :

— Nous allons maintenant choisir ma monture, d'accord ? Et je vous en donnerai un prix raisonnable…

Le maquignon, qui avait toujours le souffle coupé par la douleur, acquiesça de mauvaise grâce.

Comme la jeune fille le libérait prudemment de sa prise, il émit un ou deux jurons à mi-voix, mais se garda bien de tenter de quelconques représailles. Se massant le coude et l'épaule, il fit signe à Caessia de le suivre vers les enclos.

— Voilà ! maugréa-t-il en indiquant une dizaine d'animaux de bât, encore couchés à même le sol boueux.

Tous étaient abominablement crottés, et la plupart portaient des marques de coups. Ils paraissaient également affamés, en particulier les mâles.

— C'est tout ce que vous avez à me proposer ? s'exclama Caessia, un pli soucieux sur le front. Deux femelles pleines et une poignée de mâles estropiés ?

L'homme haussa les épaules :

— Pas ma faute… Ces saloperies se battent entre elles…

Passant sur le mensonge qu'elle entendait clairement dans l'intonation de l'éleveur, la jeune fille émit un long soupir de désarroi. Son regard balaya les lieux sans trop y croire, mais finit par se poser sur quelque chose qui lui redonna légèrement espoir :

— Et cette bête-là, derrière l'autre clôture ? demanda-t-elle.

Du doigt, elle désignait un Troll isolé, que l'homme semblait avoir volontairement laissé à l'écart de ses congénères.

— Pas possible, répondit l'éleveur. Celui-là a la rage. C'est pour ça que je l'enferme tout seul. (Il hocha la tête avec une vilaine moue.) Non, vraiment, trop dangereux… Vous ne feriez pas cent mètres.

Caessia fronça les sourcils en réfléchissant. Le Troll en question avait l'air en bonne santé, à la différence des autres. Son pelage fauve était presque propre, et les muscles de ses épaules paraissaient en mesure de soulever plusieurs fois son propre poids. Ce qui n'était pas peu dire.

— Au point ou j'en suis, ça vaut peut-être la peine d'essayer, décréta-t-elle. Je vous promets que je ne vous tiendrai pas pour responsable en cas d'accident, s'empressa-t-elle d'ajouter en voyant la mine déconfite du maquignon.

Ce dernier, qui ne semblait la croire qu'à moitié, insista :

— Tu ne comprends pas, petite. Tous les Trolls sont plus ou moins des créatures sauvages : il faut savoir s'en faire obéir. Ça demande de la poigne, tu peux me croire !

» Mais celui-là, il est encore pire… Il n'y a vraiment rien à en tirer. Je le vendrai à mon pire ennemi dès que j'en aurai l'occasion.

La princesse plissa les yeux avec colère :

— C'est vous qui ne comprenez pas, mon brave. Une longue

route m'attend : j'ai besoin au plus tôt d'un animal de bât, qui pourra me servir de monture le cas échéant. Je compte voyager vite et il me faut un Troll en parfaite condition. Donc, c'est celui-là que je veux ! Vendez-le moi et n'en parlons plus… Ai-je été suffisamment claire ?

Croisant son regard luisant de détermination, l'homme se contenta de déglutir et d'acquiescer. Se dirigeant vers l'enclos, il ajouta néanmoins :

— Vous êtes prévenue. Prenez-le à vos risques et périls…

Sans lui répondre, Caessia fit changer l'argent de main – elle mit un point d'honneur à payer exactement ce qu'elle estimait juste – et fit signe à l'éleveur de seller l'animal. À cette occasion, elle remarqua que l'homme approchait de la bête avec une certaine appréhension. *Il ne m'a donc pas menti…*, médita la jeune fille. *J'espère que je ne suis pas en train de faire une bêtise,* se dit-elle encore en observant les rangées de longues dents qui garnissaient la gueule du Troll.

À son grand soulagement, ce dernier ne broncha pas tandis que le maquignon le brossait grossièrement puis le harnachait. À peine un tremblement hérissa-t-il son dos lorsque son maître le frappa du pied pour l'obliger à se lever.

Dans la position courbée des Trolls, il renifla en bombant le torse, puis huma l'air en levant les narines. Un pelage fauve courait sur sa poitrine et dans son dos, ainsi que sur ses avant-bras et ses mollets, où il formait des paturons touffus. De la même couleur, sa longue et épaisse crinière flottait autour de son faciès bestial.

C'était la première fois que Caessia pouvait observer de près l'un de ces animaux. Comme tous ceux de son espèce, celui-ci avait la peau d'un vert olivâtre et de très longs bras qui touchaient presque le sol. Grâce à cette morphologie, les Trolls pouvaient se déplacer rapidement à quatre pattes, lorsque leur dos était particulièrement chargé. L'adolescente tenta d'éviter du regard les volumineuses parties génitales qui pendaient entre les jambes de la bête, mais elle les aperçut sans y prendre garde et rougit avant de baisser les yeux. Quant aux crocs tranchants de l'animal, elle les imaginait facilement déchirer la chair la plus dure, un détail allant dans le sens des rumeurs qui prétendaient que les Trolls à l'état sauvage étaient carnivores…

— Pour le moment, je vais me contenter de lui faire porter mes bagages, déclara Caessia lorsque la bête fut sortie de son enclos.

Sous l'œil un peu nerveux du maquignon, elle attacha son grand sac aux lanières prévues à cet effet.

— Bien… Je crois que je peux reprendre ma route, à présent. (Elle leva les yeux au ciel, une main en visière.) La journée s'annonce ensoleillée, on dirait…

Après avoir jeté un dernier regard à l'éleveur et son univers boueux, elle le salua froidement de la main et se mit en marche vers le nord-ouest. Le Troll la suivit sans qu'elle ait à tirer sur sa longe.

Chapitre 12

Caessia voyagea ainsi pendant dix jours, hors des voies fréquentées. À son grand soulagement, la créature dont elle avait fait l'acquisition ne lui causa aucun problème. Ce Troll décrit comme redoutable et agressif par le maquignon se révéla doux comme un agneau, ce qui la conduisit à penser que c'était uniquement la faute de mauvais traitements s'il avait pu donner du fil à retordre à son précédent maître. D'abord étonnée et méfiante, elle se félicita bientôt de son achat. La *« rage »*… , se moquait-elle parfois en se remémorant les paroles de l'éleveur.

Depuis les régions marécageuses, elle avait rejoint les pistes des pâtres qui serpentaient entre les collines. Elle désirait encore quelque temps éviter les routes les plus fréquentées. Ces dernières n'étaient pas toujours sûres, infesté comme l'était le royaume par les brigands de la République… *De plus,* songeait-elle, *mon père a certainement envoyé des soldats à mes trousses… Pas question qu'ils me ramènent au palais !*

Sous l'effet des premières chaleurs de l'année, elle avait rangé sa grande cape dans ses fontes, et le soleil du printemps chauffait ses épaules. Souvent, son périple la menait vers les hauteurs herbues des vallons, sa petite silhouette se découpant alors sur les crêtes, toujours suivie de l'énorme masse tranquille de son Troll.

Ses premières angoisses oubliées, la princesse trouvait un plaisir paisible à cheminer parmi ces paysages. Comme il lui semblait loin, le temps où d'innombrables préoccupations accaparaient chacune de ses minutes… Sur la route, nul ne la sollicitait. Elle n'avait d'autre souci que de poser un pied devant l'autre et trouver chaque soir un endroit où passer la nuit.

Il arrivait peu qu'elle souffrît de la solitude. Lors des rares occasions où cela se produisait, elle parlait alors au Troll pour s'occuper l'esprit. Cela lui rappelait ses habitudes de la Nef, le soir, lorsqu'elle abreuvait ses chats domestiques de discours badins ou tourmentés.

Aux animaux, elle pouvait dire tout ce qu'elle n'aurait jamais avoué à un être humain. Les Trolls comme les chats se contentaient d'écouter stoïquement, sans contredire ni juger… Ainsi, au fil des longues heures de marche quotidienne, la bête de somme était devenue une présence rassurante, un confident idéal. Caessia lui contait sa vie d'autrefois, héritière prisonnière de son statut, lui faisait part de ses doutes d'adolescente en fuite…

Parfois, elle croisait par hasard le regard de l'animal, et cessait subitement son bavardage. Il y avait dans les yeux de la bête une étincelle qui la mettait mal à l'aise. Quelque chose d'étrangement lucide, lui inspirant une soudaine pudeur, une retenue irrationnelle à confier ses émois les plus intimes. *Encore un trait en commun avec les chats…*, songeait-elle alors, riant tout bas de ses propres superstitions. Néanmoins, la sensation subsistait, et elle répugnait à ouvrir son cœur tout à fait.

Un après-midi, alors que ses réserves de nourriture commençaient à s'amenuiser, Caessia se décida à faire une brève halte dans un village de bergers. Elle ne comptait pas y rester plus que le temps nécessaire pour acheter quelques vivres, et espérait que ces gens coupés du monde ne la reconnaîtraient pas.

Depuis plus d'une heure, elle suivait donc un chemin semblant conduire à ce hameau dont elle avait deviné les contours au creux d'une étroite vallée. Le relief accidenté ne lui permettait pas de garder toujours sa destination en vue, aussi s'orientait-elle un peu au jugé. Ce fut seulement lorsqu'elle fut presque arrivée qu'elle réalisa son erreur.

À cette époque de l'année, l'absence de fumée sortant des cheminées ne l'avait pas alertée. C'est plutôt d'une impression générale d'immobilité qui la mit instinctivement sur ses gardes. Le silence…

La dernière colline franchie, Caessia comprit la raison de ce calme étrange, et eut l'explication de son pressentiment. En fait de village, elle se trouvait face à un vaste cimetière, perdu au milieu des vallons comme une nécropole parmi les déserts du Loin-Sud. Un moment interloquée par ce spectacle totalement incongru, l'adolescente finit par se dire qu'elle avait probablement affaire à quelque vestige oublié d'une ancienne bataille.

Ce qu'elle avait pris de loin pour des maisonnettes se révélait autant de mausolées. Les prétendues cheminées étaient des obélisques gravées de hiéroglyphes antiques. Parmi les tombeaux de marbre flottait une brume basse que Caessia jugea déplacée pour un après-midi de printemps.

Elle réprima le tremblement que lui inspirait cette scène morbide.

— Ce n'est pas ici que nous trouverons de quoi nous ravitailler, dit-elle au Troll. Inutile de nous attarder…

Mais malgré sa répugnance à traverser le cimetière, Caessia devait se rendre à l'évidence : remonter par les collines lui prendrait trois fois plus de temps, et il lui faudrait alors passer la nuit en haut des crêtes… Déterminée à ne pas se montrer inutilement puérile, elle se résolut donc à pénétrer dans cet inquiétant paysage.

Entre les tombes, aucune allée n'était pavée, ou bien il n'y en avait plus trace depuis longtemps. La princesse et son animal de bât serpentèrent donc parmi les sépultures en tâchant de bien conserver leur cap vers la sortie du défilé.

Par chance, il fait jour, et le soleil brille…, frissonna Caessia, avant de se rendre compte que cela n'était plus si vrai. Au cœur de la nécropole, la luminosité elle-même semblait différente : épuisée, usée et terne, comme happée par la brume. Cette dernière se lovait autour des jambes de la jeune fille, lui montant jusqu'aux cuisses. Elle n'était ni froide ni humide, et pourtant son contact caressant demeurait étrangement désagréable. Caessia accéléra encore le pas.

Tout en avançant, elle se demandait à quel alphabet appartenaient ces inscriptions sur les tombeaux. Cela ne ressemblait à aucun de ceux qu'elle connaissait. La plupart des sépultures étaient assez majestueuses, ce qui écartait définitivement l'hypothèse d'un cimetière appartenant aux populations locales. De toute évidence, il n'y avait aucun berger enterré ici, mais des guerriers, de hauts dignitaires religieux, des rois aux cryptes surmontées de statues immenses… Certains sarcophages contenaient visiblement la dépouille de chevaliers, dont les fidèles montures avaient été embaumées puis placées à leur droite. Quelques mausolées ressemblaient à de véritables palais mortuaires, et Caessia s'étonna un peu de n'avoir pas remarqué des bâtiments aussi colossaux dès qu'elle s'était engagée dans ce labyrinthe de tombes.

Petit à petit, observant autour d'elle, elle réalisait d'ailleurs que s'orienter devenait plus difficile. Les caveaux lui bouchaient la vue et elle n'apercevait plus la sortie de la vallée. Le panorama semblait envahi d'arches, de pyramides aux flèches impérieuses…

Voyons, je ne suis pas perdue, s'encouragea mentalement la jeune fille.

S'accordant un instant de répit pour calmer sa respiration, elle fit un tour sur elle-même et scruta les crêtes en hauteur. Le défilé paraissait s'être élargi !

Ce n'est que mon imagination…

Quelques pas de plus, vers le nord. À moins que ce ne fût vers le sud ?

Mille sorcières ! enragea-t-elle. *C'est tout simplement impossible ! Comment peut-on se perdre dans un défilé en plein jour ? J'ai pourtant pris soin d'aller tout droit !*

Elle commençait à paniquer, raffermissant sa prise sur la longe du Troll. Elle venait aussi de se rendre compte que le sol, sous ses pieds, était étrange.

Elle ne pouvait le distinguer, à cause de la brume, mais il crissait bizarrement depuis le départ. Peu à peu, la vérité sur sa nature se glissait dans l'esprit de l'adolescente...

Des os..., comprit-elle en luttant contre une soudaine nausée. L'angoisse qui la saisit la fit grelotter, avant qu'elle ne se reprenne.

Je marche sur un gigantesque ossuaire ! Des millions d'os, pour couvrir une telle surface...

Par les Anciens Rois, c'est impossible ! se répéta-t-elle. *Aucune bataille connue n'aurait pu faire autant de morts !*

Tremblante, elle fit mettre son Troll à quatre pattes puis l'enfourcha, autant pour échapper au contact des ossements que pour prendre un peu de hauteur. Mais malgré ce meilleur point de vue, elle eut la déception de constater que l'horizon semblait identique de tous côtés : des tombeaux, seulement des tombeaux à perte de vue...

Et c'est à cet instant que les voix commencèrent à résonner.

Sépulcrales, elles paraissaient s'élever de chaque sarcophage, du tapis d'os lui-même... Leur chant sourd et lent s'empara de l'esprit de Caessia et le serra comme dans un étau.

La princesse n'avait jamais rien entendu d'aussi discordant. Elle était terrassée. Allongée mollement contre le dos de son Troll, elle sentit des larmes de pure douleur lui monter aux yeux.

Ses mains plaquées contre ses oreilles, elle ne parvenait pourtant pas à échapper aux voix qui s'insinuaient... Profondes, oscillatoires, terriblement déchirantes...

— Assez ! supplia la jeune fille, au bord de l'évanouissement.

Les cris parurent alors se calmer un peu, le chant se faisant plus homogène. Bientôt, Caessia put discerner des paroles intelligibles parmi ce concert de lamentations :

— Ne nous donne pas d'ordres ! dit une partie des voix spectrales. Tu n'as plus de pouvoir sur nous...

— Dévoreuse ! clamaient mille autres voix, comme une insulte. Tu as perdu ton pouvoir !

La princesse sanglotait sans plus se retenir, à présent.

— Allez-vous-en, implora-t-elle en fouettant son Troll pour qu'il s'éloigne plus vite. Allez-vous-en !

Curieusement, il lui sembla de nouveau qu'une partie des voix se taisait à son injonction. Mais cela en laissait encore des millions pour la tourmenter :

— Dévoreuse ! Meurtrière ! Écoute la plainte de tes victimes !

Pendant ce temps, la monture de Caessia avait continué d'avancer au hasard, l'infante ayant totalement perdu ses repères. Pourtant, ballottée par la course du Troll, elle eut soudain l'impression que le paysage redevenait plus familier. Elle scruta l'horizon face à eux et aperçut – avec un indicible soulagement – l'extrémité de la vallée.

La princesse ignorait s'il fallait mettre ce miracle sur le compte de la providence ou bien des instincts de l'animal, mais elle aurait pleuré de joie en voyant les collines se profiler sous ses yeux.

Les voix hurlaient toujours, psalmodiant leur complainte, mais Caessia avait retrouvé l'espoir. Dans quelques minutes, elle aurait quitté cet endroit. Sauve…

Les tombes s'espacèrent, la brume cessa de lécher les membres du Troll. Le son des mélopées se fit plus sourd encore, tandis que l'adolescente laissait peu à peu la nécropole derrière elle.

Longtemps après, Caessia repenserait à la folie de ce moment. Et longtemps après elle regretterait de n'avoir pu échapper aux dernières récriminations des voix fantômes :

— Tu nous fuis ? Mais c'est *toi* qui nous as donné naissance, maudite ! C'est *toi* qui nous as tués…

» Cours ! Nous serons toujours là…

» Nous serons toujours là.

Chapitre 13

Au petit jour, Evan n'avait toujours pas fermé l'œil. Aiswyn et lui avaient discuté une bonne partie de la nuit, grelottant l'un contre l'autre et partageant les angoisses que leur inspirait le cataclysme des récents événements. Finalement, la jeune bergère s'était endormie, la tête posée sur les genoux de son ami.

Mais ce dernier était resté éveillé, scrutant l'horizon. En bas, dans la vallée, il avait vu les Daedoriens quitter enfin son village, la colonne de leurs flambeaux s'éloignant en file indienne vers le sud. Sans doute comptaient-ils poursuivre leur œuvre de recensement des jeunes gens dans les hameaux environnants. L'orphelin avait soupiré de soulagement en constatant que les Fraters ne paraissaient pas disposés à lui donner la chasse personnellement… du moins pour le moment.

Il attendit patiemment. Le jour était parfaitement levé lorsqu'Aiswyn commença à montrer des signes de réveil. Le jeune garçon avait des fourmis dans les jambes, mais n'avait pas encore osé bouger, de peur de la réveiller.

La jeune fille, tirée du sommeil par les rayons du soleil, s'étira en jetant autour d'elle des regards étonnés. Puis elle se souvint où elle était, pourquoi elle s'y trouvait, et son sourire tranquille s'envola.

— Je croyais avoir fait un mauvais rêve…, ronchonna-t-elle. Tu n'as pas dormi ?

Evan fit « non » de la tête.

— J'ai réfléchi, pour te faire mentir.

— Et alors ?

Le garçon s'étira à son tour, et se dressa sur ses jambes en massant ses genoux ankylosés. Du menton, il désigna la vallée en contrebas.

— Les Fraters ont quitté Bronghan, un peu avant l'aube.

— Tant mieux, déclara la bergère. Tu ne m'as pas répondu : qu'as-tu décidé de faire ? Penses-tu toujours qu'il est sage de te lancer dans l'inconnu, sur la seule foi des paroles d'un étranger ?

La réponse d'Evan sembla claquer comme une gifle :

— Oui.

Il s'attendait vaguement à une réaction de colère ou à des larmes, mais Aiswyn déclara simplement :

— Très bien. Si tu penses que c'est le mieux à faire.

L'adolescent haussa un sourcil intrigué.

— Depuis quand fais-tu confiance à mes décisions ?

Pour toute réponse, la jeune fille se contenta de lui sourire.

— Je dois me rendre à Farnesa, tu comprends ? se défendit-il comme si elle l'avait explicitement désapprouvé. Retrouver ce vieux type est ma seule chance de tirer tout ça au clair…

— Tu as peut-être raison.

— Aiswyn, ça suffit ! pesta Evan avec impatience. Je te connais ! Qu'est-ce que tu trames ?

Son amie d'enfance prit son air le plus innocent.

— Rien du tout. Apparemment, tu es le premier concerné par toute cette histoire. Normal que je me fie à ton jugement, non ?

» En revanche, nous devrons repasser chez mes parents, décréta-t-elle. Nous aurons besoin de vivres, et il va aussi me falloir quelques affaires…

Evan mit une seconde à réaliser. Il avait failli acquiescer machinalement, lorsqu'il s'immobilisa, saisissant fermement le bras de la jeune fille.

— *Nous ?* répéta-t-il, ses grands yeux stupéfaits posés sur elle. Aiswyn, je ne veux pas que tu m'accompagnes ! Tu dois rester ici, en sécurité. Tu n'as rien fait pour mériter cet exil forcé !

Le jeune homme se rendit compte qu'il avait crié. Il s'était attendu à tout, sauf à ça… La casanière, la paisible Aiswyn, prête à le suivre par monts et par vaux ! L'imaginer sur les routes relevait presque de la sorcellerie…

L'air déterminé, Evan plaqua aussitôt un doigt sur les lèvres de son amie pour l'empêcher d'ouvrir la bouche.

— Non, Aiswyn ! N'insiste pas. Je ne veux rien entendre ! Sérieusement… Pense à ta pauvre mère, à l'inquiétude de tes parents… Pourpremonde ! On n'est même pas certains qu'ils soient encore en vie, et tu ne songes qu'à partir avec moi ?

La jeune fille, habituellement entêtée, parut ébranlée par cette dernière tirade. Comprenant qu'il l'avait blessée, Evan s'en voulut de s'être montré cruel malgré lui.

— Crois-tu que je ne pense pas à eux ? s'indigna timidement la bergère. Je ne cesse d'y penser depuis que nous avons fui Bronghan !

» Mais je ne peux rien changer à leur sort. Je prie les Étoiles qu'il ne leur soit rien arrivé, car je serais anéantie par cette perspective. Mais dans un cas comme dans l'autre, il n'y a rien que je puisse faire pour eux. Et s'ils vont bien, je n'ai pas à me sentir responsable d'eux. Ils n'ont pas *besoin* de moi. Toi, en revanche…

— Je ne céderai pas, Aiswyn. Cette histoire a déjà pris des proportions suffisamment tragiques. Jamais je n'accepterai que tu te retrouves errant à travers le monde avec moi. Tu as une idée des risques encourus par deux gamins, seuls sur les routes, entre ici et Farnesa ?

Aiswyn ne put se retenir de pouffer.

— Ça te va bien d'invoquer la prudence, se moqua-t-elle. Si quelqu'un ici n'a pas la moindre idée des dangers qui nous attendent, c'est bien toi. Raison de plus pour que je t'accompagne.

Mais l'orphelin ne désarmait pas :

— Je dois partir maintenant, répéta-t-il d'un ton monocorde. Et seul. Je ne vais même pas retourner au village, on ne sait jamais. Les Fraters auraient pu laisser l'un des leurs pour espionner les environs.

Aiswyn commençait à s'agiter.

— Mais, c'est un long voyage qui nous attend ! s'exclama-t-elle fébrilement. Nous n'allons tout de même pas partir sans le moindre bagage !

— Je ne possède rien que je ne porte sur moi, rétorqua le garçon avec un haussement d'épaules. Enfin si : tu pourras dire à Tehan que je lui fais cadeau de mes cannes à pêche.

— Mais les provisions ? Comment nous nourrirons-nous, pendant le voyage ?

— *Je* chasserai un peu. Aiswyn : *tu* ne *viens pas.*

L'intéressée se tordait les mains sans s'en apercevoir. Evan l'avait rarement vue ainsi : elle rougissait et le fixait avec défi, comme une enfant qui saurait être en train de faire un caprice. Il se surprit à soupirer :

— Cessons ce dialogue de sourds, tu veux bien ? Ta place est ici, et tu le sais. Aiswyn… Je reviendrai bientôt, dès que tout sera terminé. Je te le promets.

Comme la jeune fille s'apprêtait à faire valoir un nouvel argument, Evan fronça les sourcils, incapable de cacher plus longtemps son exaspération.

— Que se passe-t-il, à la fin ? D'habitude, c'est toi qui es raisonnable ! Alors sois gentille, ne rends pas les choses encore plus compliquées !

» J'ai la trouille de ma vie, petite sœur. La Fraternité me poursuit et je ne sais même pas pourquoi. Il y a cette peur bleue qui ne me quitte pas depuis hier, et je me sens vraiment comme un somnambule… Mais il *faut* que je parte. Toi, rien ne t'y oblige !

L'adolescent se tut, comme à bout de souffle. Il ressentait une sorte de nausée mêlée de vertige. Le soleil montant l'aveuglait… *Je ne suis que l'apprenti d'un forgeron,* se lamentait-il intérieurement. *Je vis à Bronghan. Je n'ai nulle part ailleurs où aller et j'ignore tout du vaste monde.* Il n'avait presque plus la force de repousser les scénarios effrayants que son imagination tentait de lui imposer. Sa décontraction naturelle ne pouvait rien contre des chamboulements d'une telle ampleur.

Quelqu'un le tira par la manche. C'était Aiswyn, qui tâchait de le sortir de sa torpeur tout en retenant ses larmes.

— Je ne savais pas, dit-elle doucement. Je ne voulais pas te causer de soucis supplémentaires. Au contraire, je pensais que...

— J'ai besoin de te savoir en sûreté, la coupa-t-il. Tu comprends ? C'est tout ce que tu peux faire pour moi.

La bergère le regardait maintenant avec une infinie compassion.

— Pourquoi *toi* ? soupira-t-elle. C'est injuste... Qu'as-tu fait pour que les Dracomanciens de Daedor s'en prennent spécialement à toi ? Si tu savais comme je te plains d'avoir à porter ces questions, ce fardeau...

Avec la même tendresse que durant la nuit, elle lui caressa la joue.

— Mon pauvre Evan... Quand je pense que tu ne rêvais que de quitter Bronghan pour voyager, et découvrir d'autres paysages !

L'adolescent eut un sourire amer. Son amie disait vrai. Jusqu'à présent, rares étaient les semaines où l'on ne l'avait pas entendu pester contre la routine aliénante de Bronghan, et déclarer qu'il s'en irait un jour pour parcourir le monde. Curieux comme cette perspective lui paraissait maintenant moins grisante...

À l'instar de tous les garçons de son âge, il s'était imaginé marchant l'épée au côté, imitant les héros de légendes. Traversant les royaumes sur son destrier, redressant les torts... Et à présent que l'heure était venue de laisser derrière lui le grenier de la forge, il tremblait comme une feuille, ne sachant même pas s'il parviendrait sain et sauf jusqu'à Farnesa.

En face de lui, les épaules d'Aiswyn s'étaient légèrement affaissées. Elle se tenait prête à capituler.

— Tu es certain de ne pas vouloir que je vienne ? demanda-t-elle une dernière fois. Mets-toi aussi à ma place : je vais m'inquiéter terriblement. Tu es toujours si inconscient ! Ça ne va pas être facile de rester ici, sans savoir ce qu'il advient de… mon meilleur ami.

» Es-tu sûr ? Veux-tu vraiment que je vive comme ça ?

Evan serra les dents. La jeune fille était presque parvenue à le faire hésiter. Il dévisagea lentement Aiswyn, partagé entre le désir de l'avoir à ses côtés et la crainte qu'il ne lui arrive malheur par sa faute. Son regard s'arrêta sur ses boucles jaunes comme du beurre, sur ses jolies mains fines qui étaient encore celles d'une enfant.

— Oui, répondit-il sans baisser les yeux. Je veux que tu vives.

Chapitre 14

Le soir venu, Caessia chemina un peu plus tard que d'ordinaire, résolue à mettre le plus de distance possible entre elle et le lieu maudit qu'elle venait de traverser.

Lorsqu'il fit vraiment trop noir pour continuer sa route, elle installa son campement rudimentaire à l'abri d'une colline. Fatiguée, elle dîna vite et peu, avant de se glisser sous sa couverture.

Bien entendu, elle ne trouva pas immédiatement le repos. En dépit de toute sa bonne volonté, elle ne cessait de revoir en pensée l'étrange épisode de la journée. *Quelle peut bien être cette magie ?* se demandait-elle en vain. Le phénomène l'avait terrifiée, plus qu'elle ne souhaitait l'admettre. Surtout, elle se sentait envahie par un stupide sentiment de culpabilité lorsqu'elle se remémorait les voix accusatrices qui l'accablaient de crimes qu'elle n'avait jamais commis. *« C'est toi qui nous a tués… »* avaient-elles scandé.

Les images molles qui précèdent le sommeil commençaient enfin à défiler dans sa tête lorsque ses sens aiguisés perçurent un mouvement inhabituel.

Jetant un coup d'œil, l'adolescente constata que tout paraissait normal : son Troll était roulé en boule de l'autre côté du feu de camp, selon leurs habitudes. Il avait probablement remué sous l'influence d'un rêve, comme Caessia avait vu certains chiens le faire.

— La paix, Troll ! grogna-t-elle, ensommeillée.

Puis elle lui tourna le dos en s'enveloppant plus étroitement dans sa couverture. En sus de la journée de marche, sa curieuse expérience l'avait épuisée et elle avait la ferme intention de dormir comme une pierre.

Hélas, une minute ne s'était pas écoulée qu'elle sentait de nouveau une agitation anormale. Ouvrant une paupière à regret, elle se rendit compte que l'animal avait cette fois quitté sa place.

— Saleté de bête..., jura Caessia en se dressant sur son séant.

Après s'être maudite de n'avoir pas entravé sa monture, elle jeta un regard circulaire autour du feu de camp.

Alors seulement, elle le vit.

Le Troll, dressé au-dessus d'elle de toute sa taille, la fixait d'un regard inquiétant.

Caessia se douta qu'il avait dû approcher à pas de loup, la croyant endormie... On disait ces animaux souvent vicieux et rusés. Hélas, il était trop tard pour feindre le sommeil et le prendre ainsi par surprise. Bondissant sans attendre, l'apprentie des moines jadiens se retrouva prestement sur ses pieds, face à la créature toujours immobile.

— Couché ! ordonna-t-elle. Qu'est-ce qui te prend ?

Le Troll n'avait pas esquissé un geste, mais il ronronnait de manière bizarre. Soudain, sans que rien dans son attitude ait pu le laisser entendre, il fondit sur sa maîtresse et tenta de refermer ses bras immenses autour d'elle.

D'un saut agile, Caessia lui échappa. Il essaya de nouveau, mais la jeune fille se faufila encore comme une anguille hors de son étreinte.

— Couché, Troll ! Ne m'oblige pas à te faire du mal !

Comme en réponse à ces paroles, le ronronnement du Troll prit la forme d'un rire aux consonances presque humaines.

Plus vif et nerveux que l'infante ne le supposait, il revint à la charge. Pendant une minute, ils jouèrent ainsi au chat et à la souris. Il n'était pas si évident de lui échapper, comme le remarqua Caessia.

Impressionnée par la masse de la créature, la princesse n'osait pas tenter de saisie, mais ne se privait pas de la bourrer de coups tout en tournant autour d'elle. Cela ne paraissait pas avoir beaucoup d'effet, comme si les centres vitaux des Trolls n'étaient pas situés aux mêmes endroits que ceux des Humains.

Face à cette endurance inouïe, la confiance de la jeune fille s'effrita peu à peu. L'animal s'avérait réellement un adversaire redoutable.

Pendant qu'elle tentait encore de le contourner, il finit même par la prendre par surprise, lui saisissant les deux bras.

Tout en se débattant, Caessia sentit une poigne de fer se resserrer lentement autour d'elle et la presser contre la poitrine de la créature.

Ses coups de pied dans le ventre du Troll restaient sans effet. La musculature de la bête valait une armure contre ces attaques pourtant portées avec toutes les forces de l'adolescente. Totalement impuissante, Caessia crut bien qu'elle allait étouffer.

Par les Anciens Rois, que se passe-t-il encore ? se demanda-elle en retenant des larmes de rage. Elle n'avait pas l'habitude d'avoir ainsi le dessous : la demi-panique qui s'était emparée d'elle ne l'aidait pas, ne lui inspirant que des mouvements désordonnés.

Tandis qu'elle luttait toujours avec l'énergie du désespoir, elle se rendit compte que le Troll avait saisi une liane solide, auparavant dissimulée dans son épaisse crinière. *Cet animal l'aurait ramassée dans le marais et cachée depuis lors ?* s'étonna-t-elle de plus belle.

Sans rien y comprendre, la jeune héritière vit le Troll entreprendre de la ligoter… De l'autre bras, il la tenait toujours écrasée contre lui, si bien qu'elle ne pouvait plus rien faire pour lui échapper. Le voyant s'affairer, Caessia remarqua les mains habiles de la créature. Aussi habiles, en tous cas, que celles de n'importe quel individu doué de conscience.

— Qu'est-ce que tu fabriques, espèce de monstre ! s'écria-t-elle, au bord de l'hystérie. Tu n'es pas un Troll normal !

La bête ne lui répondit que par un ricanement.

Lâchant enfin sa proie ligotée, il la laissa choir sans ménagement sur le sol. Les liens étaient serrés : tous les efforts de Caessia pour se contorsionner hors de cet étau demeurèrent vains. Elle ne parvenait toujours pas à croire la déconcertante facilité avec laquelle l'animal l'avait maîtrisée.

Les yeux jaunes du Troll s'approchèrent alors à deux doigts de son visage. Son regard semblait plus hanté que jamais…

La princesse, détaillant ce faciès auquel elle n'avait jamais vraiment prêté attention, nota avec stupeur combien ses traits étaient finalement proches de ceux des espèces pensantes. Sans cette crinière, ces crocs et cette double paire d'oreilles, on aurait presque pu le confondre avec un être humain… Lorsque le Troll quitta sa posture courbée pour adopter la station debout, elle crut que son cœur allait s'arrêter de battre.

Ainsi dressé, le visage levé vers la lune et les bras étendus en un geste de victoire silencieuse, le Troll n'avait presque plus rien d'un animal. *Ou plutôt si,* rectifia mentalement Caessia… Mais c'était une bestialité majestueuse qui avait soudain remplacé la servilité habituelle des Trolls de bât.

Pourtant, l'héritière n'était pas encore au bout de ses surprises :

— On dirait que tout cela t'étonne, petite fille…, fit une voix grave, dont le ton paraissait un brin moqueur.

L'adolescente mit une seconde à réaliser que c'était le Troll qui s'était exprimé.

— Mais… mais tu parles ? bafouilla-t-elle, les yeux écarquillés.

Le rire en forme de ronronnement se fit entendre à nouveau.

— Tous les Trolls parlent, déclara la créature. Enfin, tous ceux qui n'ont pas oublié…

Le regard de la bête s'étant durci un instant, la jeune fille craignit que celle-ci ne lui fasse du mal. Mais une nouvelle lueur malicieuse vint remplacer la haine qu'elle avait lu brièvement dans ses yeux :

— Toutefois, je comprends ta stupeur, poursuivit le Troll. Rien ne t'avait préparée à ça. Moi-même, je sais que je serais stupéfait... si d'aventure je te surprenais à te taire !

Sur ces paroles, « l'animal » parut se désintéresser de sa captive, et se détourna en fourrageant dans sa crinière. Cette fois, il en retira deux bâtonnets de terre rouge, avec lesquels il dessina plusieurs lignes parallèles sur ses propres joues. *Des peintures rituelles ?* supposa Caessia. *Si tant est que ces... bêtes puissent entretenir de telles coutumes,* songea-t-elle avec incrédulité.

Enfin, le Troll entreprit de nouer l'arrière de sa crinière – *Ses cheveux ?* douta la jeune fille – en une épaisse masse de tresses qui lui descendaient bas dans le dos.

— Qu'est-ce que vous me voulez ? s'indigna Caessia pendant qu'il s'affairait. Je ne comprends pas...

» Quand je pense que je me suis confiée comme si...

Elle fut interrompue par un nouveau ricanement du Troll.

— Ce que je veux ? répéta-t-il. Mais t'enlever, évidemment ! Mes camarades de la République sauront bien quel bénéfice retirer de la fille de leur pire ennemi !

» À propos... Tu as bien fait de me révéler ton identité... (Il la fixa d'un air étrange et pénétrant.) Sinon, je me serais peut-être contenté de te dévorer.

L'adolescente le scruta avec horreur, cherchant à déterminer s'il parlait sérieusement.

— Quoiqu'il n'y ait pas grand chose à manger sur une fillette comme toi..., conclut la bête avec un sourire qui révéla ses crocs luisants.

Ballottée sur l'épaule du Troll, Caessia voyait la route défiler à l'envers. Son ravisseur avait marché toute la nuit, mais ils semblaient maintenant arriver à destination. Au prix de quelques contorsions, la jeune fille put bientôt apercevoir l'endroit où on l'emmenait. Un hameau isolé, enfoui entre deux collines.

Ce village à l'écart du monde doit servir de retraite à ces mau-

dits rebelles, supposa-t-elle avec amertume. Tout au long de la nuit, elle avait réfléchi aux paroles du Troll : si cette bête – ou quoi qu'elle fût en réalité – était bien un sympathisant de la République, la fille de Bassianus se trouverait bientôt en très fâcheuse posture.

Les rebelles, mis au courant de son identité, projetteraient sans doute de rançonner son père... *Que le roi cède ou pas,* songeait sinistrement l'héritière, *mon destin sera alors scellé. Demeurer entre les griffes de brigands détestant la monarchie et tous ses représentants, ou bien être rendue à mon père pour qu'il me marie de force à son horrible comte du Drekvo... Que d'alternatives réjouissantes !*

Comme j'ai été stupide de me confier ainsi à cet animal ! enrageait-elle silencieusement.

Pendant les heures du voyage, elle avait bombardé le Troll de questions. Mais devant son mutisme à peine entrecoupé de ricanements, elle avait fini par abandonner. À présent, présumait-elle, il était trop tard. Il lui faudrait jouer serré pour se tirer de ce mauvais pas avec le peu d'informations qu'elle possédait.

Le petit village offrait de nombreux signes d'occupation. Des hommes en armes et uniformes de fortune étaient postés de-ci de-là, l'air sale et fatigué. À voir comme enfants, poules et cochons leur couraient sans crainte entre les jambes, ils devaient être sur place depuis quelque temps, nota l'adolescente. La pluie était tombée en averses peu avant l'aube, aussi toute cette basse-cour pataugeait dans un sol boueux en s'éclaboussant copieusement.

Sous un étendard maculé et usé, un petit groupe de rebelles semblait tenir conseil. Se tordant le cou pour les distinguer, Caessia eut le souffle coupé par le caractère cosmopolite de cet attroupement. Il y avait parmi eux une dizaine d'Humains, dont les apparences semblaient aller du jeune noble de province au vieux paysan, en passant par quelques bandits des plus antipathiques. Mais l'attention de la jeune fille était surtout captivée par les cinq autres personnages qui composaient l'assemblée.

Deux Trolls presque identiques à son ravisseur, tout d'abord.

Comme lui, ils étaient parés de tresses et de peintures de guerre. Leurs yeux, soulignés de blanc, les faisaient ressembler à des masques grimaçants du Loin-Sud.

Trois Elfes, enfin, grands et minces dans leur cape couleur de nuit. L'héritière n'en avait encore jamais rencontré : elle ne put s'empêcher de les scruter avec fascination. Au milieu de l'agitation et des paroles, tous trois demeuraient immobiles. Silencieux comme des pierres. Leur arc à double courbe était glissé en travers de leur poitrine, et leur main gauche élégamment posée sur la garde de leur poignard. *Ce qu'on raconte est vrai,* observa la jeune fille, non sans trouble. *Ils ont le visage et la beauté de la mort…*

À ce moment, le républicain qui ressemblait à jeune nobliau aperçut le Troll et son bagage humain. Quittant le cercle de la réunion, il avança vers eux, un léger sourire aux lèvres. Caessia remarqua au passage que sa chemise blanche à jabot n'avait pas été lavée depuis longtemps, et que ses longs cheveux noirs auraient eu bien besoin d'être démêlés. Elle choisit néanmoins de s'abstenir de tout commentaire pour le moment.

— Aljir Mangeur-de-Loups ! s'exclama le jeune homme en saluant le Troll.

(*Cette chose a donc un nom…*, se dit Caessia en reniflant avec dédain.)

» Voilà une agréable surprise ! Nous t'avons cru perdu lorsque les troupes du roi t'ont pris…

— Il m'est arrivé deux ou trois péripéties depuis…, marmonna le Troll, faisant sentir qu'il ne souhaitait pas s'étaler sur le sujet. Jette plutôt un œil au cadeau que je t'apporte ! lança-t-il, tout en laissant Caessia tomber brutalement dans la boue.

De justesse, cette dernière ravala le cri de rage qui lui montait dans la gorge. À plat ventre dans la fange et les excréments de porc, elle se contenta de lever un regard assassin sur l'imposante silhouette d'Aljir. Comme plusieurs paires de jambes bottées approchaient maintenant tout autour d'elle, elle se sentit plus humiliée que dans aucun de ses souvenirs. D'un coup de rein, et malgré ses liens, elle parvint à se remettre debout.

— Qui est-ce ? demanda le jeune noble renégat en la désignant avec perplexité.

Le Troll ricana dans l'un de ses ronronnements sonores.

— Je ne l'aurais pas reconnue si elle ne m'avait pas fait la politesse de se présenter, fit-il d'un ton moqueur. Mais il devrait en aller autrement pour un aristocrate de ton espèce, Ettore. Allons, regarde mieux !

Du revers de la main, le jeune rebelle écarta doucement la mèche imbibée de purin qui cachait le visage de Caessia. Cette dernière eut un mouvement de recul instinctif et pinça les lèvres avec mépris.

— Mille sorcières ! souffla Ettore, plissant le front de stupeur. Mais… comment se fait-il que tu aies pu t'emparer d'*elle* ?

Aljir, visiblement content de lui, sourit de tous ses crocs.

— Par mes Ancêtres, je n'y croyais pas plus que toi ! Elle s'est pour ainsi dire jetée dans mes bras… Je ne tiens pas vraiment à entrer dans les détails, mais disons qu'elle errait toute seule dans les marécages lorsque nous nous sommes rencontrés.

Caessia, toujours drapée dans son attitude hautaine, profitait de ces instants de répit pour chercher une échappatoire. Regardant tout autour d'elle, elle dut pourtant se rendre à l'évidence : les rebelles qui l'encerclaient étaient bien trop nombreux pour qu'elle tente quelque chose. *Sans entraves, peut-être… mais pas avec cette liane qui me scie poignets et chevilles.*

Parmi les visages qui l'observaient, beaucoup ne cherchaient même pas à cacher leur haine de la royauté. Elle nota en particulier plusieurs brigands aux figures patibulaires qui la lorgnaient cruellement, un sourire de mauvais augure sur les lèvres.

— C'est la meilleure chose qui nous soit arrivée depuis longtemps, continuait Ettore. On dirait que la chance tourne enfin…

— Qu'allons-nous en faire, lieutenant ? s'éleva bientôt un concert de voix.

Le jeune homme plongea son regard dans celui de la princesse.

Des étincelles de jubilation dansaient dans ses yeux. *Un pauvre fanatique...*, cracha Caessia.

— Nous la garderons prisonnière, pour l'instant. Un otage de premier choix... Puis, dès que l'occasion se présentera, nous l'échangerons à son père contre tout ce qui nous plaira. Le vieux Bassianus ne pourra rien nous refuser... Imaginez, camarades, combien des nôtres nous pourrons tirer des geôles de la Nef grâce à cette monnaie d'échange ! Mais je suis encore trop modeste : songez un peu... Quel traité le roi ne pourrait-il accepter de signer afin de récupérer sa seule héritière ?

Caessia toussota pour attirer l'attention.

— Désolée de vous décevoir, mais je crois que depuis peu, ma valeur a cruellement chuté à ses yeux, se défendit-elle avec toute la morgue dont elle se sentait capable.

— À d'autres..., murmura Ettore sans cesser de sourire. Quels qu'aient pu être vos différends, je suis persuadé que cette momie cacochyme sera prête à tout pour que son enfant unique lui soit rendue...

À ce moment, l'un des bandits qui avaient jeté à Caessia des regards torves leva ses yeux de fouine vers le lieutenant.

— Sans doute ! l'apostropha-t-il d'un ton légèrement querelleur. Mais cela sera bien loin de régler tous nos problèmes...

Caessia, intriguée par le fiel contenu dans cette voix sifflante, se souvint alors combien la discussion semblait déjà animée avant son arrivée.

Le jeune noble et l'homme qui l'avait interpellé se firent face dans une posture faussement décontractée qui ne laissait aucun doute sur leur rivalité. Au grand étonnement de la princesse, ce fut cependant l'un des trois membres de l'escouade elfe qui prit soudain la parole :

— Olñez a raison, concéda-t-il, acquiesçant en direction du rebelle à tête de rongeur. Cette prise est une bonne chose, mais nous ne pouvons plus nous contenter d'actes symboliques. La situation a encore empiré le long de la Muraille... On dit même, dans les steppes, que Sorcelame aurait été brandie !

Comme un silence de mort s'était imposé, l'Elfe pinça les lèvres avant de conclure avec gravité :

— Camarades, tout porte à croire que la Mère Stérile est revenue à Sü'adim…

Les instants qui suivirent cette déclaration virent les visages de l'assistance afficher des émotions diverses : stupeur, incrédulité, crainte…

Caessia ressentait soudain la morsure du froid. Était-ce la boue glacée qui séchait lentement sur elle ?

Sornettes ! se dit-elle pour chasser son malaise. *Je n'y crois pas une seconde !*

Aux yeux de la jeune fille, cette entité connue sous le nom de Mère Stérile ou encore Dernière Prophétesse n'était rien de plus qu'une vieille légende. Les grimoires qui racontaient son histoire étaient tous près de tomber en poussière, oubliés dans les plus inaccessibles rayonnages des bibliothèques de la Nef…

Si l'on en croyait ces antiques volumes, la Mère avait été autrefois une entité aux immenses pouvoirs. Mille ans avant l'ère actuelle, elle avait régné sur un peuple cruel et ambitieux : les Ombriens. À leur tête, elle avait été à deux doigts de dominer le monde entier, le plongeant dans d'éternelles ténèbres… Et seul le courage des Anciens Rois l'en avait empêché.

Les six monarques du monde libre avaient ainsi forgé leur propre légende, défaisant les armées de la Prophétesse, puis la traquant, la chassant de son repaire même, la laissant pour morte. Six héros du peuple, mystérieusement disparus peu après ces événements, mais dont les lignées avaient été préservées. On disait que certains rois de l'époque actuelle étaient leurs descendants. On disait que le sang de Delphydice, l'Ancienne Reine du Sud, coulait dans les veines de Caessia.

Cette dernière s'était toujours montrée sceptique à l'égard de ces récits glorieux, dont les détails se perdaient dans le flou des siècles. Les recherches historiques ne lui inspiraient aucune curiosité particulière, et elle considérait qu'il était déjà assez délicat de démêler le vrai du faux au sein de sa propre époque.

En revanche, elle pouvait facilement entrevoir l'intérêt de la République à réveiller de vieilles superstitions… *Sous prétexte de lui ouvrir les yeux sur un danger supposé, ces démagogues profitent de la crédulité de la plèbe pour la rallier à leur cause,* devinait l'adolescente. *Jouer ainsi sur les terreurs ancestrales du peuple, afin de le ravir à l'autorité de son roi légitime, voilà bien une attitude méprisable !*

Peu à peu, les bouches scellées se libéraient dans un concert de murmures. Si l'Elfe disait vrai, il fallait se protéger, lever des armées… Qu'attendait-on ?

— Le roi ne peut ignorer de telles nouvelles, réfléchit Ettore à voix haute. Mais il fait l'aveugle !

» Pourquoi, camarades ? Je vous le demande. Serait-il corrompu par la Mère Stérile ? Vous avez tous entendu les rumeurs : on dit qu'il n'y aurait aucune mine appartenant à Tireldi, dans le Nord. On dit que si Bassianus envoie toujours plus d'esclaves là-bas, c'est pour les sacrifier à la Dernière Prophétesse ! Pour la nourrir et lui permettre de recouvrer ses forces !

» Plus que jamais, il me semble que le temps est venu pour *le peuple* de prendre ses responsabilités…

Olñez, le brigand au visage de fouine, grogna alors pour reprendre la parole :

— Oui, oui…, fit-il d'une voix agacée. Tout ce que tu dis est vrai, capitaine. Et les révélations de nos camarades elfes sont effectivement inquiétantes. Mais ce n'est pas là où je voulais en venir… (Il hocha la tête avec lassitude.) Vous autres avez trop souvent tendance à oublier les réalités concrètes.

» Les idéaux de la République ? lança-t-il d'un ton plus oratoire. Je les approuve, vous le savez bien. Seulement notre quotidien est encore loin de les approcher. La menace représentée par le retour de la Mère Stérile ? C'est grave, certes, mais encore un peu vague à mes yeux…

— Si tu as quelque chose à dire, le coupa Ettore, dis-le ! Inutile de tourner ainsi autour du pot…

Olñez fronça les sourcils, visiblement furieux d'avoir été interrompu.

— Je veux simplement dire que la République a parfois besoin d'hommes comme moi pour garder les pieds sur terre.

Son regard se durcit et gagna en assurance, comme s'il se savait soudain en position de force.

— En premier lieu, reprit-il, il faudra trouver de l'or pour nos hommes. Oui, de l'or ! Faites semblant de croire le contraire si cela vous amuse, mais vous le savez : au sein de nos troupes, la frontière est encore bien mince entre l'idéalisme et le mercenariat.

» La cause, c'est essentiel… mais ce n'est pas la cause qui nous nourrit, ni qui fait couler la bière dans nos gosiers, ni qui paie nos putes… Regardez-nous : nous ne sommes pour l'instant que des hors-la-loi ! Et si on ne les rétribue pas suffisamment, je connais de nombreux soldats qui pourraient déserter les rangs républicains…

Face à cette menace à peine voilée, Ettore demeura de marbre. Malgré elle, Caessia ne put s'empêcher d'admirer la décontraction affichée par le jeune chef rebelle.

— Des désertions… Je vois…, médita-t-il à haute voix.

— Surtout dans les unités placées sous ton commandement, je présume ? lança Aljir, mi-goguenard, mi-réprobateur.

L'insinuation du Troll lui valut un regard assassin de la part d'Olñez, mais ce dernier se retint de rétorquer quoique ce soit.

Pendant ce temps, Caessia nota que les trois guerriers elfes s'étaient déplacés tels des fantômes. Leur visage pâle ne trahissait aucune expression, mais ils formaient maintenant un triangle menaçant autour du rebelle à tête de fouine.

La scène n'avait pas non plus échappé à Ettore, qui baissa le menton pour dissimuler un sourire.

— Merci, Olñez, pour cet exposé plein de sagesse, déclara-t-il enfin. Tu sais bien que nous ne pourrions pas nous passer de toi et de tes hommes… C'est pourquoi je compte sur tes talents d'orateur afin de gagner un peu de temps auprès des troupes.

» Le moment venu, je te donne ma parole que tu ne seras pas oublié : dès que nous serons en mesure de négocier le prix de sa fille avec Bassianus, je ferai en sorte qu'une partie au moins de la rançon soit versée sous forme d'or, que tu pourras partager avec tes escouades.

» En attendant, pour te prouver ma confiance, je te laisse la garde de notre prisonnière. Ainsi, conclut-il, tu seras assuré que les tractations ne se dérouleront pas sans toi.

Tandis qu'Olñez acquiesçait et que l'atmosphère générale se détendait parmi les rebelles, Caessia sentit un frisson de dégoût lui parcourir l'échine. L'idée de cohabiter avec ces brigands crasseux lui faisait presque regretter la compagnie du Troll…

Très bien, se dit-elle. *Montrons-nous positive : à présent, au moins, ma situation ne risque plus d'empirer…*

Chapitre 15

Au bout de quatre jours de marche, Evan avait dépassé le bourg de Brondol, où il se rendait une fois l'an avec Kyle pour acheter des lingots de métal à fondre. Prudemment, il se tint à l'écart du village minier, se contentant de regarder de loin les filets gris qui s'échappaient des cheminées.

Aiswyn, inhabituellement docile, avait accepté sa décision et s'en était retournée seule à Bronghan. Dans l'émotion de leurs adieux déchirants, elle avait même oublié d'assommer le garçon de recommandations diverses. *Pourvu qu'elle aille bien...*, songeait souvent ce dernier.

Elle lui manquait terriblement. Et son lit dans le grenier de la forge lui manquait, tout comme le fumet d'un repas chaud ou les escapades avec ses camarades. Le vieux Meglinn, Gwedon, et même Kyle lui manquaient. *Quatre jours seulement,* méditait-il. *Comme ça semble loin...*

Par-dessus son épaule, il observait les fumées de Brondol. Aussi loin que remontaient ses souvenirs, il ne s'était jamais éloigné davantage de chez lui. Encore un pas, et il serait définitivement à la merci du vaste monde...

Son unique source de réconfort était ce paysage familier : toujours celui des collines, verdoyant et paisible. Il ne se souvenait pas l'avoir déjà observé avec une telle intensité. Parfois, l'idée qu'il ne reverrait peut-être jamais plus Bronghan le traversait douloureusement. Il secouait alors la tête, et se forçait à regarder devant lui.

Les protestations de son estomac lui rappelèrent soudain qu'il n'avait rien avalé depuis la veille. Voilà qui expliquait peut-être l'indolence chagrine dont il ne parvenait pas à se débarrasser depuis le matin.

Je n'ai pas eu beaucoup de chance à la chasse, rumina l'orphelin en haussant les épaules. Au matin de sa deuxième nuit, il avait pourtant pris deux lapins, retrouvés dans ses collets de fortune. Mais depuis, plus rien. *Bientôt, je devrai peut-être me résoudre à voler dans les villages…*, pensait-il amèrement.

En d'autres circonstances, il aurait volontiers fait halte dans quelque bourg voisin pour mendier le gîte et le couvert, pariant sur l'hospitalité des gens des collines. Mais à présent, il doutait que quiconque lui donne asile dans les parages : la rumeur de ses exploits avec la Fraternité avait dû, hélas, se répandre comme une traînée de poudre. Personne ne prendrait le risque de l'aider, même au nom de la solidarité entre habitants des Lacs.

D'ailleurs, Evan ne pouvait se permettre d'approcher la civilisation. À plusieurs reprises, il avait aperçu le campement des Fraters aux environs des villages. Apparemment, ces derniers poursuivaient leur mission dans la région, et le jeune garçon n'avait donc d'autre choix que de se tenir à distance respectable des zones habitées.

Son salut, c'était la route. La mine sinistre, il avançait donc au fil de ces heures solitaires, les plus ternes de son existence.

À cette époque de l'année, les chemins s'avéraient presque déserts. Grâce à ses enjambées économes de berger, Evan progressait régulièrement, mais il n'avait pas encore croisé âme qui vive. Tout autour de lui, la lande sauvage s'étirait, offrant un nouveau visage et de nouvelles couleurs à chaque minute qui passait.

Pour la première fois de sa vie, Evan avait le sentiment de ressentir l'immensité du monde. Jusqu'à présent, il avait été préservé dans l'écrin de lieux connus, arpentés mille fois. Le caractère plissé du relief avait accentué cette impression de sécurité. Ce pays où il avait grandi, c'était un pays où l'horizon ne s'ouvrait jamais. Mais il prenait conscience des distances, à présent, des milliers de lieues qui s'étendaient au-delà des collines, vers les montagnes, les océans…

Pivotant sur lui-même, à l'occasion d'une courte pause, il tâcha de se situer dans l'espace démesuré qui l'entourait. Réfléchissant à une échelle nouvelle pour lui, il se demanda où il se trouverait sur la carte d'Orlande accrochée dans la chaumière du vieux Meglinn. Il l'avait autrefois contemplée pendant des heures, et se souvenait par cœur de ses moindre détails.

Au nord-ouest, les collines prenaient peu à peu de l'ampleur, puis alors se dressaient les monts Verts, seul relief important du royaume. Les Elfes de Loalenn y avaient vécu avant le génocide de leur race ; on y trouvait encore, disait-on, de merveilleux vestiges de cette époque. Mais les Humains, par superstition, n'avaient jamais osé s'installer là où les créatures sylvestres avaient autrefois prospéré.

Au pied de ces hauteurs, c'était la région paisible qu'on appelait les Lacs. Vallée étroite, isolée entre les monts Verts et le col des Successeurs au sud, elle n'abritait qu'une poignée de villages reculés, parmi lesquels Bronghan. Où l'orphelin avait passé toute son enfance. Ces Lacs qu'il devait maintenant quitter sans être tout à fait certain de les revoir un jour…

Parfois, il ne pouvait s'empêcher de regarder derrière lui, autant par nostalgie que par crainte d'être suivi. Sa grande angoisse était d'entendre soudain résonner les sabots des destriers noirs des Fraters. Les Dracomanciens aux pouvoirs effrayants, avec leur posture hiératique et leur regard fanatique… Il s'imaginait courant ventre à terre, le souffle des chevaux sur sa nuque, sans espoir de leur échapper.

La solitude rendait encore plus pénétrants ce genre de fantasmes morbides, en particulier lorsque la lumière commençait à baisser. Le soir, le garçon ne se privait donc pas de chanter à tue-tête, reprenant pour se rassurer des airs légers. Dans la nuit tombante, il lui ne semblait jamais impossible de voir soudain surgir tout ce qui hantait ses pires cauchemars.

Ce fut cependant en pleine journée, le lendemain, qu'il fit sa première rencontre. Il était aux alentours de midi.

Suivant toujours sa route en direction du sud, l'orphelin arriva en vue d'un croisement. Une silhouette humaine se tenait là, assise sur une grosse pierre.

Evan hésita à faire un détour. La petite voix de la prudence lui soufflait de se méfier. De nombreux déserteurs, devenus brigands, parcouraient ces routes reliant les royaumes perpétuellement en guerre. Et il commençait déjà à s'éloigner de la tranquille région des Lacs, à présent…

Toutefois, constatant que l'inconnu était seul, Evan s'avança. Sans trop d'appréhension : cette scène d'un modeste voyageur déjeunant sur une borne ne ressemblait guère à une embuscade.

D'ailleurs, comme il le vit en s'approchant, l'étranger faisait davantage penser à un gentilhomme qu'à un malandrin. Tout en sifflotant d'un air naturel, Evan détailla son costume violet et or. Cette combinaison de couleurs lui rappelait vaguement quelque chose… *Bon sang ! Impossible de m'en souvenir !* pesta-t-il : une fois de plus, il avait dû se montrer distrait lorsqu'on avait essayé de l'instruire sur ce point…

— Salut, messire ! lança-t-il lorsqu'il eut rejoint l'homme.

Seulement à ce moment, ce dernier releva le nez de son morceau de pain.

— Heureuse rencontre, répondit-il d'un air taciturne.

C'était un beau monsieur d'une trentaine d'années, large d'épaules. Bien qu'il fût assis, Evan devina qu'il devait être de haute taille. Ses cheveux mi-longs étaient d'un noir profond, mais ses yeux arboraient une teinte gris pâle, lui conférant un étrange regard délavé.

Regard qu'il posa longuement sur l'adolescent, tout en finissant de mâcher sa bouchée. Puis, comme Evan restait planté là, il lui demanda, souriant à moitié :

— Est-ce que je peux faire quelque chose pour toi, mon garçon ?

Le ton employé, toutefois, signifiait bien qu'il aurait préféré voir le nouveau venu poursuivre sa route.

Ce dernier, pour sa part, faisait des efforts de concentration afin d'empêcher son ventre de gargouiller. La vision du pain croustillant avait réveillé la faim qui le tenaillait depuis deux jours, durant lesquels il avait dû se contenter de quelques baies amères et de l'eau fraîche des torrents pour se sustenter. Un peu déçu par la froideur de l'inconnu, il faillit reprendre sa marche sans un mot de plus, mais l'espoir de se voir offrir quelque chose à manger le retint.

— Vous voulez bien que je m'installe à côté de vous pour déjeuner ? demanda-t-il donc poliment.

L'homme haussa les épaules.

— Les routes sont à tout le monde, déclara-t-il d'une voix neutre.

Evan acquiesça, légèrement embarrassé. Il regrettait que l'étranger ne fût pas plus causant. C'était la première personne qu'il croisait depuis Bronghan, et la perspective d'échanger quelques paroles – même des banalités – l'aurait réjoui. Mais l'inconnu avait déjà de nouveau baissé les yeux sur son repas.

L'orphelin prit sur lui pour étouffer un soupir. Il se sentait d'humeur à faire taire sa faim, bonne compagnie ou pas.

S'asseyant dans l'herbe, il fit mine de fourrager dans les poches de son gilet, à la recherche d'un invisible quignon de pain. Du coin de l'œil, il observait son compagnon de halte.

Ses vêtements, nota-t-il, étaient ceux d'un homme habitué à se trouver sur les chemins. Mais sans être ceux d'un vagabond, bien au contraire. Par-dessus sa veste de velours, il portait un chaud manteau de laine violet. De hautes bottes et une longue cape de cuir – posée pour le moment en travers de ses genoux – complétaient son attirail de grand marcheur.

Or et violet sombre… Avec un petit frémissement d'excitation, Evan reconnut enfin les couleurs portées par l'inconnu : c'étaient celles des Harpistes ! Ces fameux musiciens errants, qui parcouraient les royaumes de palais en salons, de villes en festivals…

Jetant un œil alentour, l'adolescent remarqua alors la forme d'une harpe, posée non loin du voyageur. L'instrument, qui devait avoisiner un bon mètre de haut, disparaissait dans l'étui de cuir destiné à le protéger des intempéries.

L'attention qu'il portait à l'objet n'échappa pas au Harpiste. Ce dernier souffla :

— Ne touche pas à ça, mon garçon. C'est ma Compagne, et elle est bien trop fragile pour les gros doigts d'un berger…

Bien qu'il n'y eût aucune méchanceté particulière dans le ton du ménestrel, Evan se sentit un peu vexé. Il leva les yeux vers les mains de l'homme, et les trouva larges et fortes, bien loin de l'idée qu'il se faisait de mains de musicien. En y regardant de plus près, cet inconnu faisait un bien singulier Harpiste… Avec sa carrure, son visage aux traits à la fois virils et aristocratiques, il évoquait plutôt un chevalier qu'un troubadour…

Soudain, l'orphelin remarqua que l'inconnu le fixait en retour. Dans son regard, Evan lut son agacement d'être scruté ainsi de la tête aux pieds. Redoutant de s'être montré discourtois, le garçon baissa les yeux, gêné.

— Tu ne manges pas ? questionna le voyageur, d'un ton légèrement impatient.

Evan fit la moue, et tenta de prendre son air le plus misérable pour apitoyer l'homme.

— C'est que… je n'ai rien, avoua-t-il. Je suis parti de chez moi sans provisions, ni le moindre sou.

Le troubadour fronça les sourcils.

— Pas très prévoyant…, lâcha-t-il laconiquement.

Un instant plus tard, il tendait sans un mot une miche de pain et une portion de viande séchée à l'adolescent.

Un peu étonné de son succès, Evan remercia et commença à manger avidement.

Lentement, une idée germait dans son esprit malicieux. Pour se trouver sur cette route à cette époque de l'année, il y avait fort à parier que le ménestrel se dirigeait vers le sud… *Et si je lui proposais de voyager à ses côtés ?* se disait l'orphelin. *Cela brouillerait ma piste si les Fraters me cherchent, et j'aurais au moins de quoi manger...* Ce qu'il ne s'avouait pas, c'était bien sûr qu'il aspirait surtout à ne plus se sentir aussi seul et vulnérable dans la nouvelle vie qui était la sienne.

Toujours l'air de rien, il demanda donc :

— Si ce n'est pas indiscret, où allez-vous comme ça, messire Harpiste ?

L'intéressé soupira.

— Tu es indiscret, marmonna-t-il.

Puis, au bout d'un moment :

— Farnesa, lâcha-t-il à contrecœur.

Quel aubaine, pensa Evan avec un début de jubilation. *C'est un signe...*

— Pas croyable, moi aussi ! s'exclama-t-il avec enthousiasme. C'est quand même marrant...

Il n'oublia pas d'arborer son air le plus innocent pour poursuivre :

— Dites voir... Vous n'auriez pas besoin d'un apprenti, par hasard ?

Le voyageur, stupéfait, fit visiblement un effort pour ne pas éclater de rire. Puis son regard se fit plus sérieux, comme s'il observait vraiment Evan pour la première fois. Il le dévisagea d'un air pensif pendant une minute, puis haussa les épaules.

— Pourquoi pas..., répondit-il enfin. Mais pas en ce moment, désolé.

Evan fit la grimace, sans se fendre d'aucun effort pour masquer sa déception. Une expression dépitée fronçait son visage constellé de taches de rousseur, tandis qu'il insistait :

— Quel dommage ! Vous êtes sûr ? Ça n'aurait duré que jusqu'à Farnesa, vous savez. Nous aurions pu faire route ensemble, vous m'apprenant le métier, et moi vous secondant lors des représentations. Je sais me rendre utile, même pour les corvées quotidiennes, mentit-il. Je suis certain que vous y auriez trouvé votre compte...

Mais le Harpiste hocha négativement la tête.

— Non, ce n'est pas une bonne idée. (Il toisa le garnement avec un regard sévère.) J'ignore quelles sont les raisons qui t'ont fait fuir ton village, mon garçon... mais ce n'est sûrement pas si grave.

Crois-moi, les routes ne sont pas sûres, pour un jeune berger sans expérience. Tu ferais bien mieux de rentrer chez toi.

Evan souffla avec colère.

— Mais je ne peux pas rentrer ! cria-t-il.

Il était sincèrement paniqué à l'idée de la longue route qui lui restait à parcourir jusqu'à Farnesa, et à l'heure actuelle, cet étranger laconique représentait son seul espoir d'améliorer ses chances.

— Si seulement j'avais le choix... Écoutez, je n'ai pas l'habitude de supplier, mais vous *devez* m'aider ! S'il vous plaît.

Le musicien l'observa fixement.

— Je ne te connais pas, déclara-t-il froidement. En admettant que je le puisse, pourquoi serais-je tenu de te venir en aide ?

Evan se mit alors à parler très vite, en agitant les mains fébrilement :

— Mais... parce que je ne sais pas vers qui me tourner ! s'exclama-t-il d'une voix déchirante. Parce que j'ai quinze ans ! Parce que je suis affamé et que j'ignore tout du vaste monde, des routes et de leurs dangers ! Parce que toute cette histoire est de la folie, et que je n'ai rien demandé !

Il s'était dressé sur ses pieds tout en criant, et sentait que son visage était devenu très rouge. Pourtant peu enclin à s'épancher ainsi devant des inconnus, il n'avait pu retenir plus longtemps le sentiment de profonde détresse qui enflait en lui depuis des jours.

Mais l'expression du Harpiste n'avait guère changé. Tout au plus l'orphelin lisait-il une infime note d'embarras au fond de ses yeux pâles.

— Quels que soient tes problèmes, décréta lentement le musicien, il serait inutile d'y ajouter les miens. Je pratique une activité difficile et dangereuse. Plus que tu ne le crois.

Evan, à ces paroles, repensa à ce qu'il avait parfois entendu dire à propos des Harpistes. On racontait qu'ils étaient tous un peu espions, travaillant en secret comme agents des puissants, rois ou riches marchands... Une habitude qui pouvait en effet leur provoquer des ennuis, songeait le garnement, qui avait en son temps suffisamment écouté aux portes pour être régulièrement puni de sa curiosité.

— Comprends-le, poursuivait le ménestrel, je ne peux rien pour toi. Te laisser m'accompagner, ça ne serait pas te rendre service. Surtout avec tous ces Daedoriens qui hantent les environs… Ils ne raffolent pas des Harpistes, figure-toi.

À entendre comme son interlocuteur avait craché le mot « Daedoriens », l'orphelin ne put s'empêcher de relever :

— Vous n'avez pas l'air de les aimer beaucoup, dit-il.

Brutalement, le Harpiste retrouva alors son expression la plus impassible. Plongeant son regard gris dans celui de l'adolescent, il le scruta comme s'il regrettait de s'être confié à un inconnu.

Puis ses épaules s'affaissèrent dans un soupir.

— Qui aime les Fraters ? souffla-t-il enfin. On fait parfois semblant, lorsqu'ils sont dans les parages… et c'est déjà trop me demander. (Il mordit avec énergie dans son morceau de pain.) Voilà des mois qu'ils s'aventurent sans vergogne sur les terres de notre roi Lemneach, comme s'ils y étaient chez eux… Mais ils n'y sont pas !

Avec surprise, Evan remarqua que les mains de l'homme s'étaient mises à trembler très légèrement tandis qu'il parlait ainsi.

— Des mois qu'on les voit sillonner cette région en exigeant que tous les adolescents leur soient présentés… Mais de quel droit ? Je le jure, à la place de mon… (Il hésita.) À la place de mon roi, j'agirais différemment envers ces dangereux fanatiques.

— Bon, et alors ? persévéra Evan, un peu agacé. Une raison de plus pour ne pas rester seul sur ces chemins mal fréquentés ! Est-ce que vous voulez bien me prendre comme assistant, oui ou non ?

Le Harpiste plissa les paupières, réprimant peut-être un sourire.

— Eh bien… tu sembles savoir ce que tu veux, déclara-t-il sans bienveillance particulière. Mais le problème, c'est que je n'ai pas besoin d'un apprenti en ce moment… Connais-tu au moins quelques tours, ou maîtrises-tu un instrument de musique ?

Bien sûr que non, songea Evan. *Si c'était le cas, je ne vous demanderais pas de m'apprendre !*

— Je sais seulement un peu chanter, avoua-t-il.

Le musicien hocha la tête avec une moue de mauvaise augure.

— D'ici à Farnesa, il n'y aura guère le temps pour former un apprenti… Et surtout, je persiste à penser que tu ne serais pas davantage en sécurité auprès de moi. Non, vraiment, je dois refuser.

L'adolescent se mit à trembler, à moitié de fureur, à moitié de peur.

— Allons, murmura-t-il, vous voyez bien que je suis malade de trouille… Tout ça est tellement nouveau pour moi. Guidez-moi jusque là-bas, je vous en prie…

Le troubadour ne disait plus rien, l'air gêné. Dans ses yeux délavés, Evan pouvait lire de nombreux sentiments mêlés : nostalgie, fatalisme, et même une certaine forme de désespérance…

Finalement, son regard s'assombrit et il déclara :

— Je suis désolé, mon garçon. La vie de Harpiste n'est pas telle que tu l'imagines.

Il se leva, commençant précipitamment à réinstaller son paquetage sur son dos. Evan, qui venait d'enfourner un morceau de mouton dans sa bouche, se dépêcha de déglutir pour interpeller le musicien, mais celui-ci le devança :

— La conversation est terminée, inutile d'insister. Je ne peux que te souhaiter bonne chance.

Plongeant les mains dans sa besace pour en extraire quelques vivres supplémentaires, il pria silencieusement l'orphelin de les accepter. Ensuite, il se détourna, se ravisa, et lui fourra finalement son sac de provisions tout entier dans les bras. Puis il regarda au loin, vers le sud :

— La route est encore longue. Il faut à présent que je poursuive mon chemin.

Sans attendre la réaction de l'adolescent, il se remit alors vivement en marche, lançant seulement par-dessus son épaule :

— Tâche tout de même de prendre soin de toi !

Ce à quoi Evan ne répondit que par un grognement bougon. Si ce Harpiste ne voulait pas de lui, il ne fallait pas s'attendre à des politesses… Demeurant sur place, il le regarda s'éloigner d'un œil courroucé.

Chapitre 16

Quelques minutes plus tard, Evan prenait à son tour la direction du sud, sifflotant sans grand entrain l'air connu d'une chanson à boire.

Les paysages commençaient à changer subtilement, les champs remplaçant peu à peu les collines. Dans les prés, les pâturages laissaient la place à de larges étendues de blé doré.

L'orphelin avait prévu de s'arrêter dans la première grande cité qu'il rencontrerait sur son chemin. Là-bas, il pourrait se fondre facilement dans la foule, et trouver un peu de travail pour financer la fin de son périple jusqu'à Farnesa. Peut-être pourrait-il vendre ses services en tant que forgeron, à condition bien sûr que ses employeurs ne se montrent pas trop exigeants sur ses talents…

Mais pour le moment, la route s'étirait sans fin, et la distance qui le séparait de sa destination finale lui paraissait démesurée. Lui, autrefois si insouciant, se sentait maintenant perpétuellement angoissé, appréhendant son avenir incertain. Loin des regards d'autrui, il n'était plus nécessaire de se montrer fier, et parfois quelques larmes enfantines venaient poindre aux coins de ses yeux.

Il essayait alors de voir le bon côté des choses, pour autant qu'elles en aient un. Il tentait de se réjouir en se disant qu'il avait enfin l'opportunité de découvrir le vaste monde. Mais Aiswyn lui manquait tellement… Ils avaient toujours tout partagé. À quoi bon voir du pays, se disait-il, s'il ne pouvait pas échanger ses impressions avec son amie d'enfance ?

Les lieues défilaient cependant sous ses pas. Il n'avait aucun autre choix. Et les pensées s'égrenaient lentement dans sa tête, au rythme de la marche.

Malgré lui, il ne cessait de revivre les incidents tragiques de Bronghan. Pourquoi avait-il bondi ainsi sur le Dracomancien ? Pourquoi cette haine irrépressible, cette folie qui s'était emparée de son corps ? Son acte insensé n'avait rien eu de naturel, et il en était conscient.

D'ailleurs, ce n'était pas la première fois qu'il perdait ainsi le contrôle de lui-même. Très peu de temps auparavant, il y avait eu cette rencontre avec Finrad, qui aurait également bien pu tourner au drame… Mais le phénomène ne s'arrêtait pas là, hélas. De nombreux autres exemples revenaient à l'esprit du jeune garçon, à présent qu'il y réfléchissait.

Comme victime d'un vice de sa nature profonde, il avait toujours répugné à fuir face aux ennuis. Il fallait qu'il les affronte, qu'il les provoque, qu'il les fasse surgir en pleine lumière pour s'y plonger jusqu'au cou. Il ne pouvait supporter de rester passif, de ne pas être déclencheur. C'était chez lui presque maladif, et cette inclination lui avait déjà valu de nombreux revers par le passé. Ce qui ne l'empêchait pas d'allonger régulièrement la liste.

Depuis son plus jeune âge, commettant toujours les pires bêtises, les plus dangereuses, il avait vécu entre gros coups de chance et petites blessures. Bien sûr, il n'était pas le seul garçon friand de ces jeux violents et périlleux, autant de défis destinés à mettre le courage à l'épreuve. Mais c'était systématiquement lui qui entraînait les autres. Leurs plongeons de plus en plus acrobatiques dans des torrents impétueux, leurs escalades au fond des failles pour y dérober des œufs d'aigle cornu sous les yeux de leur mère… c'était toujours *son* idée.

À Bronghan, on pensait qu'il tenait surtout à faire la démonstration de sa bravoure, peut-être pour s'affirmer malgré son statut d'orphelin. Les garçons le jugeaient audacieux, et les filles écervelé… C'était Evan, voilà tout. Mais depuis les récents événements, il redoutait qu'il n'y ait une autre explication. Une explication plus grave.

Il commençait à s'inquiéter pour ces choses auxquelles il n'avait même jamais pensé auparavant, ces choses qui concernaient le fonctionnement de son esprit, et ses soudaines pulsions. Était-ce seulement un trait de personnalité ? Seulement le désir de compensation d'un garçon qui n'avait jamais eu ni père ni grand frère ? Ou bien souffrait-il, comme il commençait à le craindre, d'un véritable élan d'autodestruction ? *La folie ?* Était-ce ainsi qu'il fallait nommer cela ?

La route n'était pas bonne conseillère en la matière, et l'adolescent ne cessait de ressasser ces considérations. Des heures durant, il s'analysait, comme il ne lui serait jamais venu à l'idée de le faire en d'autres circonstances. Mais il voulait comprendre. Les conséquences avaient déjà été trop graves…

Pourtant, il le savait, ces méditations inquiètes l'épuisaient, tout comme le silence, qui laissait trop de place au chaos de ses pensées. Se sachant isolé au milieu de nulle part, il tâchait donc souvent de faire le plus de bruit possible. Lorsque sa voix était trop fatiguée pour le chant, il sifflait, ou bien faisait résonner plus fort ses pas sur la terre sèche. Il partait en guerre contre le silence suffocant. Hélas, dans la solitude de l'errance, ce dernier semblait cerner le voyageur de toutes parts.

Deux jours après sa rencontre avec le Harpiste, ce fut pourtant un concert de sons étouffés qui vint troubler la lasse progression du garçon.

Ces bruits ressemblaient à des éclats de voix, mais Evan était encore trop loin pour entendre des paroles. Prudent, pour une fois, l'adolescent s'immobilisa et tendit l'oreille.

— Qu'est-ce que ça peut être ? marmonna-t-il entre ses dents.

D'où il était, il lui était vraiment impossible d'en savoir plus.

Il décida donc de s'approcher, tout en demeurant à couvert : au lieu de continuer sur la route, il prit soin de couper à travers bois. Assez vite, les voix se firent plus distinctes :

— Dépêche-toi un peu, l'artiste ! criait un homme aux intonations mal dégrossies. Ta bourse est-elle si lourde que tu peines autant à t'en délester ?

La suite se perdit dans un brouhaha de rires gras, mais Evan avait déjà compris à qui il avait affaire. *Des brigands...*, souffla-t-il intérieurement. *Je ferais peut-être mieux de rebrousser chemin...*

Poussé par la curiosité, il continua néanmoins de se diriger dans la direction des voix. Bientôt, ce furent des bruits de lutte qui parvinrent jusqu'à lui. Les choses se gâtaient...

L'orphelin hésita de nouveau à poursuivre, peu motivé à l'idée de se faire rosser par des mécréants... Mais il ne put se résoudre à faire demi-tour.

En continuant, il se savait donner raison à ses récentes inquiétudes le concernant, mais il ne pouvait s'en empêcher. Il haïssait viscéralement toute forme de précaution, d'autant plus depuis qu'il s'était montré si couard, lors du sac de son village par les Fraters. Comme un lâche, il était resté pétrifié d'horreur, sans se battre pour défendre les siens, et ce souvenir le hantait. *Pourquoi ?* ruminait-il depuis, entre colère et frustration. Pourquoi n'avait-il rien fait alors que, pour une fois dans sa vie, sa témérité aurait pu se justifier ? *Qu'y avait-il chez les Daedoriens qui m'ait terrifié à ce point ?*

Le simple fait d'y penser le mettait encore dans une rage folle.

Je ne suis pas un lâche ! se dit-il, et il avança en direction du tumulte.

Il parvint à proximité de la rixe, prenant soin de se glisser à pas de loup pour ne pas faire craquer le tapis végétal sous ses pieds. Il voulait au moins pouvoir jeter un œil avant d'être repéré.

Ainsi, caché derrière des branches basses, il contempla la scène : six malandrins qui s'acharnaient sur un homme au sol. Ils le bourraient copieusement de coups de pieds, tandis que l'un d'eux s'exclamait d'un ton rageur :

— Alors ? On croit toujours pouvoir faire de l'humour ? On verra si tu auras autant d'esprit, une fois la mâchoire brisée !

Evan dansa d'un pied sur l'autre, mal à l'aise. Il brûlait de s'interposer, mais il savait que cela aurait été pure folie. Les brigands étaient six, tous des adultes de bonne carrure… Et pourtant, le jeune berger sentait cette force étrange le pousser vers le péril. *Réfléchit…*, s'encouragea-t-il, fébrile. Mais il sentait sa conscience vaciller, presque avec fatalisme. Déjà, une partie de sa lucidité tremblait, se sachant impuissante à contrer ces compulsions sournoises qui menaçaient de s'emparer de lui en un instant. Par chance, la peur de perdre la raison – trop souvent ressentie récemment – suffit pour le moment à rafraîchir ses idées. Elle doucha son impétuosité et la fièvre malsaine qui avait commencé à l'envahir. Soulagé, le garçon sentit son cœur retrouver un rythme plus normal.

Pauvre type…, se dit-il, observant le malheureux voyageur. Tout à coup, il sursauta, arraché pour de bon à ses angoisses intimes. Il venait de reconnaître la victime des brigands ! À sa grande surprise, il s'agissait du Harpiste avec lequel il avait déjeuné deux jours plus tôt…

Ce dernier ne paraissait pas armé, et semblait d'ailleurs ne faire aucun effort pour se défendre. Non sans stupeur, Evan perdit encore une seconde à le regarder se faire passer à tabac par les déserteurs. *Si j'avais ses poings et sa largeur d'épaules, bon sang, je ne me laisserais pas faire !* s'étonnait-il. Mais le troubadour se contentait de protéger son visage avec ses bras, rampant et lâchant quelques exclamations de douleur sous les coups de ses agresseurs.

À un moment, l'un d'eux se saisit de sa harpe, et la tira sans ménagement hors de son étui.

— Qu'est-ce c'est que ça ? fit-il en découvrant l'objet aux boiseries ouvragées. Caleb, tu crois que ça vaut quelque chose ?

L'intéressé attrapa la harpe et la considéra avec suspicion, tandis que le Harpiste se redressait sur un coude.

— Non, pas ça ! gémit-il alors. Ne touchez pas à ma Compagne…

Il levait vers eux une main ensanglantée, dans un geste suppliant, mais ces paroles ne lui attirèrent qu'un rire méprisant.

— Ta « compagne » ! se moqua le brigand nommé Caleb. Ma parole, tu ne dois pas t'amuser tous les soirs !

De nouveau, les rires gras fusèrent, tandis que la harpe passait de main en main. Evan, toujours dissimulé, ne savait plus que faire… S'il intervenait, cela ne servirait à rien, sauf peut-être à le faire tuer… *Par les Six Étoiles !* jura-t-il. *Pour une fois, j'avoue que j'aimerais bien être dans la peau de Kyle !*

Il renifla, fronçant les sourcils et serrant les dents. De nouveau, le malheureux baladin se faisait rouer de coups… Le garçon détestait être témoin de ça, sans rien tenter. Il sentit ses sens s'enflammer.

Ne pas lâcher prise, s'admonesta-t-il, devinant qu'il risquait une nouvelle crise. *Je ne suis pas fou.*

Mais il était trop tard. Tout s'obscurcissait déjà. Exactement comme lorsqu'il se trouvait face à Finrad, ou au Dracomancien de Daedor. C'était comme si la véritable faute incombait à son sang lui-même : il le sentait bouillir au fond de ses veines en feu, embrasant tout son système nerveux d'une manière atrocement douloureuse. Comme si l'ichor, soudain empoisonné, se révoltait pour rejoindre la tourmente, et conduire Evan au cœur d'un brasier…

Ayant vu que l'une des brutes avait déjà fait sauter une corde de son instrument, le Harpiste se remettait péniblement debout. Mais alors qu'il tentait de leur arracher son bien, un violent coup de poing le renvoya rouler à terre.

C'en fut trop pour Evan. À ce moment précis, il sentit qu'il cédait à son instinct, ne pouvant supporter davantage de passivité. Peu importait qu'il fût capable ou non de tenir tête aux malandrins… Peu importait qu'il offre ainsi une victoire à ses propres démons… Il ne pourrait plus jamais regarder quelqu'un en face s'il laissait ce pauvre homme se faire lyncher sous ses yeux.

Il bondit donc hors de sa cachette, son minuscule couteau à la main. Prenant tout de même soin de se retourner vers d'imaginaires alliés dissimulés entre les arbres, il s'écria :

— Tous avec moi, les gars !

Les brigands, pris par surprise, demeurèrent un instant interdits. Hélas, cela ne laissa même pas au Harpiste le temps de se relever. Il devait être sonné, suite au coup qu'il avait encaissé à la tête.

Quant au petit stratagème d'Evan, il s'éventa de lui-même au bout de quelques secondes. Les six malandrins, voyant que personne d'autre ne sortait des fourrés, comprirent que l'adolescent s'était moqué d'eux. L'observant avec une surprise presque admirative, Caleb s'exclama :

— En voilà un qui est culotté ! Et je vois qu'on a un grand couteau ? Approche un peu, mon mignon...

Evan, déjà prisonnier de ses tempes brûlantes, fut rendu fou furieux par la moquerie. Sans se faire prier, il fonça sur le brigand. Son bras lancé en avant, il visa l'abdomen de Caleb.

Et sa courte lame faillit bien y plonger.

Faillit, seulement... Pourtant, Evan aurait pu le toucher, il en était sûr. En dépit de la colère qui l'aveuglait, il avait été diaboliquement rapide et précis. Au dernier moment, pourtant, quelque chose avait retenu son geste... Dans un ultime réflexe, il avait détourné l'arme de sa course, manquant ainsi perdre l'équilibre.

Le déserteur, lui, n'avait même pas encore bougé. Réalisant combien le coup de l'adolescent avait été près de porter, il émit un sifflement admiratif, puis :

— Pas facile, hein, de tuer un homme pour la première fois..., se gaussa-t-il, comprenant à quoi était due la maladresse de l'orphelin.

Un éclat de rire plus tard, il lui assénait un coup de trique qui lui éclatait la lèvre.

Evan chuta sur le dos, voyant trente-six chandelles. Au-dessus de lui, il discernait la forme du bandit, qui armait de nouveau son nerf de bœuf pour le frapper. *Pas le temps de me relever...*

Clignant des yeux, l'orphelin eut à peine le loisir de se dire que son heure était venue... Et ensuite toute la scène devint confuse.

Du bruit se fit entendre dans les fourrés, et les brigands se retournèrent fébrilement pour scruter les alentours.

— Qu'est-ce qui se passe ? demanda leur chef, détournant son attention d'Evan.

L'un de ses complices, observant les bords de la route avec méfiance, grogna :

— Peut-être bien que le gosse ne bluffait pas… On ferait mieux de déguerpir, tu ne crois pas ?

Fronçant les sourcils avec suspicion, le chef des déserteurs fixa de nouveau Evan. Du sang coulait toujours entre les lèvres de ce dernier, et tout son visage le lançait. De l'autre côté du chemin, le Harpiste gisait, encore inconscient.

Caleb, après avoir hésité un instant, délaissa alors l'adolescent pour se pencher au-dessus du musicien. D'un geste rapide, il arracha la bourse qui pendait à sa ceinture et la fit sauter dans sa main.

— Ouais, souffla-t-il avec un rictus, inutile de s'attarder. On décampe, les gars !

Puis il joignit le geste à la parole, marchant à reculons. Il guettait toujours les buissons comme s'il s'attendait à en voir surgir une troupe entière de patrouilleurs royaux.

Tandis que les déserteurs battaient en retraite, l'un d'entre eux décocha un méchant coup de pied dans la mâchoire d'Evan, qui tentait vaillamment de se relever. Celui-ci, violemment rejeté au sol, sentit l'arrière de son crâne heurter une pierre.

Il étouffa un cri de douleur, et le paysage lui parut vaciller avant de s'assombrir. Les silhouettes d'autres bottes traversèrent son champ de vision, martelant le sol à un cheveu de sa tête. Le monde entier paraissait tournoyer.

Toujours furieux, le jeune berger essaya d'articuler une insulte à l'intention de la brute qui l'avait frappé, mais sa bouche s'amollit sur un borborygme inintelligible. Tout était devenu noir. Les derniers sons qu'il entendit furent les rires grossiers des brigands qui s'interpellaient en s'enfuyant.

Chapitre 17

Sans ménagement, Caessia fut conduite à travers le village occupé. Elle s'étonna de constater combien la vie semblait peu troublée par la présence des rebelles. Pourtant, ces derniers étaient en pleine effervescence, cela crevait les yeux. La princesse devina qu'ils devaient préparer une action très importante pour bientôt.

Mais chaque villageois vaquait à ses activités sans paraître remarquer les soldats qui quadrillaient les environs. Certains, parfois, adressaient même un sourire amical aux partisans de la République.

Jamais, cependant, à Olñez et ses sbires, comme le nota la jeune fille. Apparemment, la réputation de ces brigands n'était plus à faire.

Dans la plupart des demeures, le rez-de-chaussée était réservé aux étables, octroyant ainsi un chauffage naturel aux habitations durant les mois d'hiver. L'étage supérieur, quant à lui, était destiné à accueillir les foyers des autochtones. Néanmoins, ce fut dans l'une des rares maisonnettes basses que fut emmenée la princesse. Ce n'était qu'une bicoque de bois vermoulu, flanquée pour tout mobilier d'un chaudron sur le feu en son milieu.

Les rebelles la jetèrent dans la pièce, où la jeune apprentie jadienne se réceptionna tant bien que mal. Avec cette liane toujours serrée autour de ses chevilles, elle peinait à conserver son équilibre lorsqu'on la bousculait ainsi.

Olñez fit signe à ses hommes de fermer la porte derrière eux.

Déglutissant péniblement, Caessia fit mine d'ignorer leurs mines concupiscentes. Puis elle s'assit par terre, sans demander la permission. Le chaudron dans son dos et les brigands face à elle, elle tâcha de se recomposer une expression hautaine et indifférente.

La chaleur du feu cuisait la peau de ses poignets, toujours ligotés sur ses reins.

Olñez s'approcha lentement, un vilain sourire sur sa face de fouine. Son regard paraissait la jauger comme quelque marchandise sur l'étal d'un marchand.

La jeune fille, encore transie de froid sous la couche de boue qui avait durci sur elle, réprima un frisson. Les yeux de ces hommes posés sur elle la mettaient de plus en plus mal à l'aise. *Reste digne, princesse !* s'exhorta-t-elle. Mais son attitude trahissait son anxiété : ses pieds attachés sous elle, elle se lovait contre le chaudron, essayant inconsciemment de se faire aussi petite que possible.

Avec sa cape crottée et ses cheveux défaits, elle se sentait diminuée, fatiguée et sale. Elle aurait donné cher pour pouvoir oublier où elle était, et dormir rien qu'une heure…

D'une main à la propreté douteuse, Olñez releva la profonde capuche de velours qui plongeait dans l'ombre le visage de l'adolescente. Ses doigts frôlèrent les pommettes un peu marquées, typiques du Sud, et s'attardèrent un instant sur la peau couleur de miel, longeant la ligne d'une joue.

Caessia lui cracha au visage et il recula d'un bond.

— Petite garce ! lança-t-il.

Puis, se tournant vers ses hommes :

— Fouillez-la ! Mieux vaut vérifier qu'elle ne porte pas d'arme… Je ne fais aucune confiance à cet idiot de Troll.

Goguenards, les soudards s'avancèrent et entreprirent d'obéir à leur chef. Tandis qu'ils la palpaient ainsi, Caessia remarqua sans surprise qu'ils laissaient traîner leurs mains bien plus que nécessaire.

Mais à ce stade, la jeune fille ne se faisait déjà plus aucune illusion sur le sort qui l'attendait. Une drôle de nausée l'avait envahie, tandis qu'elle cherchait désespérément une idée pour se tirer de cette situation.

Olñez émit un grognement impatient :

— Regardez ses poches, bon sang ! Elle me semble bien du genre à y planquer une lame… C'est bon ? Vous avez vérifié ?

Les hommes, s'écartant à regret de Caessia, se retournèrent vers leur chef et acquiescèrent.

Un court moment passa, les brigands échangeant entre eux quelques plaisanteries salaces. Ils paraissaient attendre les ordres d'Olñez, qui demeurait pour l'instant silencieux, le regard rivé sur Caessia.

L'adolescente prit sur elle pour que son visage ne reflète pas la douleur des flammes qui lui léchaient poignets et chevilles.

Elle pria pour que l'odeur de la liane qui noircissait au feu n'éveille pas les soupçons des rebelles. *Si seulement…*, pensait-elle. C'était sa dernière chance.

Encore quelques secondes… et je serai peut-être libre de mes mouvements.

— Je passe le premier, fit Olñez, qui ne souriait plus.

Son expression était devenue sinistre, et seuls ses yeux de rongeur brillaient d'une lueur malsaine.

— Fermez bien la porte à clé, ajouta-t-il tout en débouclant son ceinturon.

Puis il approcha, l'air fébrile. Il ne remarqua pas le rictus froid qu'esquissèrent alors les lèvres de l'adolescente.

Il ne remarqua pas non plus que ses mains étaient à présent libres.

C'est ça, mécréants. Fermez-la bien à clé…

Chapitre 18

La chaise grinça lorsque Aljir y installa ses deux quintaux de muscles. En face de lui, Ettore vint également prendre place près de l'âtre.

— Content de te revoir, camarade, déclara-t-il, la voix plus sincèrement chaleureuse à présent qu'ils étaient seuls.

— Tu crois ce qu'ont rapportés les Elfes ? demanda sans préambule le Troll, l'air soucieux.

Le jeune capitaine acquiesça, la mine guère plus enjouée.

— La Mère Stérile… Les Six Étoiles savent que nous n'avions pas besoin de ça ! Mais chaque problème en son temps.

» Pour le moment, nous avons une chance de reprendre l'avantage, grâce à notre charmant otage… Il ne faut pas gaspiller ce don du ciel.

» Et surtout, rien de tout cela ne doit changer nos plans. Le moment est venu, camarade. L'heure du grand soir approche…

Aljir prit une inspiration à la curieuse manière des Trolls, claquant des crocs comme s'il mangeait une bouchée d'air.

— Tu sembles épuisé, dit-il en changeant de sujet.

Son regard détaillait le noble rebelle, examinant ses vêtements défraîchis et sa longue chevelure emmêlée.

Comme pour le détromper, Ettore le gratifia d'un de ses sourires rogues, le regard plein d'une énergie insolente. Mais il n'abusa pas le Troll. Au fond de ses yeux clairs, ce dernier pouvait lire toute la détresse et la fatigue dissimulées derrière l'apparent panache.

— La République part en morceaux…, médita-t-il avec lucidité.

Le capitaine n'eut d'autre choix que d'acquiescer.

— Des mercenaires, tous… Ce rat d'Olñez a raison ! La plupart de nos soldats ne comprennent rien à la cause. Et nous devons nous battre pour maintenir une cohésion, nous appuyer sur ces fondations qui ne sont que des sables mouvants !

» Je crois que le moral des troupes baisse de jour en jour : moi-même, je perdrai bientôt toute autorité si je ne peux leur octroyer quelque récompense…

» Quand je pense que nous y étions presque… Dans quelques semaines, nous aurions pu livrer la bataille finale. C'est trop bête !

Aljir soupira.

— Tu pourrais peut-être défier ton père en duel ? Si tu l'emportais, nous pourrions installer les troupes dans son château sans avoir à le prendre par les armes. Peut-être même qu'une partie de ses soldats déserterait pour nous rejoindre…

Le jeune homme eut un sourire pensif. Tout en lissant machinalement la dentelle maculée de ses manches, il murmura :

— Pas parmi les officiers, en tous les cas. Je n'ai jamais eu bonne réputation auprès d'eux ! (Son regard se perdit dans le vague.) Ettore, le fils indigne ! Qui rentrait soûl, toujours prêt à croiser le fer, à provoquer d'honnêtes soldats… Ettore qui volait sans vergogne leurs fiancées et les abandonnait après les avoir déshonorées… C'était avant, tu sais. Avant que je ne rencontre la cause, que j'embrasse la République. Je ne suis pas certain que tu aurais aimé me connaître à cette période de ma vie.

Le Troll haussa les épaules.

— Mais parmi les gens du peuple, tu étais plutôt aimé, non ?

— En effet, ricana Ettore, ils avaient tendance à me pardonner mes frasques… Il faut dire que l'ivresse me rendait en général affreusement généreux ! Mais oublions cette idée. (Son regard avait glissé négligemment le long de sa rapière.) S'il y a une certitude contre laquelle toute ma vanité ne peut me prémunir, c'est celle-ci : mon père reste encore bien meilleur bretteur que moi.

» Inutile de courir au suicide, conclut-il en levant son verre de vin rouge pour l'admirer à la lueur des flammes.

Aljir hocha lentement la tête.

Il aimait ce jeune homme, presque encore un adolescent, qui avait su inspirer une âme neuve aux vieilles idées républicaines. Il aimait sa nonchalance insolente, et cette bravoure teintée de désespoir qui le rendait fascinant en diable.

— Inutile, en effet, sourit le Troll.

— Accepterais-tu de faire quelque chose pour moi ? le questionna abruptement son ami.

— Tout ce que tu voudras.

— Voilà : je m'inquiète un peu pour la petite princesse. Je n'avais d'autre choix que de la laisser entre les mains d'Olñez… mais je n'aimerais pas pour autant qu'elle soit maltraitée. Je doute qu'elle soit responsable de la politique de son père ! Pourrais-tu garder un œil sur elle, ces prochains jours ?

Aljir opina.

— Bien entendu. Mais à mon avis, même Olñez n'est pas assez bête pour abîmer un otage aussi précieux. Enfin, si tu y tiens, je ferai attention.

Ettore lui adressa un regard reconnaissant. Puis il leva son verre en souriant, et le vida d'un trait. Avec un geste un rien lascif, il essuya d'une manche la goutte de liquide rouge sombre qui avait coulé au coin de ses lèvres.

— Tu bois ça comme de la piquette ! s'écria le Troll. N'est-ce pas pourtant le vin précieux que nous avons volé dans le dernier convoi destiné à ton père ?

— Si ! pouffa Ettore. Mais tu sais que j'ai toujours mis un point d'honneur à mépriser les privilèges de mon rang…, ajouta-t-il en débouchant une nouvelle bouteille.

Quand Aljir ressortit enfin de la maison réquisitionnée par le chef rebelle, il avait l'esprit légèrement embrumé par l'alcool. Il savait que cela ne durerait pas, sa constitution de Troll se chargeant d'éliminer rapidement tous ces effets nocifs. Le jeune capitaine, en revanche, gisait dans un demi-sommeil éthylique lorsqu'il l'avait laissé.

Aljir se remémora le souhait de son ami concernant la princesse. Ettore se faisait-il du souci pour rien ? Dans le doute, le Troll décida d'aller rendre une petite visite à Olñez. La perspective de se frotter au brigand et ses soudards ne l'enchantait pas, mais mieux valait parfois se montrer trop prudent…

D'une démarche à peine chancelante, il traversa le village occupé en direction de la cahute qui leur était attribuée.

Parvenu devant la porte, il s'immobilisa, soudain hésitant. Un sinistre pressentiment lui serrait subitement les entrailles, achevant de chasser toute trace d'ivresse. Comme tous les Trolls, Mangeur-de-Loups était particulièrement sensible à ses intuitions, aussi était-il parfaitement sur ses gardes lorsqu'il frappa à la porte.

Pas de réponse.

Les sourcils froncés et les pupilles étrécies, il réitéra son geste. Une nouvelle poignée de secondes passa, toujours sans réaction à l'intérieur.

Aljir poussa la porte, mais elle était fermée à clé. Maintenant persuadé qu'il se tramait quelque chose d'anormal, il poussa plus fort. Les gonds se rompirent, arrachés au bois vermoulu.

Dans la petite bicoque, il craignait sans savoir pourquoi de tomber sur une scène macabre. Quelque instinct au fond de sa nature de Troll sentait ici la présence du chaos et de la mort. Une terrifiante atmosphère de douleur flottait dans l'air, imperceptible pour un Humain.

Ils n'auraient tout de même pas osé lui faire du mal ? Les brutes ! Si jamais…

Durant la seconde qu'il mit à faire son premier pas dans l'unique pièce, son cœur battit plus vite, redoutant le spectacle qui allait s'offrir à lui. Avant même que ses yeux ne se soient réellement posés sur l'intérieur de la demeure, ses narines frémirent à l'odeur du sang.

L'image qu'il découvrit alors était bel et bien chargée de violence. Mais ce n'était pas la vision d'horreur à laquelle il s'était attendu.

Éparpillés sur le sol, six cadavres gisaient dans leur sang. Aljir les reconnut à leurs vêtements : il s'agissait d'Olñez et ses sbires. La plupart étaient méconnaissables, car leurs visages étaient bleuis et sanguinolents.

Certains avaient la nuque brisée, la tête tournée à l'envers dans leur dos, et semblaient le fixer de leurs yeux blancs. Un autre, semblable à un pantin désarticulé avec ses membres cassés, avait le nez enfoncé dans le crâne. Ses yeux paraissaient avoir explosé sous l'impact.

Olñez, lui, était allongé sur le ventre, les genoux à demi repliés. Même dans la mort, ses mains étaient restées convulsivement serrées sur ses parties génitales, où il semblait avoir reçu le coup fatal. Sa bouche était encore blanche et gluante de l'écume qui l'avait étouffé.

Enfin, recroquevillée contre le chaudron qui trônait au centre de la masure, la petite princesse l'observait d'un regard vide.

Comme Aljir continuait à examiner la scène avec quelque stupeur, elle se redressa soudain – il remarqua alors que ses poignets et ses chevilles étaient libres d'entrave – et parut reprendre ses esprits.

— N'approche pas, monstre, si tu ne souhaites pas subir le même sort qu'eux ! menaça-t-elle en lui jetant un regard de défi. Laisse-moi partir !

Toujours debout dans l'encadrement de la porte, le Troll resta immobile. Bouche bée, il fit glisser son regard des corps inanimés jusqu'à cette jeune fille qui lui faisait face. Tremblante dans sa cape toute tachée de sang, elle semblait murée dans une détermination glacée.

Aljir ne savait ni quoi penser ni quoi répondre, et n'eut pas le temps de chercher davantage. En effet, à ce moment précis, un cri s'éleva à l'extérieur :

— Les soldats royaux ! rugit une sentinelle. Le village est attaqué !

Son cri d'alerte ne laissait rien présager de bon quant à son sort, mais d'autres rebelles relayaient déjà l'appel aux armes.

Sans prêter plus d'attention à la princesse et à ce spectacle inexplicable, le Troll fit demi-tour en trombe.

Caessia, elle, sortit de la bicoque comme une somnambule. *Je n'avais jamais tué personne... Je n'avais jamais...*

Toute sa froideur étudiée, les années d'entraînement qui l'avaient endurcie, n'étaient pas suffisantes pour la préparer à cela. Rien ne l'aurait pu.

Elle était à peine consciente de l'agitation tout autour d'elle. Son esprit était empli d'autres images : membres tordus et faces martyrisées, craquements d'os brisés et hoquets de douleur...

Elle se sentait salie d'une tache qui ne partirait jamais. De ces taches qu'on ne faisait qu'étendre dramatiquement, aussi longtemps qu'on s'acharnait à les frotter.

Peut-être aiguillonnée néanmoins par son instinct de survie, elle se força à se concentrer sur le présent. *On se bat déjà dans tout le village,* réalisa-t-elle.

Ettore venait de surgir de la demeure où il résidait, sa rapière pointée vers le ciel. Fonçant seul à l'assaut d'une escouade ennemie, il harangua ainsi ces troupes :

— Un seul cri de guerre, camarades : « Liberté ! »

Caessia le vit faire reculer de surprise les hommes du roi, mais il avait cependant l'air de tituber, et elle se demanda s'il n'était pas ivre.

Plus près d'elle, Aljir le Troll bousculait sans ménagement le soldat républicain chargé de garder le râtelier d'armes au centre de la place. Il se saisit d'une lourde chaîne dont les extrémités étaient garnies de deux énormes boules de fer à pointes. Qu'il se mit immédiatement à faire tournoyer au-dessus de sa tête avec dextérité...

Pendant un instant, Caessia demeura inerte. Elle ignorait si elle devait fuir ou bien se terrer jusqu'à la fin des hostilités. *Quel que soit le camp qui l'emporte,* songea-t-elle, *je suis perdante. En aucun cas il ne faut que les survivants me trouvent...* En dépit des risques encourus, elle se résolut donc à sortir du village pendant qu'on ne prêtait pas trop attention à elle.

Ces soldats seraient-ils là pour moi ? s'interrogea-t-elle en avisant les combattants en livrée royale. *Impossible... Comment mon père aurait-il pu me localiser aussi vite ?*

D'ailleurs, elle reconnut à certains codes subtils de leurs uniformes que ces fantassins de l'armée régulière appartenaient plutôt à quelque baron local, et n'étaient pas directement des hommes de son père.

Aussi discrètement que possible, elle tâcha de contourner la zone des combats. À première vue, les militaires loyalistes étaient plus nombreux que les rebelles, et s'apprêtaient à ne faire qu'une bouchée de leur résistance. *Bon débarras !* se dit l'adolescente, apercevant le capitaine Ettore qui paraissait submergé par ses adversaires. Seulement, elle n'était pas certaine de le penser sincèrement. Elle n'était pas certaine de souhaiter la mort de quiconque, hormis parfois la sienne propre.

D'ailleurs, à peine avait-elle parcouru quelques mètres de plus, qu'elle était témoin d'une scène la poussant à réviser son jugement sur la situation. Des soldats royaux venaient de pénétrer dans une maison à la poursuite d'un rebelle, et s'en prenaient à présent sans distinction à lui et aux habitants de la demeure.

À la fois incrédule et révoltée, Caessia vit ainsi deux villageois et leurs femmes tomber sous les coups aveugles des lourdes épées loyalistes.

Elle commença alors à faire le tri parmi les hurlements et les fracas qui parvenaient à ses oreilles. De nombreux cris stridents semblaient bien être ceux de femmes et d'enfants !

Paralysée par le dégoût, elle jeta un regard circulaire autour d'elle, et ses yeux lui confirmèrent que les soldats ne faisaient aucun effort de discernement pour épargner les populations désarmées du village. Ils semblaient juger que tous étaient pareillement coupables, pour avoir abrité des républicains dans leurs foyers. *Comme si les rebelles leur avaient laissé le choix !* s'étrangla la jeune fille.

Bien sûr, elle n'aurait pas dû s'en étonner. Elle avait toujours su comment son père traitait les problèmes d'insurrection… Mais c'était différent de le voir de ses yeux. Différent à un point qu'elle n'aurait jamais imaginé.

À dix pas d'elle, un vieux paysan qui s'interposait entre son épouse et un fantassin eut la gorge tranchée d'un coup d'épée. Sa femme, hurlant et implorant, ne tarda pas à le rejoindre dans la mort.

Père… Tu ne peux pas continuer à ordonner ça…, pria l'adolescente, tandis que son cœur s'emplissait de ténèbres.

À la lisière de son champ de vision, Ettore venait de tomber. Une seconde avant que ses ennemis ne lui portent le coup fatal, Aljir déboula comme un démon en faisant voltiger ses deux billes d'acier étoilées. Son passage éclair suffit à fracasser plusieurs crânes, et le jeune capitaine réussit à se relever pour affronter les survivants.

Déjà, le Troll poursuivait sa route vers un autre point chaud de la bataille. Ses frères de race, eux aussi, étaient autant de traînées de métal mortel lancées à travers le village. Leurs circonvolutions paraissaient aléatoires au premier abord, mais Caessia devina qu'il n'en était rien. Les lourdes balles hérissées de piques qui semblaient former leur armement traditionnel sifflaient de manière terrifiante tandis qu'ils les abattaient sur les loyalistes. Admirative, la jeune fille n'arrivait pas à se figurer qu'ils n'emmêlent pas une seule fois leurs chaînes dans ces mouvements denses et abondants.

En revanche, les trois Elfes qu'elle avait aperçus à son arrivée devaient avoir repris leur route avant l'attaque du village. Elle ne les voyait nulle part, en tout cas.

Voyons, mais je ne devrais même pas les chercher du regard…, se dit-elle. *Par les Anciens Rois, je ne devrais pas espérer la victoire des républicains !*

Pourtant, elle n'avait toujours pas fait mine de bouger pour s'enfuir. Écœurée et stupéfaite, elle ne pouvait détourner les yeux du massacre orchestré mécaniquement par les fantassins royaux.

Les monstres…

Pendant ce temps, l'être auquel elle avait précédemment réservé ce qualificatif tâchait de protéger une poignée d'enfants des assauts d'une escouade ennemie. Ainsi, le Troll se dressait de toute sa hauteur au-dessus des jeunes Humains, et imprimait à sa chaîne de grands cercles pour dissuader les soldats d'approcher.

Caessia regarda alentour, priant malgré elle pour que la créature obtienne un prompt renfort. Les ongles profondément enfoncés dans ses paumes, elle se rendit compte qu'elle était tombée à genoux sans s'en apercevoir. Sa tête tournait mollement de droite à gauche… peut-être dans le vain espoir de voir cette vision de cauchemar disparaître par magie.

Elle ne savait plus du tout quelle attitude adopter. *Je sais me battre,* pensait-elle. *Je pourrais intervenir…*

Oui, mais en faveur de quel camp ?

Ce dilemme… C'était plus qu'elle n'en pouvait supporter. Les images du massacre autour d'elle se mélangeaient à celles de sa lutte contre les hommes qui avaient tenté de la violenter.

Entre les cris d'agonie et la cacophonie métallique des armes, le bruit ambiant était assourdissant. La princesse sentait ses nerfs à deux doigts de se rompre, et d'irrépressibles larmes d'impuissance coulaient maintenant sur ses joues, creusant leurs sillons dans la boue sèche et la poussière qui les recouvraient.

Elle voyait de nombreux combattants rebelles tenter de déserter, ayant compris que leur camp n'aurait pas le dessus. *Je devrais les suivre à toutes jambes… M'engouffrer dans leur sillage et profiter de leur percée pour quitter cet endroit…*

Elle ne bougea pas.

Au-dessus d'elle, il y avait des arbres aux longues branches garnies de feuilles très vertes. Une brise jouait dans les feuilles qui dansaient sous le vent et faisaient apparaître un morceau de soleil par intermittence.

Caessia plissait les yeux pour ne pas être éblouie quand le soleil perçait entre les branches. Puis elle les ouvrait de nouveau en grand, et détaillait les riches nuances de vert et de brun qui coloraient les arbres.

Elle sentait la brise sur son visage. La même que là-haut, parmi les feuilles.

Les arbres, le ciel, la brise… Tout cela était là depuis longtemps. Resterait là pour longtemps encore. Rien ne pouvait les déranger. *Je suis comme eux. Ce cauchemar ne me concerne pas. Je suis invisible, je ne suis pas là.*

Soudain, la bataille fut terminée.

Contre toute attente, les rebelles avaient remporté une courte victoire, parvenant à obliger les derniers loyalistes à se replier. La princesse ignorait comment ils s'y étaient pris, même si la présence des Trolls avait dû y être pour beaucoup.

Elle ignorait également comment il avait été possible que nul combattant ne s'en prenne à elle, tandis qu'elle demeurait inerte… Tout s'était déroulé comme hors de sa perception.

À présent, des morts gisaient partout. Des soldats morts. Des villageois morts. Des enfants morts.

Là encore, où que se posent ses yeux, Caessia parvint à ne rien voir.

Chapitre 19

— Evan ? Ça va, Evan ? demandait une voix inquiète.

Une voix de jeune fille.

L'orphelin avait encore cette impression qu'on lui enserrait la tête et la nuque dans un étau. Mais il recouvrait ses esprits. Étendu sur le sol, les yeux clos, il devinait sous lui un tapis d'herbe et de feuilles.

Dans sa bouche, un goût de sang. Toujours à la lisière du coma et du réveil, il s'en plaignit en grognant quelques mots mal formés.

On le comprit cependant :

— Ce n'est pas grand-chose, tu as eu de la chance. Ces mécréants auraient pu te tuer !

Cette voix…

Evan ne se rappelait plus exactement ce qui lui était arrivé, mais…

— Aiswyn ! s'exclama-t-il soudain, ouvrant les yeux dans un sursaut.

C'était bien son amie d'enfance. Il avait reconnu ses intonations. La jeune fille était agenouillée à côté de lui, et lui tamponnait la commissure des lèvres avec un linge humide.

— Je crois que tu vas t'en tirer, le taquina-t-elle en souriant.

Au prix d'un effort qui lui valut quelques instants de vertige, Evan parvint à s'asseoir.

— Où sommes-nous ? demanda-t-il, inspectant les lieux autour de lui.

Apparemment, une petite clairière sur le bord du chemin. Peu à peu, le garçon sentait ses souvenirs lui revenir. L'attaque des déserteurs… Il y avait eu ce ménestrel roué de coups, puis les bruits mystérieux dans les fourrés, qui avaient fait fuir leurs agresseurs…

— Qu'est devenu le Harpiste ? questionna-t-il en clignant des yeux.

Puis, avant qu'Aiswyn n'ait eut le temps de répondre :

— Et, par les Étoiles, qu'est-ce que tu fais ici ?

La bergère minauda alors comme une gamine prise en faute. S'il n'avait pas été si pressé d'entendre son explication, Evan aurait éclaté de rire en la voyant rougir ainsi.

— Je devais te rattraper, avoua la jeune fille. J'ai appris des choses, au village… Il faudra que je te raconte. Et puis, je ne pouvais pas te laisser partir seul, alors que j'étais la cause de tous tes problèmes… Tu ne m'en veux pas, j'espère ?

Le garçon fit « non » de la tête, et il était sincère. C'était bon de la savoir à ses côtés. Pour l'instant, c'était l'unique conclusion qu'il se sentait capable de tirer.

— Quand je t'ai enfin rejoint, ça a été pour te trouver aux prises avec ces affreux brigands… Tu imagines ma frousse.

— Tu sais bien que je ne peux pas me passer d'une bonne bagarre, ironisa l'adolescent en se massant les tempes.

Ce qui ne fit pas rire Aiswyn.

— Laisse-moi te dire que tu choisis de plus en plus mal tes adversaires, répliqua-t-elle sur le même ton. Ces grands types t'auraient cassé en deux, si je n'avais pas eu l'idée de faire mon petit raffut dans les buissons.

— C'était donc toi…, comprit Evan. Merci, petite sœur. Tu es bien tombée, comme toujours.

Elle haussa les épaules.

— Tu parles. J'ai bien cru que j'allais m'évanouir. Tu ne peux pas t'empêcher de te mettre dans des situations impossibles, hein ?

— As-tu vu les brigands s'éloigner ? la coupa le garçon.

— Oui, répondit Aiswyn. Ensuite, je vous ai traînés jusqu'ici, au cas où ils reviendraient.

— Je doute que ce soit le cas, dit Evan, mais tu as bien fait. Je ne vois pas le musicien… S'est-il déjà remis ?

Aiswyn indiqua une direction parmi les arbres.

— Il est parti vérifier les environs, justement. Il a dit qu'il voudrait te parler à ton réveil.

L'orphelin acquiesça, tâtant ses lèvres enflées du bout des doigts. Un coup d'œil dans la clairière lui apprit que le baladin avait laissé sa harpe ici. *Il compte donc vraiment revenir…*, nota-t-il.

— Ne touche pas ta blessure ! le gronda gentiment son amie. Je viens de la nettoyer… Tu devrais te reposer un peu en attendant le retour du Harpiste.

Elle posa ses mains sur les épaules d'Evan, mais celui-ci la repoussa en ronchonnant :

— Je vais bien. Explique-moi plutôt ce qui s'est passé chez nous, pour que tu décides finalement de me rattraper.

La jeune fille acquiesça, une expression fataliste sur le visage.

— Tôt ou tard, il aurait bien fallu qu'on en parle, soupira-t-elle. Voilà, je vais essayer de te raconter tout ça dans l'ordre :

» Quand je suis arrivée, j'ai été soulagée de voir que mes parents étaient saufs et que le village n'avait pas trop souffert. Mais ensuite, on m'a dit pourquoi : les Fraters avaient passé leur colère sur Kyle et ceux qui l'avaient suivi, les attrapant et les battant comme plâtre devant les autres villageois.

— Est-ce que Kyle est… ? l'interrompit Evan, plus inquiet qu'il n'aurait voulu le montrer.

— Non, ils ne l'ont pas tué, le rassura Aiswyn. (Des sanglots remontèrent dans sa voix tandis qu'elle poursuivait.) Mais ils ont emmené tous ces hommes avec eux, et les Étoiles seules savent le sort qu'ils leur réservent…

L'orphelin hochait la tête frénétiquement, le regard empli d'horreur.

— Tout ça... ma faute..., balbutia-t-il.

Aiswyn lui prit les mains et continua dans un murmure :

— Mais ce n'est pas tout. Le pire, je ne l'ai appris que trois jours plus tard, par mon père. Il n'avait pas voulu m'en parler avant, précisément de peur que je me lance à tes trousses.

— Pourquoi, qu'y a-t-il ? interrogea le garçon avec appréhension.

— Les Fraters... Ils voulaient savoir qui tu étais, et où tu pouvais te cacher. Ils ont forcé Kyle à leur dire des choses sur toi. Au début, il a refusé, malgré les coups qu'ils lui infligeaient, mais ils ont alors aligné des gens, et les ont arrosés d'huile avant de le menacer d'y mettre le feu. Kyle a fini par parler : il leur a appris que tu étais orphelin, et qu'on t'avais abandonné ici quinze ans plus tôt, avec pour tout signe distinctif un diadème marqué d'un lion.

Elle leva des yeux curieux vers le garçon :

— J'ignorais ce détail, d'ailleurs. Est-ce que c'est vrai ?

Glissant une main sous son gilet, Evan en ressortit le serre-tête que lui avait remis le vieux Meglinn avant de rendre son dernier souffle.

— Je ne l'ai que depuis peu. Je t'en aurais parlé, sinon. Il paraît que ça traînait dans mon berceau, quand on m'a trouvé.

Le jeune fille hocha la tête et poursuivit son récit :

— Apparemment, les Daedoriens ont eu l'air très intéressés par tout ça... L'Examinatrice et l'un de ses acolytes se seraient séparés du reste de la troupe pour te donner la chasse, pendant que les autres continuaient leur mission dans la région. Tu comprends, maintenant, pourquoi je devais à tout prix te rejoindre et t'avertir !

— L'Examinatrice et un Frater sont après moi ? murmura le garnement avec une moue déconfite. Tu... tu crois qu'ils ont une idée de l'endroit où je vais ?

La bergère secoua la tête d'un air embarrassé, ses mains tremblant entre celles du garçon.

— Je n'en sais rien, Evan. Mais s'ils sont capables d'user de sorcellerie, alors comment savoir ce qui est ou n'est pas en leur pouvoir ?

Le garçon acquiesça, morose. Il n'eut pas le temps d'ajouter le juron qui allait certainement suivre, car le Harpiste refit alors son apparition.

Le visage du troubadour était couvert d'hématomes, et Aiswyn avait dû lui bander une main, mais sinon il paraissait en bonne santé. *En bien meilleure forme, en tout cas, que je ne le serais si j'avais reçu une telle rossée…*, se dit Evan, non sans admiration.

— Comme on se retrouve…, lança-t-il gaiement à l'intention du musicien.

Celui-ci lui rendit sobrement son sourire, et vint s'asseoir à côté de lui et d'Aiswyn.

— Je te dois une fière chandelle, mon garçon, déclara-t-il en hochant gravement la tête. Si tu n'étais pas intervenu, ces mécréants auraient ruiné ma Compagne… (Il marqua une pause, baissant légèrement les yeux.) Je crois pourtant que je n'ai pas été très secourable, l'autre jour, lorsque tu m'as supplié de te venir en aide…

Evan ricana, enchanté du malaise qui semblait troubler le ménestrel.

— Vous savez donc maintenant que je n'ai pas la rancune tenace, messire. (Il esquissa malgré lui une petite moue de douleur, sa lèvre fendue le faisant souffrir lorsqu'il parlait.) Comme quoi, même ces paysans crottés de la vallée des Lacs peuvent parfois montrer l'exemple aux belles gens comme vous…

Le Harpiste s'inclina, une expression contrite sur le visage.

— J'étais préoccupé, je l'avoue. Mais je ne souhaitais pas paraître hautain. N'en parlons plus, veux-tu ?

Il se redressa, gardant toutefois une main sur le cœur.

— À présent, il va de soi que je suis votre obligé à tous les deux. Mon nom est Gaelion.

Bien que moins galamment, Evan se présenta à son tour, imité par Aiswyn qui ébaucha une petite révérence.

— Puisque nous ne sommes plus des inconnus, déclara Gaelion de sa voix à la fois paisible et virile, je vous propose de boire ensemble aux Étoiles et à leur bonne fortune, qui nous a sauvé la vie.

Il sortit de son paquetage une fiole à liqueur et trois gobelets d'argent, puis servit ses compagnons en commençant par Aiswyn.

Evan leva son verre et en fit tinter le métal contre celui du ménestrel.

— Je me demandais..., commença-t-il. (Il réprima une grimace car l'alcool brûlait sa blessure.) ...Lorsque les brigands vous battaient, vous n'aviez pas l'air de vouloir vous défendre. Pourquoi ?

Les yeux gris du musicien, lumière délavée et diffuse, se posèrent un peu trop vite sur son interlocuteur.

— C'est lié à mon passé, avoua-t-il du bout des lèvres. Je n'aime pas en parler.

Cependant, comme l'orphelin continuait sans vergogne à l'interroger du regard, il fit l'effort d'ajouter :

— Il y a quinze ans, quand je suis devenu un Harpiste, j'ai juré de ne plus jamais avoir recours à la violence. Et je n'ai pas touché une arme depuis ce jour.

— Pas même donné un coup de poing ? s'étonna Evan, qui se flattait depuis l'enfance d'être plutôt bon cogneur.

— Aucune forme d'agression physique, soupira le ménestrel. Contre quiconque.

L'adolescent était ébahi :

— Mais... comment avez-vous fait pour vous protéger, durant vos nombreux voyages ?

Cette fois, Gaelion conserva si longtemps le silence que le garçon crut qu'il ne répondrait pas. Pourtant, il murmura enfin :

— Les Harpistes... ont leurs propres moyens de défense. Je ne te révélerai pas tous nos petits secrets, mais nous savons généralement éviter les ennuis... Sauf exception.

» Et puis, lorsqu'il m'arrive de me retrouver en grand danger, il se trouve parfois un jeune garçon et une fillette assez audacieux pour voler à mon secours...

Sur ces mots – dans lesquels Evan était presque certain d'avoir décelé une pointe d'amertume – le troubadour se détourna, l'expression toujours impassible. L'adolescent faillit lui demander si tous les Harpistes devaient sacrifier à cette coutume de non-violence, mais son visage fermé l'en dissuada. Gaelion paraissait en avoir assez dit à son goût...

Sans doute, d'ailleurs, n'avait-il cédé que par gratitude envers l'orphelin.

Ce fut Aiswyn qui brisa bientôt le silence, avant qu'il ne devienne vraiment pesant.

— Et maintenant..., murmura-t-elle en observant le ciel qui s'assombrissait déjà. Evan... que faisons-nous ?

Le garçon esquissa une moue ignorante.

— Je suppose qu'on va bivouaquer ici, répondit-il. Il est trop tard pour se remettre en route...

Mais la jeune fille hocha énergiquement la tête.

— Je voulais dire : que faisons-nous de nos vies ? (Confrontée au sourire d'Evan, que les accents existentiels de cette question amusaient, elle pinça les lèvres sévèrement.) Es-tu toujours déterminé à accomplir ce voyage insensé jusqu'à Farnesa ?

— Plus que jamais, fit le garçon. Surtout après ce que tu viens de m'apprendre au sujet de cette Examinatrice...

Il adressa un regard à Gaelion, qui s'était raidi subtilement à ce dernier mot :

— À en croire ce que vous m'avez dit l'autre jour, messire, vous ne portez pas les Daedoriens dans votre cœur... Eh bien, il en va de même pour moi. Ou plutôt, ce sont eux qui ne m'aiment pas. Il se trouve que l'un des leurs est mort par ma faute, et je crois que j'aurai de fâcheux ennuis si jamais cette Examinatrice met la main sur moi...

Le ménestrel fronça les sourcils.

— Des ennuis ? répéta-t-il. Si jamais elle met la main sur toi, tu es un homme mort.

Evan déglutit péniblement. Le musicien n'avait pas l'air de plaisanter.

— C'était donc toi..., murmurait le troubadour comme pour lui-même. J'ai entendu cette histoire, en traversant les Lacs. Si tu veux un conseil, tu devrais te méfier davantage, et ne pas la raconter à n'importe qui.

Le garnement acquiesça.

— Vous êtes passé par les Lacs ? fit-il pour changer de sujet.

— Oui. Je venais du nord. Je compte suivre toute la route du Sud, l'ancienne route des Elfes, jusqu'à Farnesa.

Après une courte pause, il ajouta plus chaudement :

— C'est un beau pays, où vous avez grandi. Plus personne ne s'en souvient aujourd'hui, mais nos Anciens Rois y avaient autrefois bâti plusieurs pavillons souterrains. Ces demeures secrètes, situées à égale distance de leurs trônes respectifs, étaient destinées à abriter leurs rencontres, lorsqu'ils préparaient les batailles contre la Prophétesse.

Aiswyn, à la mention de la Mère des Douleurs, exécuta machinalement le signe de protection contre le mal, caressant verticalement son front de l'index et du majeur. Evan sourit en lui-même de l'indécrottable superstition de son amie.

— On dit qu'il en reste des vestiges dans certaines failles de la région, poursuivit Gaelion. On raconte aussi des histoires de disparitions inexpliquées, qui seraient le fait d'anciennes créatures de garde, abandonnées sur place par les magiciens des Anciens Rois.

Le garçon n'était pas certain de suivre le discours savant du ménestrel. Il n'avait que vaguement entendu parler des Anciens Rois auparavant, et avait plutôt cru qu'il s'agissait d'une légende. Ces êtres d'une époque héroïque étaient censés avoir régné des siècles plus tôt, sur des royaumes unis et prospères. *Même si c'est vrai, les temps ont bien changé depuis…*, se dit-il, soupirant.

Comme le Harpiste semblait être retombé dans son mutisme, Evan reporta alors son attention sur Aiswyn. Il remarqua que la jeune fille, au teint habituellement rose et frais, arborait aujourd'hui des yeux cernés et une pâleur mortelle. Evan comprit qu'elle avait dû cheminer nuit et jour pour le rattraper, avec les trois jours de retard qu'elle avait pris.

Voyant qu'il la regardait, la bergère revint à la charge :

— J'avais pensé que cette embuscade de malandrins t'aurait servi de leçon, dit-elle tristement, et que tu aurais compris combien les grands voyages n'étaient pas fait pour nous. Nous pourrions envisager de rentrer à Bronghan, tu sais… C'est le dernier endroit où l'Examinatrice viendra te chercher. Bien sûr, certaines familles sont en deuil, quelques maisons ont brûlé, et de nombreuses personnes t'en voudront certainement, mais c'est *chez nous.*

L'orphelin observait son amie d'un œil maussade. Sans se démonter, Aiswyn poursuivit, comme un discours qu'elle aurait répété de nombreuses fois dans sa tête :

— Il *faut* rentrer, je le sens. C'est peut-être étrange, mais… j'ai le sentiment que tout ça finira mal, sinon. Si nous poursuivons ce chemin, loin de notre pays, il arrivera un malheur, j'en suis sûre.

Le garnement déglutit en roulant les yeux. Il n'était pas question d'avouer sa peur devant Aiswyn et Gaelion, aussi se força-t-il à prendre un ton sardonique :

— Inutile d'exagérer, ironisa-t-il. Il n'y a rien qui vaille la peine de s'inquiéter, à mon avis. Nous n'avons pas de quoi payer nos provisions jusqu'à destination, nous ne savons pas nous défendre, nous avons perdu la seule autorité protectrice que nous ayons jamais eue en la personne du vieux Meglinn et de Kyle… En plus, te voilà qui déboule et je devrai veiller sur toi en plus de moi-même. Je ne vois vraiment pas ce qu'il y a de si grave !

Il fit un effort pour émettre un petit rire en conclusion de sa tirade. En vérité, il se sentait particulièrement vulnérable, et les sombres prédictions énoncées par Aiswyn ne l'aidaient pas à se ressaisir. Plus que jamais, le futur lui apparaissait grave et menaçant. Entre sa culpabilité tenace, le sac de Bronghan, les troubles dont semblait souffrir son esprit et les religieux lancés à ses trousses, sa nature insouciante était décidément mise à rude épreuve…

L'adolescent s'était à moitié attendu à voir son amie fulminer et pincer les narines en soufflant, comme lorsqu'elle était très fâchée, mais sa seule réaction fut de baisser tristement les yeux.

— Tu peux bien faire le malin, dit-elle d'une petite voix. Moi, je suis morte de peur, et je n'ai pas honte de l'admettre…

Le silence qui suivit fut comme un long frisson d'hiver. Assis à proximité, Gaelion les observait tous les deux, mais paraissait décidé à ne pas s'immiscer dans leur conversation.

— Je ne suis pas comme toi, reprit finalement Aiswyn. Le vaste monde m'a toujours terrifiée, je n'y peux rien ! Mais je refuse de te laisser continuer seul. Si tu vas à Farnesa, j'irai avec toi.

Evan s'était mis à acquiescer lentement. Cette fois, ce n'était pas la peine de discuter, il pouvait le lire dans les yeux de la jeune fille.

Je te comprends, Aiswyn. Si tu savais à quel point... Lui aussi ressentait le poids de ce terrible destin, qui les frappait dans leur vie jusque-là si paisible. *Par les Étoiles, pourquoi* nous *?* se lamenta-t-il en pensée.

— Je mentirais si je te disais que je regrette que tu sois là..., capitula-t-il. Accompagne-moi si tu veux. J'espère seulement que tu tiendras le coup.

Comme la jeune fille ne répondait rien, mais se contentait de regarder avec nostalgie en direction du nord-ouest, Evan sentit son cœur se déchirer. Tout comme elle, malgré la nécessité qui le poussait à gagner Farnesa coûte que coûte, il goûtait aux aiguillons de la peur et du découragement.

Cependant, il n'en laissa rien paraître :

— Un peu de courage, froussarde ! lança-t-il avec un large sourire. Je suis là pour nous éviter les problèmes... tu me connais !

La bergère accepta de rire à la plaisanterie. Mais ses épaules étaient toujours voûtées. Le regard clair d'Evan se posa sur elle avec tendresse :

— Tu es bien certaine de vouloir me suivre dans ce périple ? demanda-t-il sans bien savoir quelle réponse il espérait.

Aiswyn lui serra brutalement les mains, y exerçant une pression étonnamment forte.

— Tu sais bien que tu es presque mon frère, dit-elle. D'ailleurs, je refuse d'imaginer ce qui pourrait t'arriver sans quelqu'un qui soit capable de réfléchir à tes côtés... (Elle prit une inspiration grave.) Toutefois, tu sauras ce que j'en pensais. J'espère que nous n'aurons, ni l'un ni l'autre, à le regretter...

Incurvant les lèvres avec embarras, Evan s'approcha de la jeune fille pour la serrer contre lui. C'était l'un de ces moment où ils n'avaient plus besoin de se parler.

Chapitre 20

Le Harpiste, resté immobile et silencieux jusque-là, commença alors à sortir de son sac de quoi dîner. Il installa une nappe sur l'herbe, quelques couverts, et enfin des vivres enveloppés dans un linge.

Les adolescents se retournèrent vers lui, toujours main dans la main. Le musicien n'avait donné aucun signe d'intérêt pendant leur petite conversation, mais quelque chose disait à Evan qu'il n'en avait pas perdu une miette.

Pour preuve, le ménestrel glissa bientôt à Aiswyn :

— Je n'ai pas à me mêler de vos décisions, mais si une Examinatrice est à vos trousses, mieux vaut rester en mouvement, effectivement. Ne t'en fais pas, il arrive parfois que le vaste monde ne réserve pas que de mauvaises surprises…

Il esquissa un sourire amusé, ajoutant :

— Et puis, tu as déjà fait preuve d'un tempérament assez intrépide en suivant Evan : je ne sais pas si beaucoup de filles de ton âge auraient cheminé ainsi, seules, pendant plusieurs jours…

L'adolescente grimaça :

— Vous savez, j'ai quand même l'habitude de parcourir ces collines : je suis une bergère, pas une fermière !

Elle compléta aussitôt, frissonnante :

— Enfin... Pas aussi loin, je l'avoue.

Gaelion laissa échapper un rire grave et bas. Son regard alla d'Aiswyn à Evan, comme s'il devinait que c'était surtout son attachement au jeune homme qui avait insufflé à la jeune fille le courage nécessaire à ce périple.

— Prends soin d'une telle amie, mon garçon, murmura-t-il en se servant à boire.

L'adolescent profita du moment pour l'interpeller :

— Messire Gaelion, vous avez déclaré être mon obligé..., commença-t-il. Je me demandais donc si vous nous feriez la faveur, à Aiswyn et à moi-même, de nous prendre comme apprentis ?

La jeune fille, à qui il n'avait pas pris la peine de demander son avis, émit un petit hoquet de surprise. Le musicien, lui, se contenta de froncer les sourcils :

— Décidément... Il semble que tu aies de la suite dans les idées, mon jeune ami, déclara-t-il avec une ironie froide. Et moi qui pensais m'en tirer en vous jouant quelque chose...

Il se tut un instant, plongé dans ses réflexions.

— Je suppose que je ne peux pas refuser, reprit-il. Pas après ce que vous avez fait pour moi... Mais je préférerais mille fois que vous renonciez tous deux à cette idée. Le statut de Harpiste est synonyme de danger, et je ne parle pas seulement de mauvaises rencontres sur la route. (Sa mine se fit plus grave.) Dans mon cas, le péril est réel. Hélas, je ne peux en dire plus : mais croyez-moi sur parole, et poursuivez votre chemin ensemble...

L'adolescent ne cilla pas. *Rien à faire,* se disait-il. *Tu nous a promis ta bienveillance, Harpiste. Ça serait un peu trop facile de t'en sortir comme ça...*

— De plus, il ne s'agit pas d'un métier, plaidait encore Gaelion, mais d'un véritable sacerdoce. Il faut avoir la vocation, vous comprenez ?

Evan et Aiswyn se consultèrent du regard. La jeune fille n'avait pas l'air très enthousiaste. L'orphelin, lui, paraissait résolu à ne pas laisser s'enfuir cette unique chance de s'attacher quelque protection. De plus, il était sans doute plus fasciné qu'il ne voulait l'avouer par le costume et l'allure du troubadour.

— Nous avons la vocation ! déclara-t-il vivement, ce à quoi Aiswyn baissa les yeux avec fatalisme.

— Les affaires qui m'occupent actuellement ne me laisseront que peu de temps à vous consacrer, je tiens à vous prévenir…, argua le Harpiste, un pli soucieux sur le front. Et j'ai bien peur que le quotidien d'un ménestrel ne soit pas à la hauteur de vos espérances. À quoi vous attendez-vous, exactement ?

Evan répondit avec un large sourire, qui réveilla la douleur de sa blessure et le fit porter sa main à sa bouche.

— Tout le monde connaît la vie que mènent les baladins, déclara-t-il néanmoins avec gaieté. « Je suis le Marcheur de Mémoire, récita-t-il. Je m'arrête à la première lumière croisée sur ma route. Jamais attendu, toujours bien reçu… » Ils jouent de la musique, amusent les gens… Ils voient cent contrées !

Cette vision des choses fit soupirer le Harpiste.

— Ils dorment à la belle étoile, qu'il vente ou qu'il neige ! compléta-t-il d'un ton grinçant. Mes semblables sont toujours seuls, ne restant jamais assez longtemps au même endroit pour y lier de vraies amitiés… Ils sont pris dans l'écheveau des intrigues de cour, chaque parti tentant de les utiliser à son avantage… N'oubliez pas ces aspects-là, les enfants. Enfin… Cela n'a pas d'importance, puisque nous ne cheminerons ensemble que jusqu'à Farnesa, mais je tenais néanmoins à rétablir la vérité.

» Et… une dernière chose : si vous tenez vraiment à voyager à mes côtés, j'attendrai de vous une discipline exemplaire. Notre vie d'errance demande trop de sacrifices pour supporter les jérémiades des paresseux…

Là encore, Evan acquiesça avec vigueur. Une partie de son esprit savait déjà très bien qu'il ne serait pas question d'obéir au doigt et à l'œil, mais il était pour le moment trop excité pour y prêter attention. La perspective de devenir un saltimbanque lui faisait presque oublier le véritable objectif de son voyage.

— Bien, bougonna enfin Gaelion, jaugeant ses deux recrues d'un œil dubitatif. Si vous êtes d'accord avec tout ça, vous pouvez vous considérer comme mes assistants.

» À l'essai ! précisa-t-il en levant les mains comme pour se défendre contre les exclamations de joie d'Evan. Et seulement jusqu'à Farnesa ! Ne vous attendez pas non plus à donner de grandes représentations : vous ne ferez que m'accompagner et me rendre de menus services.

» Par la suite, si vous voulez continuer votre formation, je me réserve le droit d'accepter ou de refuser de vous élever au grade de Vagabond, qui équivaut à un véritable statut d'apprenti au sein de notre ordre. Cela dépendra des talents que j'aurai decelés en vous… Mais nous aurons bien le temps d'en reparler le moment venu. D'ailleurs, vous préférerez certainement retourner chez vous, une fois vos affaires réglées.

— Évidemment, acquiesça Aiswyn, qu'une légère inquiétude n'avait pas quittée depuis qu'il était question de travailler comme troubadours.

— Bien, conclut le Harpiste. J'espère sincèrement qu'aucun de nous trois n'aura à s'en mordre les doigts…

Tous mangèrent ensuite en silence. Malgré la précarité de leur situation et les insinuations du ménestrel, Evan se sentait plus rassuré. Il avait la tête pleine de rêves, qui lavaient un peu ses amères pensées des jours précédents. Aiswyn était près de lui, maintenant, et cela aussi le rendait plus fort, même si la malheureuse jeune fille semblait plus ou moins se morfondre, jetant des regards mélancoliques vers les collines à l'horizon. Le Harpiste, enfin, ne laissait rien transparaître de ses pensées.

Un peu plus tard dans la soirée, lorsqu'ils eurent fait disparaître les vestiges de leur repas et installé le couchage pour la nuit, il sortit doucement sa harpe de son étui.

La délicatesse avec laquelle il la maniait émerveillait Evan, qui n'aurait jamais cru qu'on puisse attacher autant d'importance à un objet. Kyle lui-même, possédant pourtant largement cet « amour du travail bien fait » qui restait un mystère pour l'orphelin, ne manipulait pas ses outils avec une semblable affection. Il y avait de la religion dans les manières du musicien, tandis qu'il réparait soigneusement la corde que les déserteurs avaient cassée.

Quand il eut terminé, il se mit à égrainer quelques notes, vérifiant si l'instrument était bien accordé. Les deux adolescents étaient couchés sur leur couverture, et écoutaient la musique s'envoler dans la pénombre naissante. Aiswyn, qui avait conservé le silence depuis un long moment, se tourna sur un coude et déclara :

— C'est vraiment du bel ouvrage, ces boiseries… Il y a plusieurs personnes qui travaillent le bois, à Bronghan, mais aucune ne serait capable d'un tel chef-d'œuvre.

Gaelion s'inclina poliment, gratifiant la jeune fille d'un sourire aimable.

— Pourriez-vous nous jouer quelque chose ? s'enhardit à demander cette dernière. Un air doux, qui m'aiderait à m'endormir…

Le sourire du troubadour se fit plus spirituel, énigmatique.

— Ce n'est pas moi qui décide, murmura-t-il en caressant sa « Compagne ». Pas ce soir, en tout cas… Mais je veux bien jouer pour toi, petite fille.

Suavement, il frôla alors la rangée de cordes. Malgré son poignet bandé, celles-ci semblèrent prendre vie sous ses doigts, et se mirent à évoquer le son d'une petite rivière de montagne. Les mains du musicien glissèrent avec amour sur la harpe, les notes s'accélérèrent… Bientôt la mélodie résonna dans toute la clairière, fragile et profonde à la fois. *Douce et hardie, comme celle à qui il l'offre…*, pensa Evan, admiratif. Enfin, Gaelion commença à chanter.

Les jeunes gens avaient l'impression que sa voix imprégnait chaque brin d'herbe, chaque feuille. Son chant parlait de choses anciennes, de légendes du Glorieux Âge. Il y était question de batailles et de magie, de seigneurs luttant âprement contre les premiers Ombriens... Le plus courageux de ces princes commandait à une orgueilleuse nation, plus vaste qu'il n'en existait aujourd'hui. Doelieth, l'Ancien Royaume de l'Ouest...

Les deux adolescents étaient totalement envoûtés par les accents tragiques de la mélodie. Les yeux rivés sur la silhouette de Gaelion, ils le regardaient disparaître lentement, peu à peu recouvert par la nuit.

Avec cinq autres rois et reines, le héros de la chanson avait mené campagne pour briser la conquête de la Mère Stérile. Sans relâche, les Six avaient arpenté le monde, suivis de leurs armées. Défendant les frontières, garantissant la sécurité de leurs nations, repoussant les Ombriens.

Et à leur tête, toujours était le seigneur de Doelieth, Brenghenann. *Le Lion Rouge*, comme le surnommaient ses soldats.

Machinalement, Evan toucha sous son gilet le serre-tête d'argent qui lui avait été remis par le vieux chef. Le lion, le seul souvenir qui le reliait à ses parents de sang... Il avait songé à le porter afin de retenir sa tignasse en bataille, mais il craignait que ce signe distinctif ne le désigne aux yeux des Fraters qui le poursuivaient. Malgré tout, même caché sous sa veste de peau, cet animal féroce gravé sur le métal lui apportait une petite fierté. Comme une identité, un symbole auquel s'attacher. Cela comptait lorsqu'on était orphelin et qu'on avait quinze ans. Et pour cette raison, la ballade du Harpiste ne l'en émouvait que davantage.

Brenghenann, le Lion Rouge... Un homme dont l'histoire, chantait Gaelion, avait oublié le visage.

Mais pas ses exploits. Ses hauts faits d'armes contre la Dernière Prophétesse avaient traversé les siècles. Le ménestrel disait comment il avait défié cette dernière sur son propre territoire.

Armé de Sorcelame, sa fidèle épée runique, il avait été le guide des Six, portant le feu jusqu'au repaire des Ombriens. Six Hauts Rois, seigneurs des Peuples Cadets, s'étaient battus contre six Apôtres de l'Ombre...

Toujours sous le charme, Evan ne perdait pas un mot de la chanson. Pour son plus grand bonheur, Gaelion poursuivit, tandis que la nuit s'épaississait…

Au terme de la plus rude bataille ayant jamais été menée, les Apôtres avaient été décimés ou mis en fuite. Alors le Lion Rouge avait rencontré leur Mère en combat singulier. Et il l'avait vaincue.

Le retour au pays avait couvert les Six de gloire. Les Peuples Cadets, libérés de la menace de l'Ombre, s'étaient prosternés sans réserve devant eux. Brenghenann avait alors su que sa légende vivrait pour toujours, dans la voix des Harpistes et sur les cordes de leurs Compagnes.

Sans marquer pourtant le moindre à-coup, le chant se fit alors moins triomphal, devint intimiste.

Car le plus grand guerrier de tous les temps savait également qu'était venu pour lui le moment de se retirer. Il avait convaincu ses pairs d'en faire autant, et les Hauts Rois avaient bientôt disparu sans explication.

La nuit de son départ, le Lion Rouge avait pleuré de laisser ainsi son royaume orphelin. Au sein de l'immense Doelieth, une ethnie plus que les autres faisait saigner son cœur, à l'idée de devoir l'abandonner. Celle-là même dont il était issu : le fier peuple des Seigneurs des Vents.

Ces hommes et ces femmes parmi lesquels il avait grandi, puis qui avaient constitué sa garde d'honneur. Cette nation dans la nation, qui avait toujours conservé vivace son ancien dialecte. Ils avaient plus de quarante mots pour dire « vent », se rappelait le héros. Le vent tiède de la côte, qui charrie la poussière des dunes ; le vent du nord, glacial et sain ; le vent marin chargé de l'odeur du sel ; le vent qui s'insinue sous les capes et fait frissonner…

Oui, le Lion Rouge avait de la peine. Ses vassaux les plus chers lui manqueraient. Il se sentait si coupable de les laisser… Car il savait que les Seigneurs des Vents attendraient à jamais son retour.

Un peuple attachant et étrange…

Plus de quarante mots pour dire « vent ». Et pas un seul pour dire « adieu ».

Chapitre 21

La nuit était fraîche, ponctuée d'un crachin presque continu. Au-dessus des bûchers funéraires s'élevaient des fumerolles qui tremblaient dans la clarté lunaire.

D'un œil morne, les républicains ayant échappé au massacre regardaient leurs morts retourner à la cendre. Bien que peinés, ils ne paraissaient pas terrassés par le chagrin. Trop tendus, trop anxieux…

Tous savaient que les soldats loyalistes ne tarderaient pas à revenir en force. La résistance acharnée des rebelles les avait peut-être surpris, mais ils ne se laisseraient pas prendre au dépourvu une seconde fois.

Au petit matin, les hommes d'Ettore avaient donc prévu de lever le camp. Ils gagneraient l'une de leurs caches forestières, certes moins confortable, mais où ils connaîtraient une relative sécurité.

Les villageois rescapés, quant à eux, s'étaient barricadés dans leurs bicoques en attendant le départ des troupes. Parfois, Caessia pouvait entendre des pleurs étouffés derrière les portes closes.

La bataille et les heures qui l'avaient suivie étaient comme un rêve flou dans son esprit. Un républicain avait été chargé de la garder à l'œil, mais nul n'avait songé à l'entraver de nouveau.

Je pourrais fuir, si je le voulais, ne cessait-elle de se répéter.

Elle n'était plus certaine de le vouloir.

Elle pouvait comprendre ces gens. Comme eux, elle maudissait le roi Bassianus et son implacable cruauté.

En revanche, elle lui vouait également un amour viscéral et complexe. Plus que jamais, après ce massacre dont elle venait d'être témoin, ses sentiments étaient confus. Et les tourments dans lesquels cet état de doute la plongeait auraient presque pu lui faire pousser des hurlements de douleur physique.

Pour le moment, trop bouleversée pour prendre une quelconque décision, elle assistait silencieusement à la veillée funèbre. Une emprise inexplicable la poussait à contempler ce spectacle sans en perdre une miette.

Entre autres choses, la cérémonie mortuaire des Trolls la fascinait. L'anthropophagie de ces derniers – comme elle avait pu le remarquer avec horreur juste après la bataille – ne s'appliquait pas seulement à leurs ennemis. Ils dévoraient également leurs propres morts.

Celui des trois qui était tombé sous les coups des fantassins fut donc mangé en entier, morceau après morceau, par Aljir et son frère de race. Caessia observa ces étranges funérailles, une expression à la fois de répulsion et d'avidité sur le visage. Consciencieusement, les Trolls déchiraient la chair crue, mâchaient en marmonnant quelque prière inintelligible. Un jour plus tôt, elle aurait jugé cette coutume si répugnante et barbare qu'elle se serait probablement évanouie…

Je suis forte…

Quelque chose en elle semblait s'être brisé, comme fracassé par un « xhain » – le nom de cette sinistre arme à pointes utilisée par les Trolls. *Je ne me sens pas traumatisée…*, tentait-elle de rationaliser. *Je ne sens… plus rien ?*

Bien sûr que si. De la haine, père. De la révolte et de la haine !

Une partie d'elle-même demeurait pourtant curieusement détachée, et la princesse était presque tentée de se laisser aller au sommeil. Elle ne s'était pas réellement reposée depuis deux jours… La fatigue lui troublait la vue, par intermittence. À ce jeu-là, l'épuisement finirait par l'emporter sur les affres de l'âme.

D'abord assise à même le sol parmi quelques soldats blessés, elle se coucha bientôt sur le côté, un bras mollement replié en oreiller. Des odeurs de sang séché et de sueur rance lui agressaient les narines. Certains républicains semblaient même s'être souillés de peur pendant les combats, remarqua-t-elle.

Le sommeil venait. L'engourdissement… Peu à peu, des voix se mirent à murmurer à la lisière du rêve et de la réalité.

— C'est la nuit ? faisait la première.

— Il fait si sombre…

— J'ai mal, surgissait soudain une timide voix d'enfant, réfrénant ses sanglots comme s'il craignait de se faire gronder.

— Je tenais mon épée ! Où est mon épée ? braillait frénétiquement un homme mûr.

— Où sommes-nous ? Pourquoi ne nous voient-ils pas ?

Et elles parlaient encore. Et elles étaient dix, bientôt. Et ça n'en finissait pas.

Cinquante, maintenant, discouraient, pleuraient en même temps.

Des fantômes ? songea Caessia dans un demi-sommeil. *Encore ces voix de fantômes…* Cela la fit sourire avec douceur, car les voix n'étaient pas vindicatives ou accusatrices comme celles qu'elle avait dû affronter dans la nécropole.

Cette nuit, aux frontières du rêve, elles semblaient irréelles, inoffensives, et Caessia ne parvenait pas à s'en inquiéter. Elle s'endormait presque. Elle savait qu'elle aurait dû se raidir, stupéfaite. Elle savait qu'elle aurait dû être terrorisée. Mais tout cela paraissait si lointain…

Ces morbides échos devenaient même une présence rassurante. Leurs circonvolutions mélancoliques, leur pavane lancinante lui tenaient lieu de berceuse. *Les morts chantonnent… Ils chantonnent pour moi,* se disait-elle en fermant les yeux.

La jeune fille songeait avec une indulgence amusée à l'ancienne Caessia. Celle qui se serait arraché les cheveux de panique, bouché les oreilles avec frénésie... Celle qui n'avait encore jamais tué. Qui n'avait encore jamais vu couler le sang d'enfants de cinq ou six ans. *Tout ce que je désire, c'est m'endormir...*

Les paupières à demi closes, elle laissait son regard errer sur les ombres projetées par les bûchers achevant de se consumer.

Non loin d'elle, les Trolls psalmodiaient toujours en se repaissant de leur frère. Avec cet air pénétré et leurs deux paires d'oreilles frémissantes, ils paraissaient, eux aussi, écouter quelque chose au-delà du monde.

Interrompant la tranquillité mystique de l'adolescente, le capitaine Ettore surgit alors bruyamment de sa demeure. Il claqua la porte derrière lui et traversa la place en titubant. Il semblait n'avoir pas cessé de boire depuis l'après-midi, et n'avait brièvement dessoûlé que durant les quelques minutes qu'avait duré la bataille.

Une bouteille de vin rouge à la main, il vint s'asseoir un peu à l'écart de ses hommes. Comme Caessia le nota, le jeune aristocrate ne paraissait pas accorder la moindre attention aux regards réprobateurs ou compatissants qu'il s'attirait.

Autour de son front, un bandage blanc taché de sang avait été noué à la diable. Son teint était très pâle, et, aux cernes qui creusaient ses yeux, on aurait pu le croire au bord de l'évanouissement.

Caessia, sa curiosité un peu attisée par l'étrange jeune homme blessé, se sentit malgré elle arrachée à sa torpeur. Un peu plus tôt, elle l'avait vu se battre ivre mort, tuant sous ses yeux plus de dix fantassins royaux. Maintenant, il avait l'air du fragile pensionnaire de quelque maladrerie, tuberculeux étique, mourant sans espoir de rémission. Les voix fantomatiques perdirent en volume, puis se turent pour de bon.

Le garçon buvait nonchalamment au goulot, s'essuyant quelquefois la bouche d'un revers de manche. Entre ses dents, il semblait poursuivre un monologue entamé plus tôt, bouillie incompréhensible de mots et de sons déformés par l'ivresse.

La princesse le vit bientôt lever sa bouteille comme pour saluer la lune. Animé d'une énergie fielleuse, il grommela :

— À ta santé, père ! Tu vois, c'est ton caprice le plus coûteux, ton cher vin que je bois ! Ton inestimable vin que je pisserai bientôt !

Il renversa volontairement la bouteille à l'envers, inondant ses bottes de cuir et trempant le sol sous lui. Puis il se mit à hurler à gorge déployée :

— Tu crois que tu m'as abattu, aujourd'hui ? Tu crois que mes hommes sont morts pour rien ?

Son visage se crispa et Caessia crut qu'il allait vomir. Mais il continua, tout bas :

— Tu as peut-être bien raison…

Il serra les dents, la mine plus sombre que jamais. Jetée au sol avec violence, la bouteille se brisa en mille morceaux de verre, et autant de minuscules éclats sonores.

— Tu as peut-être raison, répéta-t-il, et la princesse se rendit compte qu'il sanglotait.

Stupide ! se gronda-t-elle avec colère. Elle venait de s'apercevoir – à son corps défendant – qu'elle éprouvait de la compassion pour le républicain. Une coupable impulsion, qui l'incitait à consoler ce jeune capitaine désespéré. *L'ennemi…*

À ce moment précis, comme s'il avait senti ses pensées, Ettore leva les yeux sur elle. Son regard était vitreux, mais nul doute n'était possible. C'était bien elle qu'il dévisageait.

Une flamme de pure haine se mit alors à brûler au fond de ses prunelles, comme il se levait pour l'apostropher :

— Voilà l'œuvre de Bassianus ! cracha-t-il en désignant les bûchers d'un ample geste. Es-tu fière d'être la fille du roi ? Oserais-tu encore te montrer aussi hautaine, et nous regarder comme si nous étions autant de souliers crottés ?

Bondissant brusquement vers elle, il la saisit par le poignet et la mena sans ménagement auprès d'une couche mortuaire, où gisait le cadavre calciné d'un enfant. Hébétée, elle se laissa faire, et contempla le minuscule corps racorni.

— Regarde bien ! rugit Ettore comme un fou. C'est ça, l'œuvre de ton père !

Les barrières d'indifférence que l'héritière avait érigées tant bien que mal commencèrent à se fissurer. Elle se mit à trembler face à ce spectacle. Elle se sentait soudain vulnérable et nauséeuse.

— Je ne veux même pas négocier avec un tel monstre, poursuivit Ettore, marmottant pour lui-même. Je… je préfère te rendre ta liberté. Plutôt mourir que de traiter avec ce vil porc !

Tout en parlant, il hochait négativement la tête, l'air incrédule et écœuré.

— Je pourrais te tuer… Je devrais… (Ses yeux retombèrent brièvement sur la dépouille de l'enfant.) Par les Étoiles, plus rien n'a de sens ici-bas ?

Le visage dur, il la fixa de nouveau et articula d'une voix sans timbre :

— Tu peux partir, fille du tyran. Ta présence ici est une insulte à mes camarades tombés.

Caessia ne bougea pas. Elle ignorait encore si le capitaine parlait sérieusement. Elle-même se sentait comme une somnambule.

Les mains tremblantes du jeune homme trahissaient son état de fébrilité extrême. À leur tour, certains de ses lieutenants s'étaient levés, et lui jetaient des œillades inquiètes.

— Je n'ai pas envie de partir, décréta soudain la jeune fille.

Subitement, après des heures de flou total, elle se sentait dans l'urgence, déterminée. Dans l'obligation de faire un choix majeur, quel qu'il soit. C'était vital, c'était le seul moyen d'échapper enfin à cette apnée.

— Je maudis mon père, cria-t-elle. Vous comprenez ? Et je jure de ne connaître aucun repos tant qu'il sera sur le trône !

Anciens Rois… Que suis-je en train de dire ?

— C'est mon devoir, ajouta-t-elle sur le même ton. Mon devoir en tant que princesse. Je me dois de protéger le peuple du Sud, même si c'est de mon propre père que je dois le sauver !

Sa voix était forte et claire, mais rien n'était aussi clair en elle-même. L'hésitation la taraudait toujours, au moment même où elle prononçait ces mots. Elle savait qu'elle était loin d'avoir fait la paix, sous quelque forme que ce soit, avec les sentiments ambigus que lui inspirait son géniteur.

— Je reste, confirma-t-elle plus sobrement, comme Ettore la scrutait avec incrédulité. Je voudrais vous aider…

— Que dis-tu ? Crois-tu que l'heure se prête aux plaisanteries ?

— J'ignore presque tout de la République, avoua-t-elle, et je vous ai longtemps considérés comme de vulgaires brigands. Mais j'ai renié mon père, à présent, et surtout… (Elle engloba le village d'un geste du bras.) jamais je ne laisserai de telles horreurs se reproduire, si je peux faire quelque chose pour l'empêcher. J'en prononce le serment !

Père…, invoquait-elle en pensée, fragilisée par le caractère définitif de ces paroles, qui semblaient surgir toutes seules de sa bouche. La princesse faisait de son mieux pour paraître sûre d'elle et de son choix, mais ses émotions contradictoires la laissaient au bord des larmes.

Mon père… Mais comment pourrais-je encore t'aimer ? Des enfants innocents massacrés comme des animaux, sur tes ordres… Elle ressentit un soudain vertige. Frissonnant et grinçant des dents, elle ne put s'empêcher de ricaner mentalement : *Et moi qui te jugeais cruel de m'avoir promise à un Drekvo !*

Jamais je n'irai à ce mariage. C'est à tes obsèques que je me rends, tyran !

Père, cher vieux père…, se reprit-elle aussitôt, honteuse. *Pourquoi faut-il que tu sois un monstre ?*

Avec un violent effort pour s'arracher à cette lutte intérieure, elle demanda, rompant le silence général :

— Vous m'avez entendue ?

Le chef rebelle, toujours chancelant sous l'effet de l'alcool, eut enfin une réaction. Sous la forme d'un éclat de rire cynique.

— Ainsi, tu embrasserais notre cause, comme ça ? Tu te sens soudain l'âme d'une révolutionnaire…

Il cracha à ses pieds.

— Un caprice ! L'excentricité passagère d'une enfant gâtée !

Caessia ne répondit pas. Lucide, elle savait que le jeune homme n'était pas si loin de la vérité. Quelle était la part d'engagement réel, dans sa décision ? Et quelle part d'une vengeance personnelle, qui n'avait rien à voir avec les idéaux républicains ? Elle connaissait si peu ces derniers, à vrai dire…

Valaient-ils la peine de se battre ? On lui avait souvent dit que la guerre était une folie. Elle savait à présent que cette démence était bien au-delà des mots. Mais après ce qu'elle avait vécu aujourd'hui… La passivité était au-dessus de ses forces.

— Cet après-midi, quand les soldats ont attaqué, j'ai laissé faire, dit-elle seulement. Plus jamais, vous m'entendez ! Regardez dans mes yeux, et croyez-moi.

Dans ses yeux, elle savait qu'Ettore pourrait voir la culpabilité qui la rongeait. En revanche, il ne pourrait pas se douter que l'origine de cette culpabilité était double, et que la princesse elle-même avait encore du mal à faire le tri dans cette cacophonie mentale.

— Je ne sais pas, Ettore, intervint alors Aljir le Troll. Peut-être qu'on pourrait lui laisser le bénéfice du doute ?

Face au regard interrogateur du jeune officier, il s'expliqua :

— Tu sais, la fille m'a beaucoup parlé, lorsque nous voyagions ensemble. Je ne prétends pas la cerner entièrement, mais… Enfin, au stade actuel, je me demande si nous avons beaucoup à perdre en lui faisant confiance.

Ettore haussa les épaules, souriant nerveusement, comme si c'en était soudain trop pour lui.

— Accepter la propre fille du monstre dans nos rangs, souffla-t-il, un peu égaré. Rien ne m'aura été épargné, aujourd'hui…

Il leva les yeux au ciel, éructa et conclut :

— Bon sang, je suis ivre mort depuis des heures, n'est-ce pas ? Je ne sais plus où je suis : nous reparlerons de tout ça demain matin.

Chapitre 22

Dès le lendemain matin, Gaelion dévoila à ses nouveaux apprentis la raison pour laquelle il comptait se rendre dans la fameuse cité lacustre de Farnesa.

— Le carnaval du Dernier Jour…, expliqua-t-il d'un air sibyllin. Un rendez-vous à ne pas manquer, pour un Harpiste. Vous verrez, c'est un festival… assez particulier.

Il exhiba ensuite une vieille carte parcheminée, sur laquelle il suivit du doigt le parcours qu'il leur restait à effectuer jusqu'à leur destination.

— Vous voyez, ici, nous passerons le col des Successeurs, et puis nous continuerons vers le sud, suivant toujours la route des Elfes. Une quinzaine de jours de voyage…

Evan et Aiswyn entameraient donc leur carrière de baladins par son aspect le plus trivial : la marche à pied. Toutefois, à la satisfaction évidente du Harpiste, les deux jeunes gens suivirent son rythme sans se plaindre : issus d'une région de bergers, ils ne se laissaient pas intimider par les lieues à parcourir. Une chance pour eux, d'ailleurs, leur maître ayant fait le choix d'adopter une cadence soutenue pendant la journée afin de pouvoir profiter de plus longues soirées.

Ainsi, dès la fin de l'après-midi, les trois voyageurs étaient libres de faire halte dans quelque clairière accueillante, où ils se délassaient et étudiaient ensemble l'art du divertissement.

Patiemment, Gaelion commença par faire le point sur le potentiel de ses petits assistants. Pour ne pas trop les frustrer, il se risquait toutefois à leur enseigner quelques tours mineurs – tantôt un modeste exercice de jonglerie, tantôt une chanson facile... Rien de très excitant aux yeux d'Evan, qui s'était imaginé crachant le feu, faisant résonner sa voix dans un village entier par le jeu des échos, ou réalisant des prouesses musicales à même de tirer des larmes aux cœurs les plus durs. Si la moitié de ce qu'on racontait sur les Harpistes était vrai, leur art s'apparentait souvent à ses yeux à de la pure magie !

Les jours passant, l'orphelin dut néanmoins s'avouer qu'il lui restait beaucoup de chemin à parcourir avant de prétendre à l'habileté d'un véritable maître de l'ordre. Lorsque Gaelion jouait pour eux sur sa Compagne, le garçon comprenait que des années d'application lui seraient nécessaires avant d'atteindre pareille virtuosité. Et même s'il lui prenait l'envie de persévérer dans cette voie après Farnesa, il n'était pas si sûr d'en avoir la patience...

En dépit de ses doutes naissants, Evan connut la première vraie joie de sa vie d'artiste lorsque Gaelion les conduisit dans un bourg afin d'acheter leurs costumes de saltimbanques.

C'était jour de marché, et une foule animée se pressait dans le pré commun entouré d'une palissade. Les deux adolescents devinèrent que leur maître avait bien choisi son moment : parmi toute cette agitation, ils passeraient inaperçus sans mal ... Jusqu'alors, ils ne s'étaient jamais arrêtés dans les petits villages, Gaelion les ayant délibérément évités. Le ménestrel arguait qu'il était trop difficile de s'y reposer.

— La plupart de ces paysans ne verront pas d'autre Harpiste avant des années, avait-il expliqué la première fois qu'Evan avait abordé le sujet. Quand ils en reçoivent un, ils souhaitent donc que la soirée soit inoubliable, et je n'ai pas le cœur de les décevoir. Bien sûr, ils offrent le gîte et le couvert, mais le jeu n'en vaut pas la chandelle.

C'est assez pénible de reprendre la route le lendemain, lorsqu'on a chanté toute la nuit…

Cette fois, le musicien prévoyait donc de profiter de l'effervescence du marché pour ne s'attarder que le temps de leurs achats. Pendant qu'Aiswyn, en admiration devant les étoffes chatoyantes et bigarrées, se laissait aller à une joie de petite fille, Evan se demandait bien comment leur maître comptait régler le montant de ses achats. S'il se souvenait bien, les brigands de l'autre jour lui avaient volé sa bourse…

Mais Gaelion ne semblait pas s'en préoccuper. Après avoir choisi pour les deux adolescents des atours dignes de leur nouvelle activité, il remit au marchand une lettre de cachet poinçonnée à la cire bleue. Le négociant, déjà passablement obséquieux avec tous ses clients, pâlit pour de bon en en prenant connaissance, et exécuta une courbette que sa silhouette rondouillarde rendit ridicule.

Non seulement le parchemin suffisait à s'acquitter du prix des vêtements, mais le marchand rendit au Harpiste une somme qui parut astronomique aux jeunes bergers. *De quoi acheter plusieurs troupeaux de moutons…*, supposa Evan, qui avait peine à se représenter une telle valeur.

Sur l'étal du tailleur, Gaelion avait choisi pour l'orphelin un justaucorps couvert de losanges multicolores et une cape de soie vert sombre. À Aiswyn, il proposa une large jupe de cavalière qui lui donnerait un air audacieux, et un pourpoint piqué d'étoiles argentées. Pour finir, il leur planta à chacun un grand chapeau sur la tête. Celui d'Aiswyn était orné de voilures blanches, celui d'Evan de trois plumes de paon.

Le garnement échangea un sourire ravi avec son amie : il ne s'était jamais senti une aussi fière allure… Le ménestrel dut deviner les pensées de son pupille, car il leur permit généreusement de conserver leurs costumes de scène sur eux, après les essayages. Pour le plus grand plaisir d'Evan, qui se mit à parcourir le village en se pavanant comme un jeune coq.

Même le peu de temps qu'ils mirent à sortir du bourg lui fut suffisant pour remarquer comme le regard des gens avait changé en quelques minutes. *En arrivant ici, je n'étais qu'un péquenaud étranger se rendant au marché...*, nota-t-il. *Et maintenant...*

Sans pouvoir s'en empêcher, il sentait un puéril sentiment d'orgueil lui gonfler la poitrine. Il croisa une belle jeune fille portant une jarre sur la tête, qui lui adressa un clin d'œil effronté. Lorsqu'il entendit des garçons de son âge murmurer de jalousie sur son passage, il crut défaillir de plaisir. Aiswyn l'observait d'un œil mi-amusé, mi-exaspéré... et Gaelion lui-même semblait considérer cette attitude avec indulgence – en dépit de ses aspirations à la discrétion. Toutefois, lorsque l'orphelin lui demanda s'ils pouvaient s'attarder un peu, il refusa, et les trois voyageurs s'éclipsèrent selon ses plans initiaux.

Le soir même, Aiswyn faisait remarquer avec un sourire :

— Tout de même, penser que c'est pour échapper à nos poursuivants que nous devons revêtir des costumes aussi exubérants ! C'est le monde à l'envers...

Evan, qui avait tendance à plastronner depuis quelques heures, haussa les épaules d'un air sûr de lui :

— Bah... Je ne sais même pas si nous risquons encore grand-chose, à présent. Le monde est vaste, et ces Fraters m'ont à peine aperçu, le soir du drame...

Gaelion fronça les sourcils.

— Mieux vaut toujours se montrer prudent, mon garçon. Tu peux me croire.

Le garnement fit la moue :

— La prudence, grimaça-t-il. On a pas inventé meilleure attitude pour se faire chier...

— Evan ! s'exclama Aiswyn d'un ton de reproche. Tu pourrais commencer par surveiller ton langage !

L'orphelin eut un geste évasif.

— Inutile de se fâcher... Je dis juste que nous sommes presque tirés d'affaire. Il ne me reste plus qu'à aller trouver ce vieux à Farnesa, à tirer tout ça au clair avec lui, et nous pourrons enfin rentrer chez nous.

La moue d'Aiswyn s'adoucit malgré elle, et son regard s'apaisa.

Evan avait remarqué depuis quelque temps que les mots « chez nous » avaient ce pouvoir magique sur la jeune fille…

Gaelion s'éclaircit la gorge, pour demander innocemment :

— De quel « vieux » parles-tu, Evan ? Et, si ce n'est pas indiscret, quelles sont ces choses que tu veux tirer au clair avec lui ? Je croyais que tu n'avais jamais quitté ton village…

Le garçon tressaillit, se maudissant pour cette gaffe. Il faisait à peu près confiance au ménestrel, mais il n'était pas encore certain de vouloir lui parler de son étrange rencontre avec Finrad…

Il était encore en train de se demander s'il allait dire la vérité ou bien inventer un mensonge, quand il remarqua que ses deux compagnons avaient soudain le regard bizarrement rivé sur lui, écarquillant les yeux.

— Qu'est-ce que vous avez à me fixer comme ça ? demanda-t-il avec impatience. Oh ! Vous ne m'avez jamais vu ?

Ni Gaelion ni Aiswyn ne répondant, le garnement baissa et leva les yeux très vite, s'examinant par acquis de conscience.

— Pourpremonde ! s'écria-t-il alors, sans pouvoir retenir un mouvement de recul.

Partout sur sa peau et ses vêtements couraient des étincelles noires et dansantes. Dans un mouvement de panique, Evan bondit sur ses pieds et entreprit de s'asséner des claques désordonnées, comme pour étouffer des flammes.

Mais les lueurs noires ne s'éteignaient pas. Au contraire, elle s'élevaient plus haut que lui, loin au-dessus des arbres entre lesquels les trois voyageurs avaient fait halte.

Gaelion sembla reprendre ses esprits :

— Plus rien à craindre, hein ? Petit imbécile ! jura-t-il en se dressant pour attraper sa harpe. C'est la Marque Noire ! Bon sang, tu as été Marqué et tu ne m'avais rien dit !

Le ménestrel n'eut pas le temps de poursuivre sa diatribe, interrompu par des bruits de cavalcade dans les bois environnants. Un instant plus tard, deux chevaux noirs surgissaient au galop d'entre les fougères.

L'Examinatrice ! la reconnut aussitôt Evan, avec un hoquet terrorisé. D'une main tremblante, il plaça Aiswyn derrière lui, tout en se sachant bien incapable de la protéger contre deux Dracomanciens.

La Soror et son lieutenant durent faire cabrer leurs montures pour stopper leur course, soulevant une nuée de poussière et de mottes de terre.

— Le voilà, c'est lui ! désigna la jeune femme en tendant son index en direction de l'orphelin.

Sur un ordre invisible de sa part, son acolyte brandit alors une curieuse arme à deux hampes, qui retenaient une sorte de filet de pêche. Devinant que les Daedoriens allaient tenter de le capturer, Evan fit plusieurs pas fébriles à reculons, poussant son amie d'enfance derrière lui.

Tout s'était passé en quelques secondes, et les agresseurs n'avaient pas semblé prêter attention à Aiswyn ou à Gaelion pour l'instant. Ce fut alors que résonnèrent les premières notes d'une musique douce.

Interloqué, l'adolescent tourna brièvement la tête vers son maître. Il ne comprenait pas comment le Harpiste pouvait parvenir à se concentrer dans ces conditions. Pourtant, Gaelion caressait sa Compagne, en tirant des sonorités feutrées, comme étranger à l'agitation qui l'entourait.

— Un harpiste ! alerta le Frater d'une voix forte.

Mais sa supérieure hiérarchique ne l'avait pas attendu pour réagir. Les mains en coupe devant son visage, elle avait revêtu cette concentration qui accompagnait l'usage de la Dracomancie.

L'air vibra entre elle et Gaelion. Une onde étrange, perceptible à l'œil nu, comme si l'espace était agité de vagues et de remous. Une onde qui se brisa toutefois comme sur une barrière invisible, au niveau de la harpe. La musique se fit plus forte, mais toujours aussi paisible.

— Evan ! cria une voix terrifiée, juste derrière lui. Regarde ! C'est un des leurs, il porte le tatouage, lui aussi !

Obéissant machinalement à Aiswyn, l'orphelin jeta de nouveau un œil vers le ménestrel, et constata qu'un dragon en cercle était apparu sur son front. Mais le symbole était gris, et non pas brun comme celui des religieux.

La jeune bergère continuait de fixer leur compagnon avec une expression à la fois intimidée et apeurée, les lèvres tremblantes, si bien qu'Evan saisit son bras pour la rassurer.

— Depuis le début… c'était un Dracomancien, tout comme eux…, bredouilla-t-elle, choquée comme si le ménestrel venait de commettre la plus grave des trahisons.

Pourtant, le musicien semblait bien lutter contre leurs agresseurs, repoussant par ses mélodies le pouvoir magique de la Soror. Evan serra plus fort la main de son amie, espérant la calmer un peu.

Déjà, l'acolyte de l'Examinatrice avançait vers lui, son arme à filet tendue. Les jambes flageolantes, l'orphelin tira néanmoins son couteau, et se mit à l'agiter en direction du cavalier.

Ce dernier, peu désireux de subir le sort de son frère à Bronghan, mit pied à terre, poursuivant précautionneusement sa progression vers le garçon.

Entre Gaelion et la Soror, le duel de magie continuait apparemment de faire rage, déchaînant des forces mystiques qui n'apparaissaient pour les yeux profanes que sous forme de frémissements dans l'atmosphère ou dans la musique de la harpe. Tous deux avaient l'air totalement imprégnés par la lutte à laquelle ils se livraient, silencieux et immobiles comme la mort. Seul leur tatouage respectif, comme un troisième œil au milieu du front, semblait animé.

Tandis que le Frater parvenait au niveau d'Evan, une variation supplémentaire apparut soudain dans la mélodie du Harpiste. Ses mains dansant le long des cordes firent naître une série de sons fluides, comme l'eau s'écoulant d'une petite cascade de montagne.

Subitement pétrifié, le Frater vacilla alors en face de l'adolescent, se balançant d'une jambe sur l'autre. Puis, au bout d'un instant, ses yeux se fermèrent et ses lèvres esquissèrent un sourire tranquille. Tombant d'abord à genoux, l'homme s'écroula ensuite mollement sur le côté, emporté par le poids de ses épaulettes. Le garnement crut un instant que son adversaire était mort, mais sa poitrine soulevée par une respiration tranquille démentit cette première impression. En tout cas, il ne représentait plus un danger immédiat…

Evan poussa un soupir de soulagement, mais de courte durée, car le fait de baisser sa garde afin de lui venir ainsi en aide n'avait pas été sans conséquence pour le Harpiste. Projeté brutalement en arrière par la puissance mentale de l'Examinatrice, ce dernier faillit bien lâcher sa Compagne. Lorsqu'il se releva, Evan nota que les veines sur ses tempes étaient bleues et gonflées, du sang coulant également par ses narines.

— Gaelion ! s'écria-t-il, impuissant.

Mais le musicien se redressa pour de bon, réprimant une grimace de douleur. Reprenant sa harpe bien en main, il rattrapa le cours de sa mélodie avec l'habileté d'un virtuose.

— Fuyez ! prit-il juste le temps de lâcher entre ses dents serrées.

Pendant une poignée de secondes, les enfants restèrent sans bouger, un peu hébétés. Puis il remarquèrent que l'Examinatrice semblait lâcher prise, faisant même reculer sa monture d'une pression des genoux.

Rompant le duel de magiciens, elle déclara alors froidement :

— C'est ça, fuis donc, jeune Evan… Nous te retrouverons tôt ou tard. Si tu es bien l'Ost-Hedan, la Fraternité tout entière se mobilisera pour ça… Et ton musicien de pacotille ne sera pas toujours là pour te protéger !

La Soror tentait de maîtriser sa voix, mais Evan voyait bien qu'elle était haletante et épuisée. De pâle, son teint était devenu blafard, et ses mains tremblaient terriblement autour des brides.

Gaelion échangea un bref regard et un hochement de tête avec ses deux élèves. Sans cesser de jouer, il commença à reculer, poussant les adolescents dans son dos. Dès qu'ils eurent franchi un premier rideau de végétation, il leur ordonna de se retourner et de courir. Lui-même les suivait plus lentement, sans interrompre la mélodie.

Bientôt, les étoiles noires s'éteignirent autour d'Evan, et le musicien, jugeant qu'ils s'étaient suffisamment éloignés, relâcha enfin les cordes de sa Compagne. Sans un mot, ils avancèrent encore à travers bois, économisant leur souffle. Evan ne pouvait penser qu'à une seule chose : ce regard plein d'assurance que lui avait lancé l'Examinatrice alors qu'ils disparaissaient parmi les fougères. Elle avait l'air si certaine de pouvoir le retrouver où et quand elle le déciderait… Quant à ce drôle de nom qu'elle lui avait donné… *L'Ost-Hedan ?* Cela ne lui plaisait pas du tout.

Ils s'enfoncèrent tous trois dans la forêt jusqu'à dénicher une clairière étroite et discrète. Gaelion, progressant d'un pas mécanique, n'avait toujours pas prononcé un mot. Evan n'était pas fâché de s'arrêter, pour pouvoir lui poser les multiples questions qui lui brûlaient la langue.

Mais il allait encore lui falloir faire preuve de patience. En effet, lorsqu'ils s'immobilisèrent enfin dans la sombre clairière qui leur servirait de cachette pour la nuit, le Harpiste se contenta de poser ses affaires dans un coin et de s'isoler. Toujours muet comme une pierre, il n'accorda même pas un regard aux adolescents. Puis, avec la démarche d'un somnambule, il gagna le pied d'un arbre aux larges branches, où il s'écroula dans un profond sommeil.

Chapitre 23

Aux aurores, le lendemain, Caessia fut reçue par un conseil réduit d'officiers républicains. Quelques-uns, seulement, avaient survécu à l'attaque de la veille. Ils n'eurent aucun mal à s'entasser dans la maisonnette qui leur servait de quartier général.

Au-dehors, les préparatifs du départ allaient bon train. Nul ne tenait à être de nouveau encerclé dans ce hameau par l'armée régulière…

La nuit s'était enfuie, après avoir offert à Caessia un sommeil court mais apaisant. L'adolescente y voyait enfin un peu plus clair. Les heures écoulées n'avaient pas émoussé son désir d'entamer la lutte contre les atrocités tolérées – peut-être encouragées ? – par son père. Au contraire, maintenant qu'elle était capable de peser le problème de manière plus réfléchie, la résistance à Bassianus lui apparaissait comme la seule solution honorable. C'était en tout cas ce que lui dictait sa raison. Elle reprendrait plus tard le combat avec son cœur…

Ettore semblait avoir un peu récupéré, et l'observait maintenant d'un regard aussi acéré que soupçonneux. Il n'était pas le seul à se montrer sceptique.

On lui expliqua très sérieusement quels étaient les objectifs de la République : partage équitable des terres entre ceux qui la travaillaient, abolition des privilèges des nobles et des marchands… Rien qui ne dût particulièrement étonner la princesse. À un détail près : les républicains semblaient croire sincèrement au retour de la Dernière Prophétesse, sombre déesse des origines qui avait hanté les légendes pendant des siècles. Ils reprochaient au roi Bassianus de la servir en secret, aux dépens de son peuple. À en croire les officiers, les prétendues mines où étaient déportés des milliers d'esclaves depuis plus de dix ans n'avaient jamais existé. Le seul sort qui attendaient les malheureux, là-bas, dans le Nord, c'était d'être sacrifiés à l'entité maléfique, qui se repaissait lentement de leurs douleurs.

La jeune fille peinait toujours à croire ces dernières allégations, qui tenaient pour elle de la fable pour enfants. *Mais de quoi puis-je encore être sûre, après tout ?*

Patiemment, elle attendit donc qu'ils aient terminé, puis elle leur exposa une nouvelle fois son souhait d'embrasser leur cause. La plupart des rebelles continuaient de la considérer avec une hostilité à peine voilée. Mais ils ne pouvaient ignorer les perspectives que leur ouvrirait l'assistance de l'héritière royale… S'appuyant sur cette logique, la jeune fille argua qu'elle connaissait de nombreux secrets d'importance stratégique, qu'ils soient militaires ou bien diplomatiques.

Surprenant alors le regard d'Ettore, Caessia sut spontanément que les républicains allaient l'accepter parmi eux. De toute évidence, le jeune capitaine était sous le charme de son courage et de sa détermination. Une admiration un peu incrédule allumait ses yeux, tandis qu'il devait secrètement s'enthousiasmer devant tant d'audace de la part d'une si jeune fille. Elle fit mine de n'en rien savoir et le laissa délibérer quelques instants avec ses lieutenants.

Le cas ayant été brièvement examiné, il fut convenu sans surprise que la requête de la princesse serait approuvée. Pour argument principal, Ettore avait fait valoir que les rebelles, toujours en mouvement, n'auraient pas beaucoup à craindre de Caessia, même si cette dernière nourrissait le projet de les trahir.

— Elle peut bien nous espionner tant qu'elle veut, avait-il déclaré.

Nous qui changeons nos plans à chaque nouveau coup de l'ennemi, et devons nous adapter tous les jours à quelque nouvelle déconvenue... Elle serait bien avancée !

— Tu as raison, capitaine, avait alors dit l'un des lieutenants. Il suffira de la tenir à l'œil quelque temps.

La personne chargée de chaperonner la nouvelle recrue avait paru toute trouvée : il s'agirait bien entendu d'Aljir Mangeur-de-Loups, avec qui la jeune fille avait déjà eu l'occasion de faire un bout de chemin. Haussant ses colossales épaules, la créature avait accepté sans joie ni déplaisir de remplir cette fonction.

La question du sort réservé à Olñez et ses sbires avait également été abordée, suite à quoi Caessia avait dû révéler son passé d'étudiante jadienne. Cette fois, Ettore n'avait pu retenir un petit sifflement admiratif, et il avait été unanimement décidé que les brutes n'avaient pas volé leur triste destin.

En quelques minutes à peine, le destin de l'héritière au sein de la République était donc scellé. Elle appartiendrait corps et âme à la cause, comme tous les camarades qui la servaient. Elle ne connaîtrait pas la paix tant que le pays n'aurait pas trouvé la sienne.

Prononçant de nouveaux serments, acceptant de nouveaux engagements, elle pensait à son père, bien sûr. Que voulait-elle lui faire payer, par cette trahison ? Tout cela n'était-il pas l'aboutissement inévitable d'un long conflit intime, qui avait commencé avec une paire de bottes fuyant devant une enfant ?

Tout allait tellement vite que Caessia en avait le tournis. *Tant de convictions balayées, renvoyées au néant, depuis ma fuite de la Nef... Tous ces changements... Et jamais assez de temps pour réfléchir !*

Cela lui procurait un sentiment étrange de servir cette République qu'elle avait si longtemps tenue en abjection, d'obéir à ces rebelles qu'elle avait tant méprisés.

Lorsque tu m'as forgée, père, tu ignorais que tu forgeais une arme qui se retournerait contre toi... Peut-être avais-tu raison de me craindre, finalement. Mais m'as-tu laissé le choix ?

« La cause ». C'était si simple, vu sous cet angle. Un prétexte idéal pour ne pas avoir à faire le point. Pour ne pas penser aux diverses épreuves traversées en quelques jours, et qui n'avaient certes pas laissé la jeune fille intacte.

Ne pas penser. Consciente de cette nécessité, Caessia se plongeait tout entière dans son nouveau combat. Elle le devait à son peuple, peut-être, mais avant tout à son propre équilibre psychologique.

Dans le but de préserver sa santé mentale, elle s'interdisait de songer aux impossibles échos qu'elle avait perçus dans la nécropole des collines, puis plus récemment, le soir de la bataille. Elle refusait – à demi consciemment – d'en parler avec Aljir, pourtant témoin de sa première expérience. Elle n'évoquerait pas davantage les hommes qu'elle avait dû tuer de ses mains, ni toute cette terreur ressentie face au massacre du village… La « cause » avait ce pouvoir, celui de combler les vides, les failles béantes laissées par les images de ces dernières heures.

Et Caessia avait l'opportunité de s'y investir dès à présent, puisque son compagnon troll partirait en mission secrète le jour même.

Une opération prévue de longue date devait être menée par lui dans la ville de Farnesa, et il fut établi que l'aide de l'héritière pourrait éventuellement lui être utile. Ainsi, elle aurait l'occasion de prouver sa bonne foi et sa compétence.

Au cours du bref entretien qui avait précédé, l'adolescente n'avait pu acquérir qu'une très vague idée de ce qu'ils auraient à accomplir sur place.

— De quel genre de mission s'agit-il, exactement ? demanda-t-elle donc, du ton sérieux qu'elle réservait aux réunions d'état-major se tenant à la Nef.

— Se-crète…, répéta Aljir avec un sourire qui révélait ses crocs.

Caessia l'imita, canines en moins. Se lancer dans l'inconnu ne l'enchantait pas, mais elle comprenait la réaction des républicains. C'était de bonne guerre, après tout. *Ils se méfient, qui pourrait les en blâmer ? Je finirai bien par gagner leur confiance…*

Quelque chose dans l'attitude des officiers lui soufflait cependant que la tâche en question n'était pas anodine. En vérité, la période tout entière ne semblait pas l'être.

Les yeux des rebelles s'enflammaient tandis qu'ils évoquaient l'avenir, comme si des heures d'une importance capitale approchaient. Au ton de leur discours, Caessia devinait qu'elle avait rejoint la cause à un moment clé de son histoire. Peut-être ce moment qu'Ettore invoquait parfois du bout des lèvres, sous le nom de « grand soir ». La jeune fille, assise entre deux lieutenants sur un bout de banc vermoulu, dans cette bicoque à l'odeur de cheminée froide, captait comme une vibration. Elle pouvait sentir la frénésie et l'excitation des hommes qui l'entouraient. Sans encore les partager tout à fait.

— Vous vous rendrez là-bas incognito, dit le plus vieux des officiers, un grand bonhomme sec et rude qui avait dû être colporteur, ou exercer quelque autre métier voyageur. Il faut impérativement que vous y soyez pour le carnaval annuel. Une fois dans la Cité des Grands, Aljir t'exposera petit à petit la suite des opérations.

Caessia opina. Elle avait souvent entendu parler de ce carnaval. « Le Dernier Jour », comme on disait là-bas. Elle n'y était jamais allée, les tueurs perpétuellement à ses trousses rendant trop périlleux le déplacement dans une telle foule. Mais la solide réputation de ces festivités – entourées de mystère hors de la ville lacustre – était de nombreuses fois parvenue à ses oreilles.

Plus de Deidwen, alors, plus de Palais des Nuages…, songeait la princesse, se remémorant avec une légère nostalgie ses projets initiaux. *On dirait bien que seule la lutte est mon destin. Je n'y échappe pas…*, soupira-t-elle intérieurement, fataliste.

Mais Caessia ne craignait pas le danger lorsqu'il était gratuit, et encore moins lorsqu'il servait un but. Elle l'avait fréquenté depuis toujours, depuis la première lame qui avait sifflé dans sa direction. C'était un vieil ami. Presque un frère jumeau.

Et surtout, la princesse ne devait pas perdre de vue l'importance de ce qu'elle accomplirait au sein de la République. Obstinément, elle faisait tout son possible pour se remplir de la cause. La révolution… Les idéaux… Il fallait qu'elle y croie.

Voir des enfants morts ne me trouble pas. Entendre des fantômes non plus. Ni être la fille d'un tyran. Rien ne me touche…

Je suis comme la brise et les feuilles des arbres. Rien ne peut me toucher. Rien ne peut me salir.

Chapitre 24

Gaelion dormit comme une souche jusqu'au lendemain midi, et tous les efforts d'Evan pour le réveiller n'y changèrent rien. Quand il se leva enfin, il semblait un peu sonné, et fit signe aux adolescents de parler moins fort.

— Vous allez m'abrutir, avec vos exclamations, souffla-t-il d'une voix rauque et ensommeillée.

Evan et Aiswyn, qui n'avaient pas l'impression d'avoir crié, échangèrent un regard entendu. Tandis que l'orphelin jouait avec son couteau en attendant que le Harpiste soit en état de répondre à ses questions, son amie s'était assise à l'autre bout de la petit clairière. Les genoux repliés contre sa poitrine comme pour se protéger, elle observait Gaelion en silence.

Ce dernier, qui d'habitude insistait toujours pour se mettre en route tôt le matin, ne paraissait pas aussi pressé, ce jour-là. Finalement, ce fut Aiswyn qui brisa le mutisme général :

— Vous nous avez menti, se plaignit la jeune fille d'un ton de reproche. Pourquoi nous avoir caché que vous étiez un Dracomancien ?

Le ménestrel soupira, l'air contrarié.

— Mon ordre est jaloux de ses secrets, expliqua-t-il. Nous n'avons pas l'habitude de crier sur les toits que nous sommes les détenteurs de l'une des Six Voies.

— Il n'empêche que vous nous avez trompés, insista la bergère, avec sur le visage cette expression butée qu'Evan avait appris à redouter. Vous nous avez fait croire que vous étiez notre ami, alors que vous êtes un… pratiquant de sorcellerie !

Sa patience habituelle devait avoir été émoussée par les incidents de la veille, car Gaelion sembla franchement exaspéré par l'attitude de l'adolescente. Leva les yeux au ciel, il dit :

— Pitié, Aiswyn… La paix ! Tes peurs superstitieuses deviennent ridicules, à la fin… Qu'est-ce que c'est, à ton avis, un Dracomancien ?

Laissée bouche bée par ce haussement de ton inhabituel chez le Harpiste, la bergère finit par balbutier :

— Je n'en sais rien… Je n'en avais jamais vu avant que les Fraters débarquent à Bronghan.

Gaelion hocha lentement la tête.

— Vois-tu, Aiswyn, il existe plusieurs sortes de Dracomanciens. Six Voies distinctes, chacune gardienne d'une antique tradition. Chacune héritière d'un des Anciens Rois…

La jeune fille observait le musicien d'un air consterné. De toute évidence, elle ne comprenait pas un traître mot de ses explications. Evan non plus, d'ailleurs…

— Ces Six Étoiles par lesquels vous jurez sans cesse, poursuivait le Harpiste, voilà ce que c'est ! Elles sont la trace laissée par les Anciens Rois lors de leur départ. Vous n'avez jamais entendu parler de ça ?

Les adolescents confirmèrent avoir de vagues souvenirs de cette légende. Mais ils ne voyaient toujours pas où le ménestrel voulait en venir.

— Les Six Voies étaient censées œuvrer ensemble en attendant leur retour…, soupira-t-il. Il n'en a rien été, bien entendu. Aujourd'hui, la plupart sont corrompues, et leurs disciples ont tout oublié de l'époque de leur fondation. La Fraternité, plus que toute autre, est devenue une immonde parodie de nos idéaux initiaux. Mais mon ordre a conservé la mémoire…

» Ô, Aiswyn…, interpella-t-il la jeune fille en la forçant à le regarder dans les yeux. Je ne suis *pas* comme eux. Vous n'avez pas à avoir peur de moi.

La bergère resta un instant immobile, avant d'acquiescer timidement.

— Vous nous avez sauvés de l'Examinatrice, murmura-t-elle, comme si elle le réalisait seulement à ce moment.

— Les Fraters…, intervint Evan. Ils n'utilisent pas la même forme de magie que vous, n'est-ce pas ?

Le ménestrel confirma d'un hochement de tête.

— Chaque Voie a ses rites. La Voie de la Harpe, enseignée par mon ordre, base ses sortilèges sur l'utilisation de la musique, l'influence des sonorités sur l'âme et le corps. Les membres de la Fraternité, en revanche, utilisent la Voie du Vide. Cela n'a presque plus rien à voir avec la Dracomancie, tellement cette forme est corrompue. Ils utilisent les ressources de leur esprit sans aucun filtre, se spécialisant dans des domaines comme la télékinésie, le contrôle ou la lecture des pensées… Ils ne respectent aucunement le mysticisme originel.

Evan fit mine d'avoir écouté attentivement. Il songeait que ces querelles entre magiciens étaient le cadet de ses soucis.

— Je comprends, fit-il d'un air sérieux. Mais en fait, ce que je voulais savoir, c'est : comment font-ils pour m'avoir « marqué » de cette manière ? Est-ce que vous y entendez quelque chose ? Et vais-je me mettre à répandre ces étincelles noires pour le restant de mes jours, dès qu'un Frater ou une Soror sera à proximité ?

Gaelion eut une moue embarrassée.

— En théorie… j'ai bien peur que oui, grogna-t-il. Du moins, tant que tu n'auras pas forcé l'un d'eux à annuler le phénomène.

» Ils appellent ça la Marque Noire. C'est grâce à cela qu'ils suivent à la trace certains de leurs ennemis. Ainsi, dès qu'un membre de la Fraternité se trouve à proximité, la Marque lui indique la position du fuyard. (Il esquissa un rictus maussade.) Inutile de te dire que ceux qui se retrouvent affublés de cet encombrant signe distinctif font rarement de vieux os…

Le garçon frissonna, cherchant un peu de réconfort dans les yeux d'Aiswyn – qui semblait hélas presque aussi désemparée que lui. Le simple fait d'imaginer que l'Examinatrice pourrait le retrouver où qu'il se cache, chaque matin où il se lèverait, le laissait nauséeux et découragé.

— C'est impossible à neutraliser, à moins de suivre la Voie du Vide, intervint alors à nouveau Gaelion. Cependant…

Evan leva sur lui des yeux remplis d'espoir, toute son attention suspendue aux lèvres du musicien.

— Je pense que, de manière ponctuelle, je devrais pouvoir contrer la Marque, déclara-t-il.

— Comment ? s'étonna le garçon.

— Je tâcherai de composer une mélodie à cet effet, dans les jours à venir.

Il s'arrêta de parler, le visage toujours incliné d'un air pensif.

— Dis-moi, Evan, fit-il au bout d'un moment. As-tu la moindre idée de ce qui a pu pousser la Fraternité à croire que tu étais l'entité nommée Ost-Hedan ?

L'adolescent souffla par les narines et grimaça :

— Vérole… Je ne sais même pas ce que c'est ! Je n'avais jamais entendu ça…

— Je vois. Intéressant…

— Qu'est-ce qui est intéressant ? l'interrogea Aiswyn, toujours pragmatique.

Le Harpiste eut un geste évasif.

— C'est une vieille légende, soupira-t-il. Je pensais que plus personne n'y croyais, et certainement pas les Fraters…

Les deux paires d'yeux fixes des adolescents le forcèrent à en dire davantage.

— « Héritier du Fleuve », déclara-t-il. Voilà ce que ça veut dire, traduit de l'ancienne langue. L'Ost-Hedan a fait l'objet de nombreuses prophéties, dont la plupart ont été oubliées. Il s'agirait d'un être à part, touché à la naissance par le fleuve Invisible qui est source de toute magie. Une goutte du Fleuve coulant dans ses veines, il pourrait manipuler des forces mystiques au-delà de la compréhension des autres Dracomanciens.

Gaelion balaya de la main toutes ces légendes.

— Je ne sais pas quelle foi il faut prêter à tout ça, avoua-t-il. Au sein de mon ordre, certains semblent y croire, et prétendent même que la venue de l'Ost-Hedan annoncera le retour des Anciens Rois sur Genesia. Pour ma part, je n'y avais pas vraiment réfléchi jusqu'à aujourd'hui. Mais je confesse que j'aimerais comprendre pourquoi les Fraters se sont mis dans la tête que tu pouvais être cette fameuse créature…

— J'espère bien que nous n'aurons pas à le savoir ! le coupa Aiswyn, inquiète. Pas question de retomber une fois de plus sur cette Examinatrice. Il va falloir vraiment nous cacher, à présent…

Le ménestrel fronça les yeux, l'air sceptique :

— Je ne pense pas que ce soit une bonne idée, jeune fille. Réfléchissons : que croient-ils que nous allons faire, à présent ? Nous terrer, rester dissimulés dans les environs.

» Alors, au contraire, il faut les surprendre, nous afficher au grand jour et poursuivre notre route comme prévu.

» En nous fondant dans la foule festive qui se rend à Farnesa pour le Dernier Jour, nous avons toutes nos chances. Il y aura trop de saltimbanques, et peut-être même de Harpistes, pour nous repérer… Croyez-en mon expérience : c'est souvent en se montrant qu'on devient invisible. Si nous donnons normalement quelques représentations dans les villages traversés, tout le monde nous prendra pour des baladins en route vers le carnaval, et personne ne prêtera attention à nous.

— Oui, mais la Marque ? rappela Evan.

— Je te l'ai dit, j'en fais mon affaire. Il faudra rester près de moi et de ma Compagne, c'est tout.

» Et pensez à surveiller votre attitude si nous venions à croiser des membres de la Fraternité. Il serait dommage d'attirer par hasard l'attention des religieux sur nous. Ne jurez point par les Six Étoiles – ils détestent ça par-dessus tout – et ne soyez quand même pas trop exubérants dans votre rôle de saltimbanques. C'est compris ?

Evan et Aiswyn opinèrent. De toute façon, ils n'avaient d'autre choix que d'accepter le plan du Harpiste. Après tout, c'était lui, l'homme d'expérience, et c'était bien pour ça que les deux adolescents désorientés avaient tant insisté pour qu'il accepte de les guider.

— Une dernière question…, se permit néanmoins Evan, attrapant au vol le regard gris pâle du musicien. Je suis sûr que je n'ai rien à voir avec toute cette histoire, et qu'il ne s'agit que d'un malentendu, mais… je voudrais tout de même savoir : que disent généralement les prophéties concernant l'Ost-Hedan ?

— Oh… à peu près toutes la même chose, fit le ménestrel en haussant les épaules. (Il s'interrompit, hésitant.) Mais tu as raison, c'est probablement sans importance.

— Dites toujours, l'encouragea l'orphelin, non sans un soupir fataliste.

Gaelion fronça les sourcils, avant de reprendre d'une voix maussade :

— Eh bien, si mes souvenirs sont bons, il était question de quelque chose comme le retour à la vie de la Mère Stérile… Et on dit aussi que l'Ost-Hedan serait le seul être de Genesia à pouvoir la vaincre définitivement.

Constatant l'expression de stupeur désemparée qui avait pris place sur le visage du garçon, le musicien s'empressa d'ajouter plus gentiment :

— Enfin, bien sûr, je peux faire erreur.

Chapitre 25

Finrad avait quitté le chemin et avançait maintenant à travers la lande. Il était presque parvenu à destination. Franchissant à grands pas la dernière lieue qui le séparait de la retraite de Llilania, il ne cessait de marmonner à mi-voix au fil de ses méditations. Une main retenant son chapeau, sa cape et son écharpe noires claquant dans son dos, il progressait courbé contre le vent, son bâton frappant le sol en cadence.

Les ruines du temple furent bientôt en vue. Trois bâtiments de marbre érodé, au beau milieu de nulle part. L'Ancien Roi accéléra encore le rythme de sa marche. Llilania pourrait l'éclairer, apporter des réponses à ses nouvelles questions. Elle seule le pouvait…

Comme il approchait, il vit se préciser la forme des édifices, encadrés par un péristyle estropié. Les colonnes qui tenaient encore debout avaient depuis longtemps perdu leur chapiteau, et l'ancien forum dédié aux Six Étoiles abritait à présent un modeste jardin potager.

Là, plié en deux au-dessus d'un parterre de tournesols, bêchait un vieil homme coiffé d'un chapeau de paille. Il se redressa subitement en apercevant Finrad, et disparut dans la plus proche bâtisse.

Lorsqu'il en resurgit, quelques instants plus tard, Finrad avait atteint le fronton marquant autrefois l'entrée des lieux. Le vieux jardinier s'essuya alors le visage avec un mouchoir et adressa au nouveau venu un salut de la main.

L'Ancien Roi savait que Llilania vivait seule avec ce fidèle domestique et une toute jeune servante, à moins que les choses n'aient évolué depuis sa dernière visite.

Ce dont il doutait. Retranchée du monde, sa vieille alliée n'avait pas apporté le moindre changement à son existence recluse depuis bientôt quinze ans.

— Le bonjour, déclara Finrad en se plantant devant la vieille silhouette courbée du jardinier. Je dois m'entretenir avec Llilania.

Le domestique s'inclina.

— Soyez le bienvenu, seigneur. Ma maîtresse s'apprête à vous recevoir.

D'un geste gauche, il lui fit alors signe de le suivre à l'intérieur. Finrad lui emboîta le pas.

Le long bâtiment ne possédait presque pas de fenêtres, et il y régnait une pénombre tranquille. Suivant le serviteur le long de l'allée centrale, Finrad aperçut Llilania assise au fond, qui l'attendait. Depuis son haut siège de bronze, elle était en train de congédier sa petite servante, d'un mouvement à la fois gracile et majestueux. L'adolescente s'en fut en trottinant vers l'une des salles annexes.

Finrad n'avait jamais eu l'occasion de la voir de près, sa maîtresse la renvoyant toujours précipitamment lorsqu'il lui rendait visite. Qui était cette enfant, il n'en savait rien. Mais il ne s'en formalisait pas : sa vieille alliée avait toujours été secrète et jalouse de ses petits mystères.

Le vieux serviteur s'effaçant devant lui, il se trouva soudain face à elle. Comme toujours, sa beauté éthérée lui coupa le souffle. Il posa un genou à terre, sans égard pour ses pauvres rhumatismes.

— Mes hommages, chuchota-t-il.

L'Ancienne Reine des Elfes sourit et murmura à son tour :

— Relève-toi, mon ami. Nous sommes trop âgés pour les révérences.

Finrad obéit et la détailla du regard. Llilania était vieille, elle aussi, même s'il était facile de l'oublier. Son visage intact et virginal avait toujours la splendeur immaculée des Elfes... Et dans tout son être, sa nature inhumaine était ainsi flagrante : aux pointes de ses longues oreilles effilées qui émergeaient de sa chevelure diaphane, à la finesse de sa silhouette sous la robe de voile blanc... Avisant ses poignets délicats comme ceux d'une enfant, le vieillard ne put s'empêcher d'observer ses propres mains ridées et sillonnées de tendons noueux.

Autrefois, seuls les yeux de la reine, au regard infiniment profond et grave, auraient démenti cette jeunesse éternelle. Mais à présent, un bandeau de tissu noir les recouvrait en permanence.

Peu après leur retour sur le continent, Llilania se les était elle-même crevés. Pour ne plus voir ce qu'étaient devenues leurs fières nations, pour ne pas avoir à contempler le déclin et l'oubli de toutes les anciennes vertus...

Finrad la plaignait et l'enviait tout à la fois. L'Elfe vivait une existence simple, réfugiée dans ces ruines séculaires à l'écart de toute civilisation.

Depuis peu, il sentait toutefois que les événements extérieurs étaient en train de s'accélérer, et il aurait aimé que sa vieille amie en prenne conscience. Elle ne pourrait pas éternellement rester terrée ici, quand le destin de Genesia dépendait tant d'eux tous.

Comme il s'en ouvrait discrètement à elle, elle répondit :

— Tu le sais bien, Haut Roi du Nord : je refuse de regarder ce nouveau monde. Plus jamais mon regard ne se posera sur lui... Jusqu'à ce que vienne la fin des temps, je ne veux pas non plus l'arpenter, ni entendre narrer les horreurs dont il est devenu le théâtre.

» Tu sais ce que j'ai enduré, Finrad ! Mon ami...

» Cette vision d'horreur. Des forêts rasées par milliers d'hectares. Des Elfes marchant au combat. Des Elfes portant des épées !

L'Ancien Roi baissa son visage vers le sol dallé. *Des Elfes portant des épées...* Plus encore, peut-être, que le génocide dont son peuple avait été victime, c'était cette image qui avait traumatisé la souveraine.

Voir ainsi foulés au pied tous les anciens idéaux pacifistes qui avaient été l'orgueil et la raison d'être de sa race, c'était plus qu'elle n'avait pu en supporter. L'âme brisée à jamais, elle s'était alors murée dans ce silence et cette immobilité.

Finrad comprenait la souffrance de son alliée. Il en avait eu sa propre part en découvrant que ses terres du Nord s'en étaient retournées dans une semi-barbarie. Néanmoins, sa compassion n'allait pas jusqu'à lui faire pardonner totalement la passivité dans laquelle Llilania demeurait plongée.

— Venons-en plutôt au réel motif de ta visite, reprit alors l'Elfe, mal à l'aise. Je me doute qu'il ne s'agit pas de simple courtoisie, mon vieil ami…

Avec un sourire dans les yeux, l'Ancien joua une expression outrée :

— Comment ça ?

L'Elfe l'imita, prenant une voix complice et gentiment moqueuse :

— Finrad, toujours si pressé, toujours par monts et par vaux, déclama-t-elle. Finrad qui se sent toujours tellement responsable du sort du monde… Tu ne prendrais pas le temps de venir me voir si tu n'avais pas besoin de mes lumières. Alors, dis-moi donc sans attendre ce qui t'amène.

Le vieillard redevint sérieux. Elle disait vrai. Peut-être plus que jamais, il avait un besoin urgent de ses dons de voyance.

— J'ai vu l'Ost-Hedan, annonça-t-il de but en blanc. Je veux dire : je l'ai vu récemment. Certaines sources indiquent que l'heure du Conclave approche, aussi avais-je décidé d'aller chercher l'enfant avant que nos ennemis ne mettent la main sur lui.

La souveraine antique demeura muette une seconde, puis demanda :

— Et ?

— J'ai dû changer mes plans. Il s'est passé quelque chose d'anormal. Lorsque je lui ai parlé du Conclave, il a réagi très bizarrement, comme s'il était… possédé.

Il marqua une pause, cherchant ses mots.

— Je me demande si nous n'avons pas fait erreur, tout compte fait. Ne crois-tu pas qu'il pourrait ne s'agir que d'une copie abâtardie de l'entité que nous cherchons ?

— Que veux-tu dire ? s'inquiéta la reine immobile.

— Nous savons que c'est possible. Il est même probable que les serviteurs de la Dernière Prophétesse aient profité du passage du Fleuve pour faire naître leur propre version de l'Ost-Hedan…

L'Elfe acquiesça lentement, l'air songeur.

— Tu penses à une sorte de double maléfique ? La Mère Stérile aurait veillé à se munir d'une arme de défense contre l'entité censée l'annihiler ?

Le vieux roi opina avec gravité, les deux mains serrées sur son bâton comme des serres.

— C'est du moins ce que Brenghenann et moi avions craint avant d'entrer en sommeil. Sans posséder, bien sûr, le moindre moyen de nous prémunir contre cette éventualité…

— Je vois, assura Llilania, hochant à nouveau la tête avec cette expression lisse et indéchiffrable. Mais pourquoi s'agirait-il du jeune Evan ? Tu m'avais semblé sûr de toi, lorsque tu l'as identifié comme étant l'Ost-Hedan.

Finrad baissa à nouveau les yeux, embarrassé.

— J'ai un doute, à présent, grinça-t-il. Il me semble que cette perspective pourrait expliquer son comportement étrange… Imaginons que les serviteurs de Sü'adim aient présidé à sa naissance, il ne serait pas surprenant qu'ils aient imposé à son jeune esprit une sorte de compulsion, visant à l'empêcher de servir notre cause… D'où sa répugnance à me suivre.

— Intéressant, murmura l'Elfe, troublée. Te rends-tu compte de ce que cela signifierait ?

— Oui. Ce serait catastrophique. Toutes ces années, à croire l'Ost-Hedan en sécurité dans ce petit village de bergers, alors que nous abritions le champion de nos ennemis… Et l'Ost-Hedan, le vrai, pourrait se trouver à l'heure qu'il est n'importe où à la surface de Genesia, errant sans aucune protection.

» Tu comprends maintenant pourquoi, quand j'ai envisagé cette terrible possibilité, j'ai accouru ici toutes affaires cessantes. Je dois savoir la vérité !

Llilania exhala alors un long soupir. Penchant la tête d'un air désolé, elle déclara d'un ton d'excuse :

— Hélas, mon vieil ami, tu sais bien que mes pouvoirs sont impuissants, dès lors que l'Ost-Hedan est concerné. Pas un oracle ne peut le voir, ni même sentir sa présence. La larme du Fleuve le protège de nos sortilèges.

— Bien sûr, Llilania, dans le cadre des tentatives de voyance volontaires… Mais je sais qu'il t'arrive aussi de faire des rêves. Es-tu certaine de n'avoir perçu aucun indice ? N'as-tu donc rien appris qui pourrait m'être utile ? Tu représentais mon dernier espoir !

La reine hochait négativement la tête, les mains croisées au niveau de son cœur.

— Hélas, non… Je ne peux t'apporter le moindre élément de réponse.

Elle marqua le temps d'une respiration.

— La seule chose que je puisse te conseiller, c'est de le conduire au Conclave comme prévu. Ce sera sans doute le meilleur moyen d'élucider le mystère qu'il représente.

Sa voix s'adoucit en un murmure presque tendre :

— Finrad… Cher vieux compagnon… Tu sembles si fatigué.

Laissant inconsciemment ses épaules s'affaisser, le vieillard ne chercha pas à la contredire.

— Je ne dois pas me soucier de moi-même, protesta-t-il néanmoins. L'époque que nous vivons revêt une importance trop capitale.

» Mais… j'avoue que tout est plus difficile, sans le Lion Rouge pour nous guider. À combien de reprises, dans mes songes, ai-je appelé de mes vœux le retour de Brenghenann à notre tête ? Mais je sais qu'il ne sera plus jamais parmi nous. Je dois l'accepter, et réussir à achever ce que nous avions commencé ensemble.

Les lèvres de Llilania s'étirèrent dans un sourire doux et compatissant.

— Tu crois toujours que le coupable pourrait être l'un de nous ? demanda-t-elle.

— Je ne vois pas comment il pourrait en être autrement, hélas. Mais qui ? Il n'y en a pas un, ni une, parmi vous, dont j'arrive à imaginer une seule seconde qu'il ou elle puisse être le meurtrier de Brenghenann !

Ponctuant ces paroles, l'extrémité du bâton de hêtre vint cogner d'un coup sec les dalles poussiéreuses du sol, son bruit mat se répercutant entre les colonnades de la grande salle.

— Je ne peux le croire !

L'Ancien Roi lâcha une grande expiration, ravalant sa colère.

— Pardonne-moi d'avoir troublé ta retraite, Llilania. Je vois que tu ne peux rien pour moi, et j'ai peur, par ce voyage jusqu'ici, d'avoir commis une nouvelle erreur fatale. Je dois à tout prix retrouver Evan au plus vite, maintenant. Permets-moi donc de prendre congé.

— Mais… ne souhaites-tu pas te reposer un peu, mon vieil ami ? Il fait déjà presque nuit…

— Merci Llilania, mais je t'ai déjà trop dérangée. J'aime marcher dans les ténèbres… Et longue est la route qui m'attend. Adieu pour le moment, donc !

Sur ces mots, le vieux souverain tourna les talons dans une ample envolée de cape, et quitta la salle sans un regard en arrière.

— Adieu pour le moment, Finrad…, répondit l'Ancienne Reine dans un murmure.

Une minute après que le vieillard eut franchi la porte, elle fit signe à la petite silhouette trapue dissimulée parmi l'obscurité des colonnades qu'elle pouvait à présent sortir de sa cachette.

Le Nain se montra donc, lissant pensivement sa longue barbe immaculée.

— Ce vieux Finrad joue décidément bien la comédie, se moqua-t-il de sa voix grave. Son couplet sur Brenghenann et la perte irremplaçable d'un ami, c'était à pleurer…

Llilania pinça les lèvres :

— Je te trouve bien cynique, Sargon. Nous n'avons encore

aucune preuve, ne l'oublie pas…

L'Ancien Roi des Nains renifla avec mépris.

— Celle que j'ai me suffit. Il a menti sur l'identité de l'Ost-Hedan depuis le début. Sa démarche d'aujourd'hui ne visait qu'à te sonder, j'en suis sûr. Il craignait certainement que tes visions ne t'aient rapporté son subterfuge, aussi a-t-il jugé bon de t'en révéler une partie, pour découvrir ce que tu savais exactement. Tu ne m'ôteras pas la certitude que c'est bien lui le traître…

La souveraine eut une nouvelle moue. De tristesse, cette fois.

— Pendant ce temps, continuait le Nain, la véritable Ost-Hedan est perdue quelque part dans la nature, sans que nous ayons le moindre moyen de la retrouver… Vraiment, je ne sais pas ce qui a pris à cette enfant ! Pendant presque quinze ans, j'ai veillé sur elle sans relâche… Et maintenant, tout est mis en péril.

— Je te ferai la même réponse qu'à Finrad, malheureusement. Mes pouvoirs sont impuissants à localiser Caessia. Le mieux que tu puisses faire, c'est regagner la Nef au cas où elle y retournerait.

— Oui, et revêtir à nouveau mon déguisement de bouffon…, déclara le monarque d'une voix pleine d'amertume. Quand je pense que j'ai peut-être bien consenti à tous ces efforts pour rien !

Sargon s'inclina cependant, un poing replié sur le menton comme dans l'antique salut des Nains.

— Je te tiendrai informée, Llilania…

Puis il sortit à son tour.

Restée seule, l'Ancienne Reine des Elfes poussa un long soupir, joignant lentement les mains sur ses genoux. Tout devenait de plus en plus confus. L'heure du Conclave approchait.

Elle soupira à nouveau et appela sa jeune servante.

Chapitre 26

Après l'attaque des Fraters, la route parut plus que jamais inquiétante à Evan. Cependant, comme il poursuivait son chemin vers Farnesa en compagnie d'Aiswyn et de Gaelion, il fut peu à peu rattrapé par un doux sentiment de monotonie. Agréable et rassurante, la routine du voyage s'installa, à peine altérée par les villages traversés.

Durant la journée, ils marchaient en bavardant. Le soir, ils répétaient sous les étoiles en vue de prochaines représentations… La campagne tout autour d'eux était paisible, et la brise promenait les senteurs fraîches du printemps.

Souvent, la nuit venue, les trois voyageurs s'asseyaient ensemble autour d'un feu de camp. Et dans ce petit cercle de lumière, ils avaient alors l'impression d'être blottis les uns contre les autres, préservés de ce monde devenu aux yeux des adolescents immense et menaçant.

Car ils continuaient de redouter malgré tout une nouvelle attaque de la Fraternité. Gaelion, comme promis, avait composé une mélodie censée contrer la Marque Noire. Le sortilège paraissait fonctionner. À deux reprises, déjà, leur petit groupe avait été doublé par une troupe de cavaliers daedoriens. Perdu dans la foule qui se pressait sur les routes en direction de Farnesa, le Harpiste avait alors joué les notes magiques, l'air de rien. Et les Fraters avaient poursuivi leur chemin sans s'arrêter.

Par chance, songeait Evan, *l'Examinatrice ne chevauchait pas parmi ces deux groupes...* Sinon, le jeune garçon ne doutait pas qu'elle l'aurait reconnu, avec ou sans la présence d'étincelles noires autour de lui. Elle ne pouvait l'avoir oublié, se disait-il. Pas après ce regard froid et calculateur qu'elle lui avait lancé lors de leur dernière rencontre...

Si elle lui semblait inutile en cas de rencontre avec la jeune Soror, la mélodie contre-sort n'en constituait pas moins pour lui un motif de profond soulagement. Le garçon parvenait ainsi à apprécier un peu son voyage, et en particulier ces moments privilégiés, à la nuit tombante.

Autour des flammes, dans la pénombre, les yeux paraissaient plus brillants. Cette ambiance favorisait les confidences. Sans échanger de véritables secrets, on ouvrait plus facilement son cœur, chacun évoquant ses préoccupations, ou apportant sa vision de la journée passée.

Sans s'en apercevoir, tous les trois adoptaient ce ton de murmure qui va de pair avec l'obscurité, et leurs voix douces étaient propices à des paroles plus intimes. Même Evan et Aiswyn avaient l'impression de se redécouvrir, à la faveur de ces heures feutrées.

La nuit avait ce parfum d'aventure qui les rapprochait, et ils se livraient comme ils n'auraient peut-être pas osé le faire à Bronghan. Petit à petit, Evan se rendait compte qu'il n'avait jamais vraiment cherché à découvrir les rêves et les aspirations profondes de son amie. Aiswyn le cernait certainement beaucoup mieux que lui-même ne l'avait comprise jusqu'à présent...

Par ailleurs, tous deux faisaient également plus ample connaissance avec Gaelion. Ou du moins, ils essayaient, car ce n'était pas chose facile. Le Harpiste, bien que presque toujours d'humeur égale, et d'un naturel plutôt agréable, restait extrêmement secret. Il éludait les questions personnelles d'un sourire sobre, et n'acceptait jamais de parler de son passé.

Evan, curieux à mourir, en ressentait souvent une vive frustration. Toutefois, la vie était alors simple et plaisante, et les deux élèves troubadours n'auraient pas songé à s'en plaindre. Aiswyn elle-même paraissait maintenant apprécier cet apprentissage du métier de bateleur.

Gaelion ne s'y était pas trompé, d'ailleurs, et il semblait même avoir perçu en elle davantage de sens artistique que chez Evan. Lorsque le Harpiste l'avait surprise à peindre, un soir, il n'avait pas caché son admiration. Bien entendu, le garnement avait tenu à acquérir sa part de gloire, rappelant que c'était lui qui avait fourni à l'artiste pinceaux et parchemin. Mais tandis que le jeune mécène expliquait fièrement comment il avait gagné ces trésors – en remportant la course annuelle qui opposait Bronghan à plusieurs villages voisins – Gaelion semblait plutôt captivé par la délicatesse de l'œuvre. Avec un matériel rudimentaire et de la peinture artisanale, la jeune fille avait su saisir toute la douceur du paysage qui les entourait.

Le soir même, le ménestrel avait conçu l'idée de mettre ce talent à profit. Il n'avait pas évoqué immédiatement ce qu'il avait en tête… mais Evan avait perçu le germe d'une fantaisie dans l'œil gris du musicien. Une lueur trop peu courante pour s'avérer anodine.

En effet, profitant bientôt de la rencontre avec un colporteur qui remontait vers la capitale, Gaelion avait acheté plusieurs planches de bois laqué, des chutes de tissus colorés, et quelques outils de tailles diverses. Tout l'attirail nécessaire, expliqua-t-il ensuite, à la fabrication d'un petit théâtre de marionnettes.

Le Harpiste semblait juger cette entreprise parfaite pour permettre aux jeunes gens de débuter dans le métier. Une fois le théâtre miniature réalisé, ils pourraient ainsi parfaire leur diction, leur sens du spectacle, tout en ne s'exposant pas trop à leur auditoire. Jusqu'à présent, les adolescents n'avaient fait que seconder leur maître au cours des représentations, lui tendant ses instruments de scène ou annonçant son prochain numéro.

— Cela est excellent, avait décrété Gaelion. Voilà qui vous apprendra les ficelles grâce auxquelles on tient un public en éveil, sans pour autant vous frotter trop vite à des arts ambitieux. Plus tard, nous pourrons nous risquer à d'autres formes de spectacles…

Evan n'était pas certain de se sentir emballé, mais le projet avait grandement séduit Aiswyn. Chaque soir, la jeune fille s'attelait tendrement au modelage de ses personnages. D'un coup de crayon, elle leur offrait un sourire, un regard. Les pantins semblaient prendre vie sous ses doigts… Armée d'une paire de ciseaux, elle taillait avec habileté dans les lés multicolores pour créer des costumes baroques aux marionnettes. Enfin, son pinceau gratifiait les décors de paysages imaginaires, savoureux de malice et de féerie. Heure après heure, dans une ferveur tranquille, elle donnait naissance à tout un univers miniature.

Evan la regardait découper et coudre sans se fatiguer, peindre et laquer… Elle semblait réellement travailler avec amour. Le garçon, un peu intrigué, avait vite renoncé à l'aider, se contentant d'observer son labeur d'un œil admiratif. Il trouvait magique la manière dont elle attachait une âme à de vulgaires morceaux de chiffon.

Chaque poupée, une fois finie, était baptisée par leurs soins, si bien qu'ils avaient jour après jour le sentiment de voir leur petit groupe s'étoffer. C'était à présent un homme, deux adolescents et une douzaine de pantins qui faisaient ensemble route vers le sud…

Ainsi s'étirait la route, jour après jour. Sur eux planait curieusement cette atmosphère de bonheur complice. Cheminant ensemble au cœur des prairies et des forêts, il leur semblait que le danger était suspendu pour un temps, que le reste du monde ne pouvait plus les atteindre ni les blesser. Evan lui-même, en dépit de sa nature bouillante, appréciait cette sérénité, après toutes les récentes émotions qu'il avait dû endurer.

Un après-midi, pourtant, il remarqua qu'Aiswyn ne paraissait pas tout à fait heureuse. Quelque chose dans son attitude avait éveillé les soupçons du garnement dès la matinée. Il la connaissait bien…

Au fil de la journée, la mine de son amie n'avait pas cessé de s'allonger. Si son regard, comme souvent depuis qu'elle travaillait au théâtre miniature, arborait une expression rêveuse, il semblait s'agir aujourd'hui de songes marqués par la mélancolie.

Profitant d'une courte halte à l'ombre d'un bosquet d'oliviers, l'orphelin s'approcha d'elle pour lui glisser à l'oreille :

— Quel air réjoui… Tu as décidé de nous refiler le cafard, ou quoi ?

Puis, plus sérieux :

— Quelque chose te tracasse ?

Aiswyn haussa évasivement les épaules.

— Non, rien de grave, soupira-t-elle. Ne t'en fais pas. (Elle posa son regard chagriné sur ses souliers, avant de poursuivre.) C'est seulement que… nous aurions dû célébrer la fête du Solstice, aujourd'hui. Je ne peux pas m'empêcher de penser à Bronghan. À l'heure où nous parlons, ils doivent être en pleins préparatifs pour ce soir…

Evan, touché par la nostalgie perceptible dans la voix d'Aiswyn, lui frotta l'épaule dans le geste symbolique de la réchauffer. Il affichait une expression résignée, ne sachant quoi dire pour la consoler. Un instant, il faillit la taquiner gentiment en lui rappelant sa promesse de revêtir cette année le costume d'une danseuse nordienne… mais jugea le moment mal choisi.

— Tu te souviens ? continua la bergère. Les fleurs bleues qui apparaissent aux fenêtres et dans les cheveux des filles, les odeurs de pâtisserie qui se répandent dans tout le village… (Elle esquissa un sourire triste.) En fermant les yeux, j'ai presque l'impression que je pourrais les sentir…

Evan tordit le coin de sa bouche d'un air sceptique :

— Même cette année, après ce qui est arrivé, tu crois qu'ils célébreront la fête ?

La jeune fille opina :

— Oui, j'en suis sûre… Voyons, tu sais bien que les gens des collines se remettent vite des catastrophes. C'est ça, notre force…

Un nouvel éclat rêveur passa dans son regard clair :

— Je suppose que Tianna et les autres sont en train d'enfiler leurs plus belles robes… Les hommes aussi vont bientôt sortir leurs costumes de fête, enrouler soigneusement autour de leur taille leur ceinture de soie verte… Et puis mon père fera danser ma mère, comme tous les ans. J'aime… *j'aimais* bien les regarder.

Le garçon, ému, lui prit la main avec compassion.

— C'est cette nuit, Evan…, conclut la jeune fille. Et pour la première fois, nous n'y serons pas…

L'orphelin soupira. Aiswyn paraissait à présent au bord des larmes… Malgré ses efforts pour le cacher, elle était trahie par le léger frémissement de ses narines et la soudaine roseur de ses pommettes.

— Le mal du pays…, souffla alors Gaelion, sans pour autant s'être rapproché d'eux. Cela arrive tôt, dans ton cas. Mais aucun de nous ne pourrait y échapper éternellement.

— Ah bon, votre village vous manque aussi, parfois ? demanda Aiswyn, ravalant courageusement ses sanglots. C'est vrai ?

Le Harpiste eut d'abord un imperceptible sourire, mais il acquiesça ensuite d'un air sincère.

— C'est dur d'être loin de l'endroit où l'on est né, avoua-t-il. Et je ne connais hélas aucun moyen d'effacer définitivement ce sentiment.

Il leva enfin les yeux de ses bottes, qu'il était en train de lacer. Sur son visage, une expression amicale s'adressait aux adolescents.

— En revanche, je connais une manière de le faire passer pendant un moment…, annonça-t-il, comme son sourire s'élargissait.

Evan et Aiswyn, soudain pendus à ses lèvres, l'interrogèrent d'un regard empli de curiosité.

— Si cela peut te remonter le moral, déclara le ménestrel à la jeune fille, je propose que vous donniez ce soir votre première représentation. Il est grand temps pour ces oisives marionnettes de faire connaissance avec le public, n'est-ce pas ?

Aiswyn rougit jusqu'à la pointe des oreilles. Trop content de la voir oublier son chagrin, Evan ne sauta pas sur l'occasion pour se moquer d'elle.

— Ce soir ? balbutia la bergère. Mais… nous ne sommes pas prêts ! Nous ne pourrons jamais…

— Il le faudra, la coupa paisiblement Gaelion, sa décision semblant prise. Cette nuit, je veux que vous entendiez les acclamations de la foule ! ajouta-t-il avec une élégante révérence à l'intention d'Aiswyn.

Chapitre 27

Le soir venu, les trois saltimbanques firent donc halte dans un petit bourg, assez semblable à celui où les adolescents avaient grandi. Semblable… aux yeux de Gaelion, en tous les cas. Evan, pour sa part, avait noté de subtils changements à mesure qu'ils s'engageaient dans des territoires plus méridionaux : les paysages semblaient marqués par une langueur inconnue, les noms des lieux et des gens se faisaient plus chantants, même si l'on n'avait pas encore quitté le royaume d'Orlande. Il aurait aimé se réjouir davantage de ces couleurs inédites, de la rencontre avec les frontaliers, mais une sorte de culpabilité lui gâchait un peu le plaisir de la découverte. Par sa faute, Aiswyn ne passerait pas la fête du Solstice parmi les siens…

Les apprentis ressentirent une émotion étrange en pénétrant dans le hameau où ils allaient faire leurs premiers pas en tant qu'artistes. Comme dans une bonne partie de Genesia, les gens s'y affairaient pour préparer les festivités des moissons. Aux visages réjouis des villageois venus les accueillir, les étrangers comprirent que leur arrivée constituait une excellente surprise pour égayer cette soirée de réjouissances.

La foule, retentissant d'exclamations joviales, s'agglutina autour des nouveaux venus. Bien sûr, les regards glissaient la plupart du temps sur les adolescents, Gaelion restant le centre de l'attention générale. Mais Evan et Aiswyn, ce soir un peu anxieux, n'étaient pas si pressés de voir toutes les paires d'yeux du bourg se tourner vers eux.

Aiswyn, en particulier, aurait sans doute même préféré se trouver à quelques lieues de là, si on lui en avait laissé le choix. Evan, quant à lui, se consolait de son appréhension en remarquant ces œillades timides que lui adressaient certaines jeunes filles… D'abord surpris par leur manège, il se mit bientôt à arborer une moue sardonique et blasée, comme si ces regards admiratifs étaient pour lui chose coutumière. En vérité, le garnement se sentait sur un petit nuage.

De toute évidence, le public attendait de Gaelion une représentation immédiate. Il était traditionnel que les baladins jouassent d'abord pour le prix du gîte et du couvert, avant de pouvoir prétendre à se reposer. Le ménestrel commença donc par donner à la population ce qu'elle désirait. S'asseyant sur la margelle d'un puits, au centre de la place, il sortit délicatement sa harpe de son étui.

Après une série de chants populaires, il se livra à un numéro de prestidigitateur qui lui valut des acclamations bruyantes. Les enfants gardaient la bouche en cœur et les yeux comme s'ils allaient leur sortir de la tête… Lorsque le Harpiste éclipsa d'un geste ample toutes les fleurs qu'un groupe de jeunes filles portaient dans les cheveux, pour les faire réapparaître sous forme de bouquet derrière son dos, Aiswyn elle-même battit des mains. Evan, lui, s'était retenu de justesse pour ne pas imiter son amie. S'il voulait conserver sa petite aura, pas question de se comporter de la sorte…

À la fin de son ultime tour de magie, le troubadour déclara qu'il donnerait en fin de soirée des chansons plus épiques, et peut-être même une ballade tragique. Pour le moment, déclama-t-il, il tenait à laisser la place à ses jeunes apprentis, qui allaient à leur tour essayer de distraire l'honorable assistance…

En l'entendant prononcer ces mots, Evan sentit quelque chose se tordre dans son ventre, et nota qu'Aiswyn était devenue pâle comme le ciel au-dessus de Bronghan en plein hiver. Gaelion, à qui on avait déjà fourré une chope dans la main, leur fit signe de monter le théâtre miniature, et de se mettre en place. Puis il disparut, soustrait à leur regard par un groupe de fermiers qui se refermait sur lui.

— On ne peut pas faire ça, chuchota Aiswyn, les mains tremblantes de fébrilité.

Evan, lui-même un peu inquiet, répondit avec une feinte assurance :

— Bien sûr que si. Tu vas voir, ça va leur plaire…

L'air insouciant, après un baiser d'encouragement déposé sur la joue de la bergère, il s'affaira à donner forme aux panneaux de bois qui constituaient la petite scène. De son côté, Aiswyn s'était mise à fouiller dans ses caisses de pantins, murmurant d'inintelligibles propos entre ses dents. Ils vaquèrent ainsi à leurs préparatifs pendant une minute, puis constatèrent qu'un attroupement s'était déjà formé autour d'eux. Des enfants, principalement, venaient peu à peu s'installer au premier rang, les yeux par avance remplis d'étoiles. Aiswyn lâcha à mi-voix un juron que jamais Evan n'aurait imaginé dans sa bouche.

Quelques instants plus tard, ils entamaient tous deux leur première représentation. Bien cachés derrière le théâtre de marionnettes, ils pouvaient observer le public par de minuscules arabesques découpées dans le panneau central. Aiswyn avait la voix chevrotante en prononçant les paroles qui débutaient la pièce, mais elle parut prendre confiance en elle lorsque s'élevèrent les premiers rires des enfants.

Bientôt, les deux amis eurent oublié leur angoisse du départ, et se prirent au jeu avec un plaisir communicatif. Les décors et les personnages imaginés par Aiswyn faisaient merveille… Les adultes eux-mêmes tombaient sous le charme de ce petit univers coloré comme une friandise.

Le succès des différentes saynètes ne se mesurait pas tant au volume des applaudissements qu'aux exclamations joyeuses du jeune public, surgies au fil du spectacle. Spontanément, les enfants se mêlaient aux histoires racontées, d'un éclat de rire ou d'un cri censé prévenir quelque héros de chiffon du danger qui le menaçait.

Ainsi, les pantins d'Aiswyn conquirent implacablement le hameau... Le baron Soleil, avec son ventre rond et sa figure souriante ; la princesse Tristesse, seule poupée dans les tons bleus, portant une larme dessinée sous l'œil gauche pour les rôles dramatiques... Mais aucun ne pouvait séduire la foule aussi bien que messire Soliloque, la marionnette favorite de la jeune fille.

En confectionnant ce dernier, elle s'était surpassée. On sentait tout son amour dans les coutures dorées du minuscule bonnet à grelots, dans les yeux peints à l'aquarelle qui lui conféraient ce regard étonnamment humain... Le moindre détail avait été chéri, si bien que le pantin semblait presque vivant.

C'était lui qui sortait le baron des situations impossibles dans lesquelles ses frasques l'avaient fourré, lui encore qui consolait Tristesse de ses amours impossibles... C'était un être étrange et facétieux, tendre et lucide. Quel que soit son âge, chacun dans l'assistance aurait bientôt souhaité l'avoir pour ami.

La lune s'était levée doucement, sans que nul ne s'en aperçoive. C'était la nuit la plus courte de l'année qui commençait. La nuit du solstice...

On approchait maintenant de la fin de la représentation, et Evan en ressentait comme un pincement au cœur. Non seulement son trac initial s'était envolé, mais il avait réellement pris goût à l'exercice. À travers le panneau ajouré, il scrutait les visages enthousiastes de son auditoire.

Ce fut alors, entre deux répliques, qu'il se sentit brutalement perdre pied.

Cela commença comme un bourdonnement dans ses oreilles, un voile flou jeté devant ses yeux. L'instant suivant, un puissant grondement retentit dans son esprit, ou plutôt le parcourut, dévalant comme un vent froid sur la plaine de ses pensées. Venu de nulle part. On aurait dit le son d'un millier de battements d'ailes qui se confondaient.

Une partie de la conscience d'Evan avait compris ce qui lui arrivait. C'était encore un de ces moments étranges… *Non, pourtant. Ça n'y ressemble guère…* Cette fois, il ne se sentait gagné ni par la colère ni par la haine.

De la colère, il finit pourtant par en ressentir un peu, à l'idée de ce nouveau tour que lui jouait son esprit. Colère et désespoir, surtout…

Pourquoi ? se lamenta-t-il en sentant ses jambes s'affaisser sous lui, hors de contrôle. Ses lèvres tremblaient et il sentait le regard inquiet d'Aiswyn posé sur lui, tandis qu'elle attendait fébrilement sa réplique suivante.

Son esprit lui donnait l'impression de tourbillonner, prenant des formes inconnues, se recroquevillant sur lui-même dans une danse étrange.

La folie… Voilà ce que c'est. La folie qui venait le prendre dans ce moment de parfait bonheur. *C'est ça. La cruauté de la folie…* Le garçon en aurait pleuré.

Aiswyn m'attend, pensa-t-il en tâchant de se concentrer. Peine perdue… Trop désorienté, il avait oublié toute perception du temps. Il était enfermé dans une souffrance inexplicable, sans visage ni sensation.

Le pire était peut-être que rien ne s'était passé. Rien qui pût expliquer ce phénomène.

Simple spectateur des caprices de son cerveau, Evan sentit sa vision s'altérer. L'univers adopta une teinte grise, monochrome. Les contrastes lumineux semblèrent s'inverser, les contours se préciser.

Le grondement sourd se tut bientôt, ne laissant derrière lui qu'un frémissement le long de l'échine de l'orphelin.

Ce dernier engloba d'un regard la foule toujours riante, en face de lui. Il ne devait pas s'être écoulé trop de temps…

Il vit les visages apparaître en négatif, blancs et brillants dans l'ombre. Il remarqua spontanément de nombreux détails auxquels il n'avait pas prêté attention auparavant. La moindre imperfection d'un grain de peau, le plus subtil changement d'expression…

Le rythme cardiaque singulièrement ralenti, il eut l'impression de vivre longuement cette seconde suspendue et irréelle. La souffrance et la peur disparues, il avait à présent l'impression d'être léger, détendu.

Vide, d'une certaine manière.

Aiswyn m'attend, se répéta-t-il, comme une obsession. Tel un automate, il se força à continuer la pièce. Il récitait son texte mécaniquement, mais il se sentait loin, si loin. De plus en plus loin…

Tenir jusqu'au bout… Il s'escrimait à circonscrire son esprit autour de cette seule pensée. *La représentation est presque finie…*

Mais une force étrangère, ou une zone frontalière de sa propre conscience, le poussait à sombrer, à s'abîmer en lui-même. *Sans bouger. Sans penser. Tout au fond…*

Aiswyn, à l'évidence, avait remarqué que quelque chose n'allait pas. Tout en faisant gigoter messire Soliloque au bout de sa main droite, elle avait tourné vers Evan un regard interrogateur.

Celui-ci tâcha de lui sourire pour la rassurer. Il sentit ses lèvres esquisser un mouvement, mais douta qu'il ait été perceptible.

Il voyait son amie d'enfance comme il ne l'avait jamais vue. Les contrastes étranges de sa vision lui donnaient une apparence éthérée, fantomatique. Ses cheveux paraissaient presque noirs, son visage luisait comme la lune. Toutefois, il y avait encore plus troublant…

Mêlée à l'image de la jeune fille, en surimpression, se dessinait une forme spectrale et immobile. Une image intimement confondue avec sa personne, dont Evan ne pouvait plus détacher le regard.

Aiswyn portait des vêtements différents : une robe de princesse, une complexe coiffe d'or et d'argent dans ses cheveux… Elle aurait dû lui sembler radieuse, mais un détail gâchait l'ensemble. Aiswyn ne souriait pas. Son visage était fermé et pâle comme celui d'un cadavre.

Qu'est ce que cela veut dire ? Est-ce un rêve ? Est-ce… l'avenir ?

Dans l'esprit du garçon, le grondement sourd avait fait son retour. Un millier de lourds battements d'ailes.

Il ferma les yeux. Hélas, comme il s'y était un peu attendu, cela ne fit pas disparaître sa « seconde vue », la rendant même plus aiguë. Les contrastes tranchés, en négatifs d'ombre et de clarté, lui donnèrent soudain l'impression de le brûler. Il rouvrit précipitamment les paupières.

Au prix d'un immense effort, il parvint enfin à détourner son double regard de la jeune fille. Au-delà de la foule, au-delà des visages fantomatiques et luisants, celui-ci tomba alors sur le Harpiste. Comme s'il avait été attiré vers lui…

Gaelion s'était assis au dernier rang de l'assistance, et un sourire satisfait flottait sur ses lèvres. Il avait l'air content du spectacle offert par ses élèves.

Mais Gaelion, pour Evan, était également debout dans le désert… De manière irrésistible, la vision s'était imposée, reproduisant le même phénomène qu'avec Aiswyn.

C'était bien le ménestrel, cet homme aux cheveux fouettés par le vent de sable. Il semblait toutefois plus jeune : Evan se dit qu'il ne devait pas avoir plus de vingt ans. Il ne portait pas son costume de voyage, mais une énorme armure blanche, dont les plaques massives luisaient sous un soleil de plomb. Posé sur son avant-bras, un heaume à ailettes dorées renvoyait lui aussi les rayons aveuglants.

Comme Gaelion semblait différent ! Il n'y avait dans son regard nulle trace de mélancolie, mais une impétuosité menaçante. Un regard aux riches nuances de gris, où s'amoncelaient des nuages annonçant une tempête. Entre les mains du jeune homme, la lourde épée d'acier n'avait rien de déplacé.

Evan cligna des yeux, secoua la tête, mais l'image ne disparut pas. *Où est ta Compagne, Gaelion ?* se demandait-il.

Il entendit Aiswyn prononcer les paroles qui devaient clore la dernière saynète de leur représentation. Avait-il déclamé sa part des ultimes répliques ? Il n'en était pas sûr.

Mais son esprit errait déjà à la lisière d'autres découvertes. L'image d'un Gaelion jeune s'était dissipée. Evan songeait à des présages, à des possibles. Au pouvoir de chevaucher les rêves. *Mais est-ce bien moi qui pense, ou quelque monstre d'autrefois tapi dans ma tête ?* Il se figurait des formes d'esprit inédites, et se souvenait d'images distordues aux couleurs impossibles. Des images qu'il n'avait jamais contemplées de ses yeux.

Soudain, il sentit sa nuque se raidir et un flot de sang affluer vers son cerveau. Il était persuadé qu'il allait s'évanouir, mais il n'en fut rien. Un frisson de plaisir le parcourut, et ses yeux étaient comme deux boules de feu sous ses paupières.

— Que t'est-il arrivé à la fin de la pièce ? chuchota Aiswyn, non loin de lui. Tu avais l'air bizarre !

— Rien, répondit Evan en claquant des dents.

Les battements d'ailes s'éloignaient peu à peu. L'esprit de l'orphelin redevenait clair. *À moins qu'il n'ait été justement plus clair, à l'instant ?* s'interrogea-t-il. Les couleurs réapparaissaient lentement, rendant à la scène un aspect normal.

— Tu avais le trac ? se moqua gentiment la jeune fille. Tu n'arrivais plus à te souvenir de ton texte ?

— Me… souvenir ? ânonna l'adolescent, encore prisonnier de sa demi-transe. Bien sûr que je me souviendrai…

Le visage soudain déformé par une tension extrême, il agrippa le bras de son amie :

— Un jour ou l'autre… je parviendrai à me souvenir.

Chapitre 28

Quatre jours plus tard, le petit groupe passait la frontière. Evan avait affirmé ne pas vouloir reparler de cet incident qui avait marqué la représentation, et Aiswyn – malgré un soupçon d'inquiétude – s'était montrée compréhensive.

Les monts environnants étaient herbus et boisés, de ce vert froid des hauteurs, couleur de menthe. Souvent, on apercevait un jeune chamois bondissant parmi les buis d'ajoncs. Et par intermittence, s'élevait quelque tronçon d'un poste de garde en ruine, ou bien une antique statue décapitée et à demi recouverte de végétation.

Cet unique passage vers les territoires du Sud portait le nom de col des Successeurs. C'était un lieu chargé d'histoire, même si la grandeur et la gloire l'avaient déserté depuis longtemps au profit des caravanes de marchandises et des bergers solitaires à l'accent chantant.

— Vous voyez ces vestiges ? déclara Gaelion tandis qu'ils croisaient de nouveau un vieux buste manchot de marbre terne. Autrefois, on nommait aussi cet endroit le guet des Rois, à cause de ces statues. Il y en avait partout, ici, qui se dressaient comme une armée silencieuse au sommet de la crête. Et ces ruines que nous observons sont les restes des cantonnements abritant les sentinelles de l'époque.

— Il y avait des soldats en garnison, ici ? s'étonna Evan. Que guettaient-ils ?

Le ménestrel sourit.

— Rien. C'était une sorte de garde d'honneur. Leur présence était symbolique… Enfin, c'est une longue histoire.

— J'aimerais bien l'entendre, déclara Aiswyn, si vous pouvez nous en parler un peu.

Sans cesser de marcher, Gaelion désigna le buste estropié :

— Ces statues représentaient les Successeurs, ces hommes et ces femmes nommés par les Anciens Rois au moment de leur départ sur l'océan. Des serviteurs de confiance : généraux, chambellans, sages et magiciens… Ils avaient pour mission de garder les Six Royaumes en l'absence de leurs maîtres, et de les faire prospérer en attendant leur retour.

» Hélas, bien vite, les Successeurs se dérobèrent à leurs responsabilités. Aux premiers problèmes qui se présentèrent, ils désobéirent au commandement qu'ils avaient reçu, et affrétèrent une flotte destinée à poursuivre les Anciens Rois jusque dans leur retraite. Ils caressaient l'objectif de retrouver les six monarques, afin de les supplier de revenir.

» Avant de partir à leur tour, ils firent donc bâtir ces statues et ces postes de guet… pour que l'on se souvienne d'eux et de leur quête. Nous nous trouvons ici à peu près au centre des Six Royaumes, dont l'emplacement fut choisi pour sa force symbolique.

» Ici, jusqu'au cœur des terres, on devait se rappeler les Successeurs, et ne pas désespérer de leur retour, accompagnés par les Anciens Rois. Des vétérans, retraités des meilleures compagnies, furent envoyés ici, avec pour mission de scruter l'Ouest, surveillant tout signe annonciateur de ce retour.

Evan s'étonna :

— Mais… on ne voit pas l'océan, d'ici !

— Nous sommes bien d'accord, sourit de nouveau Gaelion.

Ça ne servait à rien. Je vous parlerai un jour du coupable goût des puissants pour ce genre de démonstrations coûteuses et inutiles…

Evan haussa les épaules, une telle entreprise échappant à sa compréhension.

— Autrefois, ces constructions devaient avoir le mérite d'être majestueuses, conclut le Harpiste, mais tout est tombé en ruine avec le temps. Les seigneurs qui en avaient ordonné l'édification ne sont jamais revenus. Ils ont été oubliés, sans même parler des Anciens Rois qu'ils étaient censés ramener en sauveurs…

— Personne ne sait ce que sont devenus les Successeurs, alors ? demanda Aiswyn.

— Il existe des rumeurs. On dit qu'ils renoncèrent à leur quête, après avoir cherché longtemps en vain. Et qu'ils fondèrent alors une civilisation neuve, sur un archipel, au large…

Evan fit la moue :

— Ils ont laissé tomber tout le monde, ouais… Pour moi, c'étaient des lâches !

Gaelion, qui marchait en tête, raidit imperceptiblement la ligne de ses épaules :

— On est rarement bon juge de la lâcheté d'autrui, mon garçon.

Evan souffla par les narines et regarda autour de lui. Il avait peine à croire que ces vestiges, enfouis sous les buissons épineux et les fleurs de montagne, étaient les témoins de siècles d'histoire. Il eut brièvement envie de les toucher, pour ressentir physiquement toute la distance – centaines d'années et milliers de lieues – dont ils étaient imprégnés. Mais il se retint, jugeant cette impulsion ridicule.

Tout est relié…, méditait-il cependant. *Le monde entier est rattaché à lui-même par une multitude de liens…* Il avait constaté que de nombreuses rivières prenaient leur source dans ces montagnes. Une bonne partie d'entre elles descendraient vers les vallées en contrebas, dans ces collines où il avait grandi. Leur cours suivrait son chemin vers les Lacs, autour de Bronghan, les alimentant ou les traversant. Exception faite de l'Hiver – qui prenait naissance plus au nord, dans les monts Verts autrefois demeure des Elfes – toutes les eaux dans lesquelles il avait nagé durant son enfance étaient d'abord passées par ici. Mais jamais, jusqu'à présent, le garnement n'avait encore envisagé cette réalité…

Lorsqu'ils atteignirent le sommet de la plus haute crête de la région, ils marquèrent enfin une brève halte. Deux grands étendards étaient plantés là, marquant la frontière entre les royaumes d'Orlande et de Tireldi. Entre les régions de l'Ouest et celles du Sud…

Leur tissu élimé semblait avoir perdu la vivacité de ses couleurs, mais on reconnaissait néanmoins les blasons. Pour l'Orlande : un taureau blanc et ailé, portant des cornes d'or, sur fond bleu. Pour Tireldi : un espadon argenté sur fond rouge. Les emblèmes des deux nations claquaient mollement dans la brise de ce début d'été.

D'un même mouvement spontané, les trois voyageurs se tournèrent alors vers le pays qu'ils laissaient derrière eux. Jusqu'à la vallée, le long des pentes montagneuses, ils pouvaient apercevoir de nombreuses petites taches multicolores, groupes de gens se rendant à Farnesa pour le Dernier Jour.

Plus loin, au-delà des brumes, c'était chez eux. Les collines, les Lacs. Aiswyn pleurait doucement, cherchant à cacher ses larmes silencieuses en mimant une poussière qui serait entrée dans son œil. Gaelion, lui aussi, semblait perdu dans la contemplation d'un foyer lointain et invisible.

— Vous êtes-vous déjà produit au palais du roi Lemneach ? demanda l'orphelin, surprenant son regard nostalgique.

Le ménestrel sourit, mais d'un sourire légèrement distant, toujours plongé dans sa rêverie.

— La cour reprend vie, à cette saison…, murmura-t-il. C'est le début des premiers tournois : chevaliers et bardes s'y affrontent lors de joutes mettant à l'épreuve leur maîtrise martiale ou artistique… Il règne alors une exquise courtoisie, les dames choisissant leurs champions parmi les plus doux et les plus habiles de ces prétendants.

» On chasse, également, avec chiens et faucons. On chevauche en grande compagnie, quelquefois jusqu'aux bois bordant la colonie de Loalenn. C'est là-bas que se trouve le meilleur gibier, cerfs blancs et licornes, dont la prise constitue selon la tradition un excellent présage pour l'année à suivre… Le palais entier vit au rythme de ces activités estivales, et celui qui ramène l'une de ces glorieuses proies est fêté comme un héros.

Les adolescents tournèrent vers leur maître un regard intrigué. Sans s'en rendre compte, ce dernier avait poussé un soupir à fendre l'âme. Il poursuivit :

— Parfois, si on a un peu de chance, on peut voir passer dans les cieux brumeux un taureau sacré, battant de ses puissantes ailes blanches…

Subitement, Gaelion fronça les sourcils.

— Que suis-je en train de raconter ? souffla-t-il, se moquant doucement de lui-même. Voilà que je m'oublie, et j'ai comme dans l'idée que cette attitude n'est pas la meilleure pour vous aider à accepter votre propre nostalgie, mes pauvres enfants…

Souriant d'un air navré, il entoura de ses bras les épaules des deux adolescents. Evan se raidit à ce contact inhabituel, mais il vit qu'Aiswyn laissait aller sa tête contre l'épaule du Harpiste, ainsi qu'elle avait coutume de le faire sur celle de son père.

— En route, jeunes gens ! décréta alors Gaelion. Mais nous reviendrons en Orlande, je vous le promets.

Dans les jours qui suivirent, Evan apprit vite quelque chose sur les frontières : elles n'existaient que dans l'esprit de ceux qui les traçaient, et avaient ceci de décevant de ne présenter aucun changement radical dans le paysage.

Autour des trois troubadours, c'étaient toujours les mêmes horizons vallonnés, les mêmes frontaliers à la peau tannée et à l'accent chantant… Mis à part leurs chapeaux de paille, et les paniers en rotin qu'ils utilisaient comme sacoches pour leurs ânes, les Tireldiens n'avaient rien de très différent des Orlandais...

Où se cachait le fameux royaume des corsaires et des duels au petit matin, avec ses courtisanes fardées de duplicité et ses opulentes cités bâties grâce à l'or rougi des généraux mercenaires ? Evan avait entendu tellement d'histoires sur Tireldi ! Cette bonhomie ambiante le désappointait un peu...

Lorsqu'il s'en épancha auprès de ses compagnons, Gaelion partit d'un grand rire :

— Les illusions s'écroulent, sur la route, déclara-t-il d'un ton mi-moqueur, mi-fataliste. Je crois qu'il faut avoir usé quelques paires de bons souliers avant de comprendre ça. Tu vois, mon garçon, sur la route, tu possèdes la vie et les rêves. Tu n'es plus prisonnier des mensonges qui se dressent entre eux... C'est ça, la route : c'est ce qui remet en harmonie notre vie et nos rêves.

Il marqua une pause, ses lèvres dessinant un sourire sibyllin.

— Cependant, dans ce cas précis, tes attentes n'étaient pas si éloignées de la vérité, ajouta-t-il en riant de nouveau. Attends un peu de voir Farnesa !

Le garnement haussa les épaules. Pourtant, il savait qu'il n'aurait plus à patienter bien longtemps, à présent. Chaque jour rendait la cité lacustre plus proche, et plus réelle dans l'esprit des adolescents. Elle n'était plus seulement un but lointain, mais bel et bien une ville de bois et de pierre, avec ses habitants et ses milliers de festivaliers venus assister au carnaval.

Les routes étaient toujours aussi fréquentées, mais pas uniquement par les voyageurs se rendant à Farnesa pour le Dernier Jour. Evan nota qu'il y avait également beaucoup de marchands sur ce grand axe constitué par la route du Sud. Il avait compris, peu à peu, que le royaume où il avait grandi était riche... L'Orlande, avec ses rivières poissonneuses, ses cultures et son élevage prospères, semblait faire office de grenier à grain du continent. Des caravanes entières en partaient pour sillonner les contrées lointaines, souvent jusqu'aux territoires de l'Est.

Cette effervescence sur les chemins était telle que les adolescents ne s'étonnaient plus de partager leurs haltes avec d'autres voyageurs, dans les villages traversés.

Un jour vint, cependant, où Evan marqua un temps d'arrêt en pénétrant dans l'un de ces hameaux.

— Un Troll ! s'écria-t-il, désignant l'animal de bât attaché à sa mangeoire. Je n'en avais jamais vu !

Comme il s'approchait en courant pour l'observer sous toutes les coutures, Aiswyn le retint prudemment par la manche.

— Fais attention, tout de même. On ne sait jamais.

Mais Evan, sans tenir compte de son conseil, se mit à flatter la fourrure de l'animal ronronnant.

— Tu vois bien qu'il n'est pas méchant, lança-t-il avec un sourire victorieux.

Pendant ce temps, Gaelion était en train de se présenter aux villageois, et avait laissé seuls les jeunes gens.

Une voix jeune mais autoritaire retentit alors derrière eux :

— Que faites-vous ? lança-t-elle, inquisitrice. Laissez mon Troll en paix !

Après avoir sursauté, Evan se retourna d'un air courroucé :

— C'est bon, on ne fait rien de mal ! s'exclama-t-il, sur la défensive.

Puis, presque aussitôt, un sourire idiot vint remplacer cette expression furieuse, tandis que son regard s'attardait longuement sur la personne qui les avait interpellés.

C'était une jeune fille de leur âge, à la silhouette souple et fine, aux cheveux et aux yeux d'un merveilleux noir de jais… Sobrement vêtue d'une tunique et d'un pantalon bouffant, la qualité de l'étoffe indiquait néanmoins clairement qu'elle et les jeunes bergers n'appartenaient pas au même monde. À ces chevilles tintaient plusieurs petits bracelets argentés, comme elle tapait du pied avec mauvaise humeur.

— Ma monture déteste qu'on la tripote ! continua-t-elle, énervée. Vous avez eu de la chance qu'elle ne vous morde pas !

Lissant machinalement son costume à losanges multicolore,

Evan hésita un instant sur l'attitude à adopter. Il se disait qu'il avait rarement vu une fille aussi jolie… Finalement, il exécuta une élégante révérence, remerciant mentalement Gaelion pour ses leçons à ce sujet.

— Acceptez nos excuses, ma demoiselle. Nous ne savions pas.

La jeune noble leva le menton dédaigneusement, puis soupira :

— Ça ira. Ne recommencez pas, c'est tout.

Evan sentit qu'Aiswyn se penchait discrètement à son oreille, murmurant :

— Bon sang, mais pour qui elle se prend ?

— Je m'appelle Evan, et voici Aiswyn, déclara-t-il poliment sans prêter attention à la remarque de son amie. Le Harpiste que vous voyez là-bas est notre compagnon : ensemble, nous nous rendons à Farnesa pour le Dernier Jour.

La Tireldienne hocha sèchement la tête.

— Enchantée. Je me nomme Caessia, et… (Evan devina qu'elle faisait un effort de sociabilité pour se montrer polie.) je vais également à Farnesa. Comme presque tout le monde, ces derniers temps, me semble-t-il.

L'orphelin acquiesça avec un sourire. Puis, reprenant d'un ton plus naturel que précédemment :

— Sérieusement ? Eh bien ! Est-ce que vous voyagez seule ?

L'inconnue haussa les sourcils, puis répondit fraîchement :

— Avec mon Troll. Je n'ai plus une très longue route à faire…

— Quand même, vous êtes drôlement jeune !

— Très amusant ! se moqua la jeune fille. Et vous, alors ?

Piqué au vif, le garnement rougit un peu, rétorquant :

— Pour nous autres, Harpistes, ce n'est pas pareil. Nous avons l'habitude.

Caessia fronça le nez, sa bouche prenant un pli indéfinissablement méprisant.

— Je vois…, fit-elle.

Comme elle semblait juger s'être montrée assez courtoise et s'apprêtait visiblement à tourner les talons, Evan s'exclama :

— Attendez ! J'ai une idée ! Peut-être pourrions-nous voyager ensemble, jusqu'à Farnesa ? Nous vous servirions d'escorte, en quelque sorte… Vous savez, on n'est jamais à l'abri d'une mauvaise rencontre.

La jeune noble hocha négativement la tête, un petit sourire cruel sur les lèvres.

— Vous êtes très gentil, fit-elle, mais je n'en vois pas la nécessité. Je suis tout à fait capable de me défendre seule…

Sur ces mots, elle salua d'un bref signe du menton et s'en fut dans la demeure où elle avait dû louer une chambre.

Evan la regarda s'éloigner, les bras ballants.

— Vérole, qu'est-ce que j'ai fait de travers ? demanda-t-il enfin, se tournant vers Aiswyn d'un air misérable.

Pour toute réponse, cette dernière partit d'un petit rire moqueur et enjoué. L'attrapant énergiquement par le bras, elle entreprit de le conduire en direction de l'endroit où Gaelion s'était installé pour la représentation.

— Allons, viens, idiot ! On a un métier, ne l'oublie pas…

Chapitre 29

À travers sa fenêtre, Caessia observait d'un œil distrait le spectacle des bateleurs. Ce Harpiste avait un talent certain, songeait-elle. Largement à même de rivaliser avec ceux qu'elle avait vus se produire à la Nef. Peut-être même y avait-il déjà donné une représentation, d'ailleurs… Mais elle en doutait : elle s'en serait souvenue.

Pourtant, la princesse avait le curieux sentiment d'avoir déjà vu ce visage quelque part… Mais pas en chair et en os. Peut-être sur un tableau ou une gravure, parmi les galeries de son palais ? *Oui, c'est ça… un jeune homme lui ressemblant*, se souvenait-elle confusément. Mais elle ne parvenait plus à se rappeler de l'identité de ce personnage dont le troubadour était le sosie. *Peu importe,* conclut-elle.

Les deux jeunes gens, quant à eux, étaient certainement des débutants. Cependant, la petite pièce qu'ils donnèrent avec leur théâtre de marionnettes lui parut plutôt distrayante. Elle sourit en repensant à la manière dont le garçon avait tenté d'engager la conversation avec elle. *Ainsi,* se disait-elle, *même sans grande toilette, même sans être l'infante de Tireldi, je peux encore plaire…* Sentant qu'elle rougissait, elle détourna son regard vers le malheureux Aljir, forcé de coucher à la belle étoile – et qui plus est entravé – pour donner le change.

Bien fait pour lui ! rumina-t-elle méchamment, sans toutefois le penser vraiment. C'était que le Troll l'exaspérait, à force de ne rien vouloir lui révéler de leur mission. Caessia, à présent, se sentait frustrée du secret dans lequel on la tenait. Traînée sans explication jusqu'à la frontière, où ils avaient rencontré l'un des banquiers de leur organisation, ils rebroussaient maintenant chemin vers Farnesa. Et l'héritière n'avait toujours pas la moindre idée de ce qu'elle devrait accomplir là-bas…

Tandis qu'elle était ainsi plongée dans ses pensées, la représentation s'était achevée, et le calme commençait à recouvrir le village. *Je devrais me mettre au lit,* songea-t-elle, frottant ses yeux.

Mais comme elle s'asseyait sur sa couche, un soudain regain d'activité à l'extérieur l'attira de nouveau à la fenêtre. C'était un attroupement de curieux, qui s'étaient bruyamment rassemblés autour d'un étranger. Debout au milieu de la place centrale, le nouveau venu se tenait droit, en silence, attendant probablement que la cacophonie ait cessé.

Même si les routes étaient moins dangereuses en cette période d'intense fréquentation, il était rare de voyager aussi tard avant de faire halte. Intriguée, la jeune fille prit le temps de détailler cet inconnu à travers sa fenêtre.

De toute évidence, l'émoi que son arrivée provoquait dans la population du bourg n'était pas seulement dû à l'heure tardive. L'homme portait un costume étrange, ni orlandais, ni tireldien… Ainsi dressé dans une posture fière, son port empreint de noblesse semblait malgré tout dominer cette assemblée de visages inquiets.

Sa curiosité à présent franchement éveillée, Caessia enfila sa cape et sortit de la maison où elle logeait. Au-dehors, elle retrouva les trois saltimbanques, qui s'étaient également avancés pour observer cette scène insolite.

L'homme était manchot, mais tenait les autochtones en respect par la seule force de son regard. Toujours muet et immobile, il posait sur les badauds des yeux brûlants, dès que l'un d'eux s'approchait un peu trop.

Pour tout vêtement, il portait un kilt de cuir brun, maintenu par une épaisse ceinture, et des bottes de peau. Son torse nu, à la musculature sèche et noueuse, révélait une croix de pilosité d'un roux grisâtre, comme la fourrure d'un vieux renard. Ses cheveux en partie tressés, longs jusqu'à la taille, lui faisaient comme une cape. Sur son épaule valide, enfin, il tenait en bandoulière un sac de peau, et un long coffre métallique de forme rectangulaire.

Son corps tout entier semblait recouvert de cicatrices diverses. Certaines paraissaient très anciennes, comme celles qui marquaient sa clavicule droite, du côté de son bras manquant. D'autres, en revanche, étaient récentes. À en juger par la fraîcheur de ses blessures, la princesse devina que l'inconnu avait dû livrer combat à peine quelques jours plus tôt. Quelques heures, peut-être…

Un détail attira alors son attention. Sur le flanc de l'homme, jusque-là dissimulée à sa vue par la longue chevelure fauve du barbare, s'ouvrait une plaie profonde et encore sanguinolente ! Voilà qui expliquait le teint blafard de l'inconnu, et la réaction consternée des villageois…

Tremblant et titubant, mais avec toujours le même feu dissuasif dans le regard, le nouveau venu fit alors quelques pas pour atteindre le bourgmestre.

— Je demande asile pour la nuit…, haleta-t-il. Mon nom est Kendan.

Le chef du village, un petit homme bedonnant avec des avant-bras de lutteur, acquiesça d'un air troublé.

— Soyez le bienvenu, si vous venez en paix, lui répondit-il selon la formule en vigueur.

Il hésita une seconde, puis :

— Vous avez l'air bien mal en point… Que vous est-il arrivé ?

— Rien de grave, fit l'étranger d'une voix rauque et douloureuse. Ça ira.

Inquiet, le bourgmestre insista :

— Aurez-vous besoin de soins ?

Le barbare hocha négativement la tête, avant de siffler sèchement :

— Ça ira, merci.

Il remit au chef quelques piécettes pour payer sa nuit, et lui demanda de le conduire vers la grange réservée aux voyageurs.

Là, déposant ses bagages près du feu, il s'assit en tailleur et fit signe aux badauds de le laisser en paix.

Un homme des Steppes..., devina Caessia. *Qu'est-ce qu'un Questien venant d'aussi loin peut bien faire ici ?*

Comme les habitants du village regagnaient leurs maisons en lorgnant le nouveau venu d'un air anxieux, elle s'approcha de la grange devant laquelle il s'était installé. Les trois saltimbanques, qui dormaient là également, la rejoignirent pour s'asseoir ensemble à côté de l'étranger. Elle leur sourit poliment pour les remercier de la laisser partager leur feu un moment.

— Bienvenue, répéta Evan avec un salut nonchalant. Vous êtes salement amoché, hein...

Le barbare, semblant seulement remarquer leur présence, leva ses yeux d'acier fondu et les dévisagea tous les quatre, l'un après l'autre. Tandis qu'il observait, dans l'ordre, Evan, Aiswyn et Caessia, il avait sorti de son sac un pot d'onguent qu'il entreprit d'étaler sur sa blessure.

— Pourpremonde ! Ça pue ! s'exclama le garçon à la tignasse folle. J'espère au moins que c'est efficace...

Caessia soupira. L'entendant, le jeune bateleur lui jeta un coup d'œil gêné, et rougit légèrement.

Le regard du barbare s'attardait à présent sur le ménestrel. Ce dernier soutenait cet examen sans ciller, et il sembla à la jeune fille que les deux hommes se livraient un long affrontement muet. Au bout d'un moment, l'étranger déclara :

— Il me semble te connaître, l'Orlandais. Tu me rappelles quelqu'un. Mais c'est impossible.

— Impossible, certainement, grinça le Harpiste.

Entre les deux, l'air vibrait presque d'hostilité. Rien de concret, si ce n'était la dureté de l'expression avec laquelle ils se considéraient respectivement… mais la réalité de leur antagonisme ne pouvait échapper à l'héritière. Elle nota d'ailleurs que les deux apprentis, qui ne semblaient pas avoir leurs yeux dans leur poche, n'en avaient pas non plus perdu une miette.

Peut-être pour rompre cette atmosphère glaciale, le jeune garnement à la chevelure indisciplinée lança :

— C'est quoi, votre coffre, là ?

Le barbare nommé Kendan fronça les sourcils sans répondre. Evan avança alors le bras, et glissa sa main sur le long étui métallique.

— C'est du plomb, n'est-ce pas ? (Il se tourna innocemment vers la princesse.) Je m'y connais un peu : j'étais forgeron, autrefois.

— Ne touche pas à ça ! grogna l'étranger.

Il n'avait pourtant pas crié, mais le garnement recula comme si l'autre l'avait giflé. Caessia ne lui en tint pas rigueur, elle-même n'ayant pu réprimer un petit sursaut.

Kendan soupira.

— Oui, c'est du plomb, déclara-t-il d'une voix lasse. Ce métal a pour vertu d'empêcher les Shërlims de sentir la présence de… ce qu'il y a à l'intérieur.

La jeune fille avec les saltimbanques se raidit :

— Les Shërlims ? répéta-t-elle. Qu'est-ce que c'est ?

Le barbare lui lança un sourire de renard affamé.

— Ce sont les créatures qui me pourchassent. Dans vos légendes, je crois que vous les appelez les Chaosiens.

Aiswyn se recula vivement, avec un ricanement angoissé, comme si elle voulait croire à une plaisanterie.

— Qu'est-ce que vous racontez ? ! bondit Evan. Les Chaosiens n'existent pas ! Ce sont des fables pour effrayer les enfants…

Soudain songeur, le garnement acheva d'un ton moins sûr de lui :

— Ou, en tous cas, personne n'en a vu depuis des siècles…

Le sourire de Kendan disparut.

— Je connais des garçons de ton âge qui aimeraient en voir moins souvent, souffla-t-il abruptement.

Il prit une inspiration maussade.

— Ne craignez rien, il n'y a pas de raison qu'ils me retrouvent si vite. De toute façon, je vais aller faire un tour pour vérifier les environs avant de me reposer.

Comme il joignait le geste à la parole et s'éloignait en boitant, Caessia l'imita en se levant à son tour.

— Bonne nuit à tous les trois, chuchota-t-elle avec un signe de tête en direction des troubadours. Peut-être nous croiserons-nous à nouveau d'ici à Farnesa…

Puis elle regagna la chambre qu'elle avait louée. Intriguée, elle s'endormit en ne sachant que croire des déclarations de l'étrange barbare.

— Drôle de bonhomme…, souffla Evan lorsque Kendan et la jeune noble furent partis.

Gaelion, qui avait conservé un silence de pierre pendant les dernières minutes, fronça sévèrement les sourcils :

— Un barbare, Evan ! Héritier d'une race farouche et brutale ! Il a fallu que tu prennes un malin plaisir à l'asticoter, bien sûr… Bon sang, mon garçon, qu'est-ce qui ne va pas chez toi ?

Le garnement soupira, contrarié.

— Voilà, je vais me faire enguirlander… Ce n'est pas ma faute si la présence de ce type vous déplaît, Gaelion. D'ailleurs, qu'y a-t-il exactement entre vous deux ?

Le visage du ménestrel se durcit encore, si c'était possible.

— Rien du tout, répondit-il.

Mais il cessa néanmoins aussitôt ses récriminations contre l'orphelin. Changeant de sujet, il déclara qu'il allait dormir, et conseilla aux adolescents d'en faire autant.

Quand leur maître eut disparu dans la grange, Aiswyn retint cependant Evan par sa manche.

— Attends un peu…, lui murmura-t-elle d'un ton urgent. Je n'aime pas ça, Evan.

Le garnement lui caressa la joue.

— Quoi, les Chaosiens ? Allons, ne te bile pas, c'est sûrement des histoires inventées par cet étranger pour éviter de répondre à mes questions.

Mais la bergère secoua vivement la tête :

— Non, ce n'est pas de ça que je veux parler… C'est de ton attitude.

Face à l'expression sérieuse de son amie d'enfance, l'orphelin la pressa silencieusement de s'expliquer.

— Gaelion a raison, tu aurais pu mettre l'inconnu en colère avec ton petit numéro. Et tout ça pour quoi ? Pour frimer devant cette petite prétentieuse ?

Evan, choqué, écarquilla les yeux :

— N'importe quoi ! J'avais envie de savoir ce qu'il trimbalait de si précieux dans son coffre, c'est tout ! Tu as vu l'ouvrage, le travail du métal ? Ça ne doit pas être très courant parmi les possessions d'un barbare…

— Inutile de mentir, le tança la jeune fille en rougissant. J'ai bien vu comme tu la regardais. Tu parles, tu la dévorais des yeux, oui ! Je suis sûre que même Gaelion était gêné. Dois-je te rappeler que nous sommes censés ne pas nous faire remarquer ?

Le garçon avait pris une expression ébahie :

— Je rêve… Mais… tu es jalouse, ou quoi ?

L'air buté, Aiswyn ne répondit rien. Alors, malgré sa perplexité, Evan s'approcha d'elle et la prit tendrement dans ses bras.

— Quelle histoire pour pas grand-chose…, chuchota-t-il à son oreille. Oui, j'avoue, peut-être que cette fille me plaît un peu. Et alors ? Tu sais comme je tiens à toi, n'est-ce pas ? Sois rassurée, petite sœur, rien de ce genre ne pourra jamais entamer notre amitié à tous les deux…

Contre sa poitrine, il sentit Aiswyn soupirer, et estima qu'elle était soulagée.

— Je vais dormir, fit cette dernière d'une petite voix étouffée.

Ainsi, après s'être libérée de son étreinte, elle le laissa seul en disparaissant à son tour dans la grange.

Evan se gratta la tête, empli d'incompréhension et de lassitude. Malgré tout, il n'avait pas vraiment sommeil. Quelque chose le troublait, excitait sa curiosité au point de l'empêcher de se reposer... Qu'y avait-il dans ce satané coffre ?

Le garnement savait qu'il ne pourrait s'endormir avant de le savoir. Voyons... Le barbare ne tarderait sans doute pas à revenir de son tour de garde... Le coffre rectangulaire était là, posé sous ses yeux, parmi les affaires de l'étranger. *C'est le moment ou jamais,* se dit Evan. *Après tout, qu'est-ce que je risque ?*

Ainsi, sans écouter la petite voix interne qui lui murmurait en réponse *« pas mal d'ennuis... »,* il se saisit de l'étui de plomb et entreprit de jeter un œil à sa serrure.

C'était un modèle solide, mais assez simple. Evan avait déjà aidé Kyle a en fabriquer de semblables. Muni de son couteau, il réussit au bout de seulement quelques essais à faire sauter le mécanisme. Alors, dans la semi-obscurité qui gagnait lentement du terrain sur les flammes mourantes du feu de camp, il ouvrit lentement le coffre de plomb.

À l'intérieur, il découvrit une épée.

— Mazette..., siffla le garnement. Ça en jette...

L'arme était longue et équilibrée, semblant forgée dans l'acier le plus pur et le plus résistant, son fil portant les traces de nombreux trempages... À la surface de sa lame couleur de sang s'alignaient une douzaine de runes pourpres. Sur la longue garde de métal noir était sculptée une silhouette féminine. Evan, initié au travail de la forge, s'étonna du luxe de détails avec lequel ce personnage était rendu. Au bout du pommeau, enfin, étincelait un énorme rubis.

De toute évidence, cette épée noble et racée n'avait rien à faire entre les mains d'une brute comme Kendan. L'avait-il volée ?

Le garçon, très excité, ne put résister à l'envie soudaine de la tenir en main un instant. Vérifiant d'un coup d'œil que personne ne pouvait le voir, il saisit l'arme avec un respect craintif.

Et le regretta à la seconde même.

Dès que sa main se fut posée sur la garde, les runes qui couraient le long de la lame sombre se mirent à briller d'une lumière aveuglante. Evan, rejeté en arrière avec une exclamation de douleur, leva ses deux mains à ses yeux.

Complètement désorienté, il fit un tour sur lui-même en tentant de se relever.

— Vérole ! J'ai mal ! jurait-il en frottant ses globes oculaires douloureux. Je n'y vois plus !

Ses doigts aussi le picotaient, comme s'il avait reçu une décharge d'énergie au contact de l'arme.

Soudain, il sentit que deux bras puissants le saisissaient par les biceps, le maintenant en place et l'empêchant de chuter. Il crut d'abord qu'il s'agissait de Gaelion, mais la voix qui s'éleva était celle de Kendan :

— Malédiction ! cria le barbare, tout juste de retour. Qu'as-tu fait ?

Evan secoua la tête sans répondre, obnubilé par la souffrance. Peu à peu, pourtant, il lui semblait que sa vue revenait.

— Il y a eu un éclair de lumière..., hoqueta-t-il, plié en deux par une nausée sèche. Pourpremonde, mes yeux !

À travers un voile de douleur, il entrevoyait la silhouette pétrifiée de Kendan, dressé au-dessus de l'épée.

— Tu aurais dû mourir..., murmura le barbare, stupéfait.

Evan cracha un peu de bile. Sa vision se déformait et semblait danser, lui donnant le tournis. Gaelion et Aiswyn avaient surgi précipitamment de la grange, imités par quelques villageois qui accouraient hors de leurs demeures.

Alors, tous entendirent distinctement un cri strident, provenant de l'extérieur du village. Cela semblait assez lointain, mais en même temps très puissant. On aurait dit le hululement d'une chouette, en beaucoup plus grinçant et criard. *En beaucoup plus effrayant, aussi...*, dut s'avouer le garçon.

Kendan, toujours figé, retenait son souffle. Lorsque le cri se reproduisit – imperceptiblement plus proche – il lâcha, du ton d'un homme qui a perdu tout espoir :

— Voilà, félicitations... Pauvre petit inconscient. À présent, par ta faute, les Chaosiens ont localisé l'épée ! Ils seront ici dans une minute...

Chapitre 30

Le barbare ne se trompait pas. L'étrange hululement retentit encore à trois reprises. Chaque fois plus proche.

Evan retrouvait lentement l'usage de ses yeux. Dans tout le village, les hommes s'étaient levés, tenant des flambeaux au-dessus de leur tête. Gaelion et Kendan étaient partis comme un seul homme, priant les jeunes gens de ne pas bouger. Les voyant s'éloigner, Evan avait à son tour demandé à Aiswyn de rentrer dans la grange, et d'y rester. Il n'avait pas la moindre idée de l'endroit où les deux adultes se rendaient.

Une poignée de minutes s'écoulèrent. Avant qu'il n'ait vraiment eu le temps de reprendre ses esprits et de décider de ce qu'il allait faire, il entendit s'élever le son de la Compagne du ménestrel, au niveau de l'entrée du village. Il comprit alors que les deux hommes étaient partis défendre les portes du hameau. Rongé par la culpabilité, il fut soudain assailli par des images de Bronghan en flammes…

C'est de ma faute, encore une fois ! se maudit-il. *Mais cette nuit, pas question de m'enfuir comme un lâche. Je ne serai pas le témoin passif du sac de ce village, comme je l'ai déjà été chez moi…*

Fermement résolu à rejoindre Gaelion et Kendan sur la modeste palissade qui formait la seule protection du petit bourg, il se retourna pour faire part de sa décision à Aiswyn.

Ce fut alors qu'il aperçut la funeste silhouette du Chaosien.

La créature semblait vaguement humanoïde, mais son corps tout entier disparaissait sous une immense cape noire, si bien qu'elle semblait flotter au-dessus du sol. Seules, dans l'ombre de sa capuche, étincelaient deux lueurs rouges.

Surgissant d'un pli de la cape, un fouet composé d'une multitude de petits morceaux d'os tranchants claqua soudain en direction d'Evan. Sans réfléchir, l'orphelin se jeta au sol pour éviter d'être lacéré par l'arme sinueuse.

Il ravala un sanglot de terreur et pensa à Aiswyn, à quelques mètres de là. *Garder mon calme…*, souffla-t-il intérieurement. Toujours accroupi en face de la silhouette sans visage, il dut cette fois rouler sur le côté afin d'éviter le deuxième assaut du fouet.

Le garnement tremblait maintenant de tous ses membres. *Un Chaosien…* Cela n'avait rien à voir avec toutes les bêtises qu'il avait pu faire à Bronghan pour mettre son courage à l'épreuve. Cela n'avait plus rien d'un jeu…

Tout en sentant l'épouvante lui fouailler les entrailles comme un croc empoisonné, il tentait de conserver sa lucidité. S'il se laissait paralyser par son angoisse, ce serait la morsure du fouet qui succéderait à la morsure de la peur. Et le garçon ne doutait pas des ravages que pouvait occasionner une telle arme.

Échappant de justesse à un troisième claquement sifflant, il sentit que sa main frôlait quelque chose de froid et de métallique. *L'épée…*, réalisa-t-il après un coup d'œil. Dans sa précipitation, le barbare ne l'avait même pas rangée, la laissant là où l'orphelin l'avait fait choir.

S'étonnant que ce nouveau contact n'ait pas eu les conséquences désastreuses du premier, le garçon osa toucher de nouveau la garde de l'arme. Toujours pas de lumière éblouissante… À peine

– mais cela paraissait déjà suffisamment inquiétant – une lueur froide au niveau des runes.

Evan hésita un instant à se servir de l'épée pour se défendre. *Je ne sais pas m'en servir !* se raisonna-t-il, ses pensées défilant très vite. *Ça m'encombrerait plus qu'autre chose...*

Mais il ne voyait rien d'autre à proximité qui pût lui être d'un quelconque secours... Et la silhouette flottante du Chaosien se dressait toujours au-dessus de lui, semblant gigantesque.

Je ne pourrai pas m'en sortir..., se lamenta l'orphelin en observant cette créature de cauchemar, issue des fables les plus noires de son enfance. *Je ne vais pas y arriver...*

Le fouet d'os décrivit un souple mouvement vers l'arrière, prenant son élan pour revenir donner le coup de grâce à l'adolescent.

Presque par réflexe, Evan saisit alors l'épée runique et essaya de l'utiliser pour bloquer l'attaque fatale. Maladroit et fébrile, il se contenta de la placer devant lui, fermant très fort les yeux et serrant sa garde à deux mains. Priant les Étoiles pour que le fouet du Chaosien ne vienne pas trancher ses membres ou son visage...

Sorcelame para le tentacule et glissa habilement sur toute sa longueur, l'empêchant de s'enrouler autour de sa lame.

En deux éclairs de lumière rouge, elle lacéra le Shërlim en ses uniques points sensibles. Yeux et cœur, pulsant de leur triste lueur. La cape flotta un instant puis s'effondra au sol, vulgaire morceau de tissu vide.

Mais Sorcelame sentait la présence d'autres adversaires. Entraînant le Corps derrière elle, elle fonça en avant, pointée vers l'ennemi.

Longtemps..., songea-t-elle. Cela faisait bien longtemps qu'elle n'avait eu de cavalier. Bien longtemps qu'elle n'avait pas dansé.

Caessia avait tenté de parer au plus pressé. Lorsqu'elle avait entendu l'agitation dans le village, elle avait aussitôt bondi hors de son lit pour aller discrètement détacher Aljir, afin que son camarade ne se retrouve pas pris au piège. Puis elle s'était rendue aux portes du hameau, décidant sans trop savoir pourquoi de suivre les deux Ouestiens.

Là, elle avait vu surgir les trois êtres immondes, et tomber leurs premières victimes.

Comme vomies par la nuit, les créatures chaosiennes avaient fondu en vol sur les défenseurs, les lacérant de leurs serres luisantes. Trois bêtes noires et membraneuses, improbables croisements entre une chauve-souris et un corbeau. Leur cri strident et très reconnaissable, celui-là même qui avait marqué leur approche, était presque impossible à supporter à cette proximité. Plusieurs hommes avaient même lâché leur flambeau pour se boucher les oreilles, s'écroulant à genoux.

Quelques villageois plus courageux avaient cependant tiré une première salve de flèches, mais sans succès. Le ménestrel, alors, s'était mis à tirer quelques notes de son instrument. Après s'être interrogée, comme les autres défenseurs, sur les raisons qui le poussaient à jouer de la musique en pleine bataille, la princesse se rappela certaines rumeurs entendues à propos des Harpistes. *Un magicien...*, devina-t-elle avec espoir.

En effet, tandis que les blessés reculaient dans la panique, la mélodie sembla emplir toute la nuit, et couvrit même les hululements des créatures. Au bout d'un moment, comme elles ne revenaient pas, et qu'aucun autre son ne se faisait plus entendre, le musicien déclara :

— Je crois que je les ai repoussées... Elles se dirigent au son, à mon avis, et ne devraient plus être capables de voler cette nuit.

Quelques hommes crièrent de joie, mais ce répit fut de courte durée. Non loin, vers le centre du bourg, des bruits de lutte se faisaient encore entendre. Courant de nouveau à la suite des deux Ouestiens, la jeune fille se hâta vers ces autres combats. Elle ignorait ce qui se passait exactement, mais il était dit qu'elle n'assisterait pas deux fois au massacre d'un village sans lever le petit doigt.

— Ce n'était qu'une diversion, aux portes ! s'exclama Kendan sur la route. J'aurais dû m'en douter, c'est l'épée qu'ils veulent ! Ils n'ont cherché qu'à détourner notre attention pour mieux s'infiltrer dans le village…

Arrivée sur les lieux, la princesse eut juste le temps de voir le jeune Evan pourfendre ses deux derniers ennemis. Quatre dépouilles, sous forme de vastes capes sombres, gisaient déjà sur le sol comme autant de flaques noires.

Caessia s'immobilisa, bouche bée. La scène avait de quoi surprendre…

Le garçon semblait métamorphosé. Ses cheveux étaient dressés sur sa tête, et ses yeux renvoyaient une lueur pourpre, semblable à de la fumée. Bien que moins marquée, une semblable aura l'entourait tout entier, par volutes ondulantes. Il ne s'agissait pas d'une lumière habituelle, translucide, mais elle était plutôt comme une sorte de liquide épais.

À présent que son dernier ennemi était tombé, il avançait d'un pas erratique, tournant sur lui-même sans raison, changeant de direction de manière imprévisible. Gaelion voulut s'approcher de lui, mais l'adolescent leva son arme de façon menaçante, forçant le Harpiste à battre en retraite.

— Reculez ! s'écria Kendan. Il est possédé par l'épée…

L'homme en kilt ne semblait pas en croire ses yeux.

— Malédiction… Par le Lion Rouge, il a utilisé l'épée !

Sur cet ultime grognement de détresse, le barbare s'était avancé pour repousser tous ceux qui ne s'éloignaient pas assez vite du garçon.

Ce dernier avançait maintenant vers la foule, brandissant sa lame et lui faisant exécuter de terribles moulinets…

Comme il faisait une soudaine percée parmi les villageois, la princesse eut l'impression que les bras du saltimbanque exerçaient une pression sur l'arme, pour la retenir, comme si celle-ci avait été animée d'une vie propre. Luttant ainsi avec son épée, le front dégoulinant de sueur, l'adolescent vint à passer si près de Caessia qu'elle dut bondir en arrière.

À ce moment précis, les runes qui brillaient sur la lame se mirent à luire plus intensément, les symboles antiques s'enflammant comme autant de braises pourpres. L'aura autour d'Evan enfla au point de doubler, et certaines de ses volutes se détachèrent du garçon pour venir lécher la silhouette de la jeune fille.

Comme elle ne reculait pas assez vite, trop fascinée, les spirales lumineuses se mirent à entourer ses membres, les enserrant de leur pouvoir. Caessia pouvait ressentir une étrange chaleur remonter le long de son corps... Les flux d'aura se mouvaient lentement, ondulant maintenant autour d'elle comme autour du saltimbanque.

— Impossible ! s'exclama Kendan de sa voix rauque. Toi aussi, petite ?

— Comment ça, *moi aussi* ? l'interrogea la princesse, que la proximité des flux magiques commençait à inquiéter malgré cette enivrante sensation de puissance.

— Toi aussi, tu es liée à l'épée. Observe comme elle réagit !

Le barbare se tut le temps d'un battement de cœur, puis reprit plus fort :

— C'est ça ! Il faut que tu l'aides ! Toi seule peut l'aider à se libérer de la possession !

Caessia agita la tête. À l'extrémité de son champ de vision, elle apercevait Aljir, immobile mais vigilant comme depuis le début des événements. Inconsciemment rassurée par la présence du Troll, elle demanda :

— Fort bien... mais que dois-je faire ?

— Il faut que tu l'aides à la dompter ! Sinon, l'épée est capable de le forcer à décimer tout le village...

— Mais *comment*, à la fin ? s'impatienta la jeune fille, voyant les spires pourpres l'étouffer de plus en plus.

— Attrape-la ! rugit le barbare comme si c'était l'évidence. Touche l'épée et mêle ton esprit aux leurs ! Aide-le à retrouver le chemin de la sortie...

Caessia se raidit, figée d'horreur.

— Je ne peux pas, grommela-t-elle en tremblant et suffoquant sous les assauts des volutes lumineuses.

Comme personne ne réagissait :

— Je ne peux pas ! répéta-t-elle plus fort. Je n'ai pas le droit de toucher une épée !

À présent paniquée, elle vit Evan s'avancer dangereusement vers elle et les quelques villageois qui étaient restés à ses côtés. *Il ne va pas nous frapper, tout de même ?* À quelques pas de là, elle surprit Aiswyn, les traits tirés par une indicible angoisse. Gaelion devait la retenir par les deux bras pour l'empêcher d'approcher son jeune compagnon.

Cherchant le regard du jeune garçon, elle ne trouva que deux taches d'une lumière épaisse et sanguinolente. Comprenant qu'il n'était vraiment plus lui-même, elle réalisa qu'il était tout à fait possible qu'il réalise la prédiction de Kendan, en s'en prenant aux villageois.

— Par le Lion Rouge ! s'égosillait le barbare. Aide-le ! L'épée ou son corps, tu vois bien que c'est la même chose ! Attrape-le, lui, si tu ne peux pas toucher l'épée, mais viens-lui en aide !

Réagissant comme un ressort à la seconde où ces paroles furent prononcées, l'étudiante jadienne fit un pas vers Evan et lui saisit les poignets. Avec étonnement, elle nota que ses bras étaient désormais mous, sans la moindre force. Il n'aurait même pas dû pouvoir tenir encore son épée levée…

Le maîtrisant facilement, elle veilla avant tout à maintenir loin d'elle la lame virevoltante. Des picotements fourmillaient dans sa nuque, et sa vision se troublait par intermittence. Il lui sembla bientôt que tout était devenu terne à l'exception des runes de l'arme.

Franchissant alors en esprit des chemins sinueux, projetée à une vitesse folle sur ce qui lui sembla être un entrelacs de sentiers d'argent, elle sentit sans l'ombre d'un doute la présence d'Evan. Il était tout près, quelque part, se débattant au beau milieu de ces circonvolutions argentées, cherchant son chemin.

D'abord révulsée par l'intimité psychique que cette situation lui imposait, elle tâcha ensuite de se concentrer, afin de partager son calme et sa confiance avec le garçon. Peu à peu, il lui sembla être entendue... Quelque part, tout contre elle, Evan sentait aussi sa présence, et retrouvait lentement sa sérénité. Caessia laissa les choses se faire. Elle ignorait tout du processus en œuvre, tout au plus avait-elle l'impression d'essayer d'apaiser quelque poulain rétif...

L'adolescent reprenait progressivement le contrôle de lui-même, mais il se débattait encore faiblement. D'une torsion du corps entier, elle le fit chuter, et le maintint à terre en se couchant sur lui.

Là, se concentrant sur sa respiration paisible, elle déroula encore pour lui les sentiers d'argent, lui montrant le chemin sans même le connaître elle-même.

Ils étaient tous deux à l'intérieur de l'épée, elle en était sûre. Sans pouvoir l'expliquer, cette évidence lui permettait de s'orienter, et d'attendre patiemment qu'Evan ait à nouveau maîtrisé le pouvoir de son arme.

Bientôt, elle comprit qu'ils atteignaient ensemble la sortie de ce labyrinthe. Contre sa poitrine, elle sentit la respiration de l'adolescent ralentir, puis redevenir normale. Le regardant droit dans les yeux pour en avoir le cœur net, elle vit qu'ils avaient retrouvé leur aspect normal.

Une lueur d'étonnement enfantin y brillait seulement, comme Evan paraissait s'éveiller d'un long rêve.

— Que... que s'est-il passé ? demanda-t-il plus timidement que Caessia ne l'aurait imaginé.

Elle redressa sa nuque, pour éviter de respirer la tignasse en bataille de l'adolescent.

— Tu es sûr que ça va aller ? vérifia-t-elle, faussement soupçonneuse.

— Oui, oui..., gémit le garçon.

Puis, d'un ton à la fois stupéfait et amusé :

— Je... je me demande quand même un peu ce que tu fais, là...

La princesse eut à peine le temps de rougir de la position équivoque dans laquelle ils se trouvaient tous deux. Sur ces entrefaites,

Aiswyn arriva précipitamment et lui tendit la main... pour l'aider à se relever.

— Merci de l'avoir secouru, souffla-t-elle comme à contrecœur.

Puis, s'agenouillant à côté d'Evan :

— Quant à toi, vraiment..., fit-elle d'un ton courroucé. Tu n'en rates pas une !

Le garçon se releva alors en titubant, semblant seulement remarquer l'épée dans sa main.

— Je me souviens..., balbutia-t-il.

Et il fut agité d'un frisson violent, jetant l'épée au loin comme si elle le brûlait. Horrifié, il fit encore un pas symbolique pour s'en tenir à distance.

— C'était horrible... Je n'étais plus moi-même... J'étais perdu dans...

— Je sais, murmura Caessia, presque aimable. Ça va aller, maintenant.

À son tour, Gaelion s'approcha. Il vint poser paternellement ses mains sur les épaules de son élève, tâchant de le réconforter du regard.

— Il a fallu que tu le fasses..., soupira-t-il. Tu ne pouvais pas laisser cette épée tranquille...

Puis, se tournant vers Kendan :

— Après ce qui vient de se passer, l'heure n'est plus aux cachotteries. Il s'agit de Sorcelame, n'est-ce pas ?

Le barbare acquiesça.

— Je ne comprends pas..., poursuivit Gaelion. D'après la légende, seul l'Ost-Hedan devrait pouvoir la manier...

» Ces deux enfants..., fit-il en désignant Evan et Caessia. (Il secoua la tête.) Je ne comprends pas.

Le jeune garçon se gratta le cuir chevelu en observant autour de lui.

— Alors ? lança-t-il. Est-ce que ça veut dire que je suis l'Ost-Hedan ?

Kendan haussa les épaules pour témoigner de son ignorance :

— Toi... ou elle... Vous pouvez chacun être l'Ost-Hedan.

Caessia contempla le barbare sans mot dire. Elle n'avait aucune idée de ce que signifiait ce terme, et n'était pas certaine de vouloir le savoir.

— Ou bien, poursuivait l'homme en kilt, vous pouvez n'être que ses chevaliers. Ce n'est pas en mon pouvoir de le déterminer.

— Une minute, intervint Evan, l'air épuisé et survolté tout à la fois. Il va falloir nous en dire plus… Qu'est-ce que c'est que toute cette histoire ? Chevalier, mon cul ! Ce que je veux savoir, c'est pourquoi cette foutue épée m'a fait… ça !

Caessia remarqua que les mains du garçon tremblaient encore. Mais il parut se calmer un peu, comme le barbare acceptait de lui répondre :

— Cette crise étrange, cet état second qui s'est emparé de toi, c'est une possession. Et ça a eu lieu parce que, premièrement, tu n'as pas été initié à Sorcelame. Nul ne peut manier un Aether de façon innée…

— Un quoi ?

Le garçon, regrettant soudain d'avoir interrompu les explications de Kendan, se mordit la lèvre :

— Laissez tomber, on verra plus tard. Continuez plutôt votre histoire.

— Ensuite, et c'est plus grave, cela s'est produit car Sorcelame est restée presque mille ans plantée dans les chairs putrides de la Mère Stérile… Lorsque le Lion Rouge a cru l'abattre, il n'a pas imaginé que son ennemie pourrait utiliser le pouvoir de l'arme même qui l'avait mise à terre pour œuvrer à sa propre résurrection. C'est pourtant ce qu'elle a fait. Réfugiée dans un plan intermédiaire, quelque part entre Genesia et Pourpremonde, elle a lentement puisé l'énergie de Sorcelame pour se régénérer…

» Le processus de revitalisation n'était pas tout à fait achevé, cependant, lorsque les miens investirent le Hall du Chaos – le nom donné à ce demi-monde infernal. Nous lui avons repris l'épée, alors que la Mère Stérile en avait encore besoin pour retrouver tout son pouvoir d'antan… Voilà pourquoi ses serviteurs me pourchassent !

Evan l'interrompit à nouveau :

— J'ai compris, mais en quoi cela explique-t-il ma possession par l'arme ?

— Une telle proximité avec la Mère Stérile a, hélas, corrompu l'âme de l'épée, avoua Kendan. Elle est souillée, à présent. Nul n'aurait dû la toucher avant qu'un Initié ait pu exécuter le rituel visant à la débarrasser de cette corruption. Je me rendais justement à Farnesa, où j'avais rendez-vous avec l'un d'entre eux.

— Un Initié ? demanda Evan, qui, tout comme Caessia, paraissait nager dans le flou le plus total.

— Oui. Un spécialiste des Aethers…, précisa le barbare.

Il s'apprêtait à fournir de plus amples explications, mais Evan l'arrêta soudain d'un geste fébrile de la main.

— Non ! s'exclama-t-il, agité d'un rire nerveux. Non merci… C'est gentil, mais… je m'en fous. Je suis désolé de vous le dire : je m'en fous complètement.

Se tournant vers ses compagnons saltimbanques, il leur expliqua sur un ton d'excuses :

— Je crois que j'ai mon compte d'histoires de ce genre pour ce soir, pas vous ? Vérole, pour toute ma vie, même !

Sur ces mots, le garnement se baissa et cueillit un brin d'herbe, qu'il se mit à mâchonner énergiquement pour se détendre. Ses yeux balayaient l'assistance de gauche à droite, semblant défier quiconque de venir lui chercher des noises dans les heures à venir.

Tentant courageusement de prendre un ton insouciant, il déclara ensuite :

— Je retourne me coucher. On verra le reste demain. En tous cas, une chose est sûre. Plus question que j'approche jamais quoi que ce soit de ressemblant à cette horrible épée !

Personne dans l'assistance, pas même Kendan qui semblait ronger son frein, ne se permit de le retenir. Caessia, observant du coin de l'œil l'adolescent qui regagnait sa grange, n'osa pas vraiment lui reprocher son attitude. Elle le comprenait un peu.

Chapitre 31

Au matin, Caessia se retrouva auprès du puits avec Aiswyn, venue comme elle tirer de l'eau pour sa toilette.

— On peut dire que la nuit fut mouvementée…, fit la princesse, désireuse d'entamer la conversation après ces émotions vécues en commun.

La jeune saltimbanque acquiesça sans amabilité particulière.

Tout autour d'elles, les villageois se rassemblaient par petits groupes, en conciliabules serrés pour déterminer ce qu'il convenait de faire avec ces encombrants étrangers. Sans doute, devinait l'héritière, certains arguaient-ils qu'il était plus sage de les laisser rester, afin qu'ils puissent aider à défendre le hameau en cas de nouvelle attaque… Et d'autres de rétorquer que, si on les mettait dehors, il n'y aurait point de nouvelle attaque… Caessia se moquait bien de leur décision finale : elle avait prévu de repartir dès qu'elle aurait pu s'entretenir avec Kendan et éclaircir cette histoire d'Ost-Hedan.

— Je ne voudrais pas qu'il y ait de malentendu entre nous, poursuivit l'infante.

— Par rapport à quoi ? questionna innocemment Aiswyn.

— Je parle d'hier soir. Tu sais, j'étais la première embarrassée par ce contact physique forcé…

L'autre jeune fille fit mine de ne pas comprendre de quoi elle voulait parler.

— Tu sais bien, avec Evan, quand j'ai dû le maîtriser. J'ai remarqué que tu semblais un peu fâchée, alors… Enfin voilà, ne va pas croire que j'ai des vues sur lui.

La petite saltimbanque rougit alors jusqu'aux oreilles, manquant renverser son seau d'eau sur ses souliers.

— Oh, de toute façon, ça n'est pas mes affaires, se justifia-t-elle très vite.

Caessia lui lança un regard surpris :

— Ah bon ? Tu n'es pas… ? (Elle bafouillait, gênée à son tour.) C'est-à-dire, je croyais que tu étais amoureuse de lui…

Aiswyn haussa les épaules ostensiblement, se forçant à rire comme si l'idée même était ridicule.

— Tu es folle ! Je le connais depuis toujours… Voyons, il est comme mon frère !

La princesse ne put s'empêcher d'esquisser un sourire taquin. Regardant Aiswyn dans les yeux, elle insista :

— Allons, je suis sûre que si… Ça crève les yeux, pourquoi refuser de l'admettre ?

La saltimbanque, de plus en plus embarrassée, détourna vivement le regard.

— Laisse-moi tranquille avec ça ! ordonna-t-elle d'un ton mal assuré. Toutes les deux, on ne se connaît pas, après tout… Et surtout, je n'ai pas à avouer un sentiment que je ne ressens pas !

Caessia ne disait plus rien, mais souriait toujours d'une oreille à l'autre. En dehors de ses caméristes – qui s'adressaient toujours à elle comme si elle avait eu le pouvoir de les tuer d'un regard – elle avait si peu l'occasion de fréquenter des garçons et des filles de son âge, à la Nef… Cette situation l'amusait follement.

Avec un soupir, Aiswyn conclut :

— De toute façon, on ne sait rien de l'amour à notre âge. Nous sommes bien trop jeunes pour être réellement amoureux.

Un rire grave et modulé se fit alors entendre dans leur dos, les faisant se retourner d'un même sursaut. Ce n'était pourtant que Gaelion, qui arrivait à leur niveau en frottant ses yeux encore ensommeillés.

— Amusante conversation matinale, badina-t-il en puisant un peu d'eau dans le seau d'Aiswyn pour en asperger son visage. Heureux de découvrir que vous arrivez encore à penser à ce genre de choses après la nuit passée…

Il rit de nouveau.

— En revanche, détrompe-toi, jeune fille, car tu fais erreur.

La figure d'Aiswyn dessina une grimace de confusion comme elle réalisait que le Harpiste l'avait entendue, mais ce dernier poursuivit sans s'en apercevoir :

— À propos de l'amour, confirma-t-il. Tu peux me croire : bien au contraire, c'est maintenant ou jamais… L'intensité des sentiments s'étiole avec les années.

— Seriez-vous fin connaisseur en la matière ? le provoqua Caessia en prenant soin de ne pas minauder.

Le ménestrel feignit de soupirer. Il semblait de bonne humeur, comme s'il tenait à oublier coûte que coûte les tristes événements de la nuit…

— J'ai deux maîtresses exigeantes, ma demoiselle. La route et ma Compagne… Je ne saurais appartenir à une troisième.

Il toussota.

— Toutefois, quel que soit le plaisir que je puisse prendre à cette galante discussion, ce n'est pas la raison de ma venue. Voyant que vous étiez levée, Kendan et moi avons songé que nous aimerions vous parler en privé… Au sujet de votre lien avec Sorcelame, principalement.

Retrouvant tout son sérieux, la princesse acquiesça. Ayant salué Aiswyn, elle emboîta le pas au ménestrel.

En se levant, Evan croisa Gaelion qui revenait vers la grange en compagnie de la jeune noble de la veille. Il leur grogna un salut rauque, et poursuivit sa route vers le puits, où ils venaient de quitter Aiswyn.

— J'ai soif…, grommela-t-il.

Après avoir embrassé distraitement la bergère sur la joue, il attrapa donc un seau et se mit à boire goulûment. Dès qu'il eut fini, il se tourna à nouveau vers Aiswyn :

— J'ai vu que vous étiez avec Caessia, dit-il en étouffant un bâillement. De quoi parliez-vous ?

Aiswyn lâcha un soupir contrarié. *Elle doit encore être en colère contre moi à cause de l'épée…*, se dit-il.

— De rien, répondit finalement la jeune fille, sèchement.

Tiens ? À moins qu'il n'y ait autre chose… Sa curiosité piquée, il insista :

— Allons, dis-moi… On s'est toujours tout dit, non ?

Aiswyn fit volte-face vers lui d'un air excédé. *Aïe !* songea-t-il. *Là, elle est vraiment en colère…*

— Tu veux vraiment le savoir ? lui lança-t-elle sur un ton belliqueux.

Il fronça les sourcils, un peu fâché de se faire agresser de la sorte au réveil.

— Je n'en sais rien, protesta-t-il mollement. Oui, je crois… Que se passe-t-il, encore ?

— Caessia me posait des questions sur nous deux. Je veux dire : sur notre relation à tous les deux.

Evan pencha la tête, son intérêt éveillé :

— C'est vrai ? Pourquoi voulait-elle savoir ça ? demanda-t-il, peinant à dissimuler son sourire. Tu crois qu'elle s'intéresse à moi ?

— Cesse donc de rire bêtement…, le refroidit la jeune fille. Non, ça m'étonnerait qu'elle tombe sous le charme d'un pauvre berger comme toi… Mais elle a eu raison de parler de ça. Il faudra bien qu'on ait une conversation, un jour ou l'autre !

Evan bâilla à nouveau, regardant le bourg prendre vie autour d'eux.

— D'accord, mais… une conversation sur quoi, Aiswyn ?

Il se mordit la langue en la voyant crisper les épaules de plus belle. Ce matin, chaque mot qu'il prononçait paraissait l'énerver davantage…

— Sur ce qui est en train de changer entre nous, soupira-t-elle.

Alarmé, il lui lança un regard inquiet :

— Hein ? Je ne comprends pas… Pourquoi les choses devraient-elles changer ?

Aiswyn baissa les yeux et pinça les lèvres. *Ah !* jura-t-il intérieurement. *Décidément !*

— C'est toujours le même problème, avec toi, Evan : tu refuses de reconnaître que notre amitié doit évoluer, d'une manière ou d'une autre. Même ce voyage et les périls traversés ensemble ne parviennent donc pas à te le faire comprendre ?

Le jeune garçon soupira à son tour. Il commençait à en avoir assez !

— Que veux-tu dire, à la fin ? s'exclama-t-il.

Voyant qu'il était sincère, la colère de la jeune fille fondit alors d'un coup, la dureté de son visage se muant en expression résignée.

— Rien… Oublie ça. J'ai peur de te perdre, c'est tout.

— Aucune chance, déclara-t-il en la regardant droit dans les yeux.

Elle lui rendit son regard, mais il ne cilla pas. S'il n'était pas certain de tout comprendre, il pouvait néanmoins affirmer ça en étant sûr de ne pas se tromper.

Pour autant, Aiswyn ne semblait pas pleinement rassurée :

— On va forcément s'éloigner…, médita-t-elle à mi-voix. Tu vas vouloir passer toujours plus de temps avec des filles comme cette Caessia. Qu'ai-je encore à t'apporter, moi, à présent ?

» Tu dois admettre que ce n'est plus comme avant. On ne peut plus se bagarrer dans le foin ou dormir ensemble comme lorsque nous étions petits !

Evan la saisit par la taille, goguenard :

— Bien sûr que si ! s'exclama-t-il en lui pinçant la hanche.

Mais elle se libéra de son étreinte pour lui faire face à nouveau :

— Non, Evan. Tu refuses de l'accepter, mais je suis en train de devenir une femme. C'est normal que le sexe vienne perturber notre relation.

L'adolescent, outré, s'arrêta tout net de gesticuler.

— Le... sexe ? répéta-t-il.

Il ne se souvenait pas avoir jamais entendu ce mot dans la bouche de son amie d'enfance.

— Parfaitement, rétorqua-t-elle avec lassitude. Oh, ne me regarde pas avec ces yeux étonnés : toi aussi, tu deviens un homme, je le sais...

— Mais..., balbutia-t-il.

— Quoi ? Ça t'étonne que je connaisse ce mot ? Je peux le répéter : le sexe... Et toi, pourrais-tu me jurer que tu n'y penses jamais ?

Evan, qui avait commencé à danser d'un pied sur l'autre, s'immobilisa et se mura dans un silence gêné.

— Tu vois bien..., soupira la jeune fille.

Toujours troublé, l'orphelin ne put que hausser les épaules. Visiblement, ce constat faisait souffrir Aiswyn, pour une raison qu'il avait de la peine à s'expliquer. Bon sang, jamais il n'aurait cru que les choses puissent un jour prendre un tour aussi compliqué avec elle...

La voix un peu tremblante, la bergère conclut avec un sourire triste :

— Par les Étoiles, pourquoi faut-il que nous grandissions ?

Chapitre 32

Toute la matinée, Evan demeura un peu à l'écart. Sa discussion avec Aiswyn avait achevé de le perturber, si les événements de la nuit précédente n'y avaient pas suffi. Il s'interdisait de penser à ce qu'il avait ressenti lorsque Sorcelame s'était emparée de lui, prenant le contrôle de son corps.

Gaelion et Kendan étaient toujours enfermés avec Caessia dans la grange, les villageois encore en grande délibération sur la conduite à adopter, et Aiswyn semblait bouder dans un coin en reprisant ses marionnettes. Le garnement, lui, avait rarement eu aussi hâte de quitter un endroit…

C'est pourquoi il fit un peu grise mine lorsque le Harpiste et le barbare ressortirent de la grange, l'air contrarié, pour le convoquer à son tour. Cependant, il n'eut pas à obtempérer, car un nouvel incident vint changer les plans des deux hommes.

Un villageois d'une trentaine d'années, qui avait revêtu depuis la veille un vieux casque de bronze et une lance rudimentaire, apparut en courant sur la place du village.

— Aux armes, tous ! s'écria-t-il, à bout de souffle. Des monstres encerclent notre village !

Tandis que tous les habitants ressortaient précipitamment de la grande demeure où ils s'étaient rassemblés pour discuter, Kendan saisit la sentinelle par le bras et lui ordonna de le conduire rapidement à son poste d'observation.

Evan, accompagné par Aiswyn, Gaelion et Caessia, suivit les deux hommes vers la sortie du village. Parvenus à la palissade de rondins, ils eurent la mauvaise surprise de constater que le garde avait dit vrai.

Tout autour du hameau, imprégnant la forêt environnante de leur abjecte présence, plusieurs centaines de créatures semblaient n'attendre qu'un signal pour donner l'assaut.

— Je le savais…, murmura Kendan dans sa barbe, entre deux malédictions. C'est normal, ils n'ont envoyé qu'une petite escouade, hier… Ils pensaient s'emparer de Sorcelame en évitant toute perte. Mais la ruse n'ayant pas fonctionné, ils sont maintenant prêts à employer la manière forte, quitte à prendre ce village !

Evan frissonna en contemplant le spectacle qui s'offrait à lui. C'était une véritable légion…

Il y avait un grand nombre d'humanoïdes en cape noire, comme il en avait affronté la veille. Quant à leurs montures, elles étaient semblables à d'immenses oiseaux noirs aux ailes flasques et membraneuses, dénuées de plumes. Leur comportement au sol était une sorte de reptation obscène, qui donnait à penser au garçon qu'elles étaient peut-être capables de s'enfouir et de creuser comme d'immenses taupes…

Une poignée d'hommes chauves, enfin, semblait coordonner les opérations. Grands et pâles dans leurs longues robes noires, ils portaient une araignée tatouée sur le front et ne s'aventuraient jamais hors de la pénombre des arbres.

— Des Ombriens ! jura Kendan tout bas. Et il s'agit certainement de démonistes… Bon sang, tout est perdu…

De l'autre côté d'Evan, Caessia aussi parlait toute seule :

— Comment une telle armée a-t-elle pu voyager depuis

Sü'adim jusque si loin dans le Sud ? s'interrogeait-elle, stupéfaite. C'est tout simplement impossible !

Le barbare, qui l'avait entendue, déclara :

— Ils sont venus grâce aux montures volantes des Shërlims... Elles sont presque invisibles, la nuit, et peuvent parcourir des centaines de lieues avant d'être obligées de se poser.

Pourtant, les noires créatures continuaient de se dandiner à terre comme de gros vers, griffant le sol de leurs serres avec des raclements aigus. Voyant ces bêtes ainsi dépourvues de grâce, leurs ailes pendant mollement comme deux appendices inutiles, Evan avait peine à croire qu'elles étaient tout simplement capables de voler...

Un concert de voix mécontentes s'élevait maintenant, depuis les villageois rassemblés et tremblants :

— Bon sang ! pestaient-ils. Mais qu'on leur donne cette épée !

Ces récriminations commençant à se faire pressantes, Kendan se dressa de toute sa taille et engloba l'assistance de son regard d'acier fondu :

— Comment ? s'exclama froidement le manchot. Êtes-vous sûrs de vouloir rendre à la Dernière Prophétesse l'artefact qui la mènera à la complète régénération de son pouvoir ? En êtes-vous bien sûrs ?

Confrontés à cette voix tendue et grave, à ses yeux brûlants, les habitants du bourg se mirent à se plaindre sur un mode moins agressif :

— Ce n'est pas nos affaires..., ronchonnaient-ils avec de grands gestes désemparés. Allez donc régler vos histoires ailleurs...

Mais certains, dont le bourgmestre, s'étaient déjà tus. Ils semblaient avoir réalisé que les paroles ne changeraient plus rien.

Kendan reprit :

— Les serviteurs de la Mère Stérile n'attaqueront pas avant la tombée de la nuit, affirma-t-il. Voilà qui nous laisse le temps d'organiser notre défense.

Les villageois jurèrent de plus belle :

— Il est fou ! gémirent-ils. Il y a toute une armée, là dehors... Nous nous battrions à un contre dix !

Le barbare les fit taire d'un geste autoritaire.

— De toute façon, assura-t-il avec gravité, nous n'avons pas le choix. *Vous* n'avez pas le choix. Le sort de Genesia tout entière dépend de nous, à présent...

Mais la plupart des habitants du village hochaient toujours la tête énergiquement, incapables de se rendre à l'évidence.

Gaelion prit alors la parole de sa voix modulée et apaisante :

— Il a raison, dit-il, comme à contrecœur. Je sais bien que c'est injuste... Que vous n'avez rien demandé... Mais l'armée de Chaosiens est là, encerclant le village, et Sorcelame est à l'intérieur. Nous sommes tous concernés, maintenant : chacun d'entre nous devrait être prêt à donner sa vie pour empêcher que la Mère Stérile entre en possession de Sorcelame.

À nouveau, cris et lamentations se firent entendre. Mais de nouveau, sur les visages de certains hommes restés muets, on pouvait lire compréhension et résignation. Le bourgmestre, épongeant son front avec son mouchoir, s'adressa bientôt à ses administrés :

— Mes amis, fit-il d'une voix forte pour couvrir la rumeur, je crois qu'il faut nous préparer à nous défendre. Les étrangers ont raison, hélas... Si ces créatures de cauchemar s'emparent de ce qu'elles sont venues chercher, que croyez-vous qu'il adviendra de nous et de notre village ?

Il balaya ses concitoyens du regard, les yeux brillants de terreur et de rage.

— Je sais que nous n'y sommes pour rien... Mais nous en sommes responsables, à présent.

Quelques approbations timides se firent entendre, ridant la surface d'un silence de mort.

Gaelion s'adressa de nouveau à la foule :

— Je suis désolé..., murmura-t-il avec sincérité. Moi non plus, je n'avais pas prévu de mourir ici, vous savez. Mais s'il le faut, j'accepte mon sort, puisqu'il n'y a rien d'autre à faire.

» À présent, Genesia ne peut plus compter que sur nous. Ce soir, votre village – avec toutes ses ressources en courage et en valeur… et avec seulement ça – sera l'endroit où se jouera le destin du monde.

Sur ces mots, le chef du village demanda aux hommes du conseil de le suivre dans sa maison avec les étrangers, afin de préparer la bataille. Convié malgré lui à cette pathétique réunion d'état-major, Evan obtempéra en soupirant. Il se pencha à l'oreille d'Aiswyn :

— Cette fois, j'ai bien peur que…

Mais la bergère le coupa, l'index sur la bouche :

— Attendons ce que Kendan a à dire, murmura-t-elle avec espoir. Il a certainement un plan…

Pour commencer, lorsque tous se furent installés dans la demeure du bourgmestre, le manchot donna une série de conseils stratégiques pour renforcer les défenses du hameau. Il ordonna que la palissade soit vérifiée et renforcée autant que possible, et expliqua comment placer les hommes sur toute sa périphérie. Il fit brièvement l'inventaire de tout ce qui pouvait s'apparenter à une arme, et en mit au point la distribution entre les défenseurs. Puis, lorsque les considérations purement tactiques eurent été réglées, il marqua une longue pause et fixa l'assemblée d'un air pénétré :

— Je n'aurais jamais cru avoir à faire ça…, soupira-t-il enfin. Mais je crois que c'est maintenant notre seule chance de résister à l'attaque des Shërlims…

À la fois pleine d'espérance et alarmée par son ton dramatique, l'assistance le laissa poursuivre :

— Il faut que Sorcelame soit utilisée contre nos ennemis, lâcha-t-il, la mort dans l'âme. Quels que soient les risques, cela représente notre seul espoir.

Un brouhaha de questions s'éleva alors, inintelligible. Le barbare continua par-dessus ces voix :

— Seuls ces deux enfants, Evan et Caessia, expliqua-t-il en les désignant, ont démontré qu'ils étaient capables de tenir l'arme… Les créatures lanceront l'assaut au crépuscule. D'ici là, il nous faut savoir lequel des deux sera en mesure de…

Evan perdit le fil comme Caessia lui chuchotait à l'oreille :

— En tout cas, ce ne sera pas moi, désolée... Ils ont déjà essayé de me convaincre toute la matinée, disant que je paraissais la plus mature et la plus fiable de nous deux. Mais j'ai refusé.

L'orphelin lui lança un regard en coin, interrogateur.

— Jamais je ne toucherai un objet tranchant, s'expliqua-t-elle. Je n'en ai pas le droit. C'est la règle du monastère où j'ai grandi, et... c'est plus qu'un serment, tu comprends ?

Elle ajouta, comme pour elle-même :

— Personne ne peut comprendre ce qui me lie aux moines de Jade, ni ce que je leur dois...

Evan fit la moue, bien décidé lui aussi à ne plus approcher *cet* objet tranchant en particulier. Mais il reporta son attention sur le bourgmestre, qui s'exclamait avec inquiétude :

— N'est-ce pas risqué ? Vous avez vu ce qui s'est produit, la dernière fois... Et si les jeunes gens se retournaient contre nous ?

Kendan acquiesça, compréhensif, mais répondit fermement :

— Nous n'avons pas le choix. Il le faut ! Pour sauver le village... Et pas seulement le village. Nous traiterons chaque problème en temps utile.

Puis, se tournant vers Evan comme ce dernier l'avait redouté :

— Nous avons déjà supplié Caessia, mais elle se refuse à manipuler l'artefact. Pourrons-nous compter sur toi, mon garçon ?

Mis ainsi au pied du mur, l'orphelin sentit la moutarde lui monter au nez :

— Certainement pas ! se défendit-il. Vous rêvez, ou quoi ?

Comme seul un silence pesant et tendu lui répondait, il ajouta sur le même ton :

— Vous savez bien ce qui m'est arrivé la nuit dernière ! Je préfère encore y passer, plutôt que de revivre ça...

Prenant un air buté, il croisa les bras sur sa poitrine. Le poids des regards sur lui le démangeait presque... Il avait l'impression de pouvoir entendre les reproches que l'assemblée adressait mentalement à celui qu'ils devaient tous considérer comme un gamin capricieux... Mais Evan ne pouvait pas leur expliquer à quel point son expérience de la veille avait été effrayante et destructrice. *C'est vrai,* songeait-il sincèrement, *je préfère mourir plutôt qu'être possédé de nouveau par Sorcelame...*

Kendan adopta une expression sévère pour s'adresser de nouveau à lui :

— Evan, dois-je te rappeler que c'est ta faute si tout cela est arrivé ? Par le Lion Rouge, il faut que tu apprennes à assumer tes responsabilités ! À présent, tu te dois à ces gens !

Comme la voix du manchot avait enflé jusqu'à la colère, l'orphelin haussa le ton à son tour :

— Bien sûr ! rugit-il. Je vais prendre cette foutue épée et sauver tout le village ! Me battre seul contre cette armée de cauchemar ! Vous m'avez bien regardé ?

Baissant les yeux, il ajouta honteusement :

— Je ne suis pas un héros, hélas. J'ai quinze ans, et je suis un berger. Il y a un mois, je n'avais encore jamais quitté mon village. Voilà la vérité.

Il releva alors la tête et chercha un soutien dans le regard de Gaelion. Mais ce dernier, au lieu de lui apporter compréhension et réconfort, se contenta de soupirer tristement.

— Kendan a raison, confessa-t-il, objectif malgré le secret différend qui l'opposait au barbare. Il y a parfois des choses que l'on *doit* faire.

Cela dura ainsi pendant plusieurs heures.

Sans relâche, ils tentèrent de le convaincre. Evan eut l'impression qu'il allait devenir fou. Seule Aiswyn et, dans une moindre mesure, Caessia semblaient le comprendre et ne pas chercher à l'enfoncer.

À un moment, du bruit et des éclats de voix se firent entendre à l'extérieur. Le bourgmestre envoya précipitamment l'un des hommes du conseil aux nouvelles. Dans le silence des minutes qui suivirent, on entendit soudain des cris atroces s'élever au loin...

Lorsque le villageois revint parmi l'assemblée réunie, son teint était livide et ses yeux hagards :

— Ils les ont tués…, bredouilla-t-il, hébété.

Dès qu'il fut en mesure de fournir de plus amples explications, l'état-major de fortune apprit qu'un groupe d'habitants du hameau avait essayé de quitter les lieux, fuyant la bataille à venir. Mais les Chaosiens, qui maintenaient leur siège du village, les avaient rattrapés, et massacrés.

Enfin, pas tous…, comprit bientôt Evan, l'estomac retourné. En effet, les cris ne semblaient pas devoir se taire, à l'extérieur du bourg. Certains des villageois pris par l'ennemi hurlaient encore et encore, sans doute mis au supplice par les serviteurs de la Mère Stérile. Avec un frisson révulsé, l'orphelin songea que ces créatures étaient bien réelles, attendant patiemment à moins d'une lieue d'eux, et que leur tour viendrait peut-être bientôt.

Les membres du conseil, secondant Kendan et Gaelion, redoublèrent alors d'efforts pour le faire céder. Mais il s'obstina dans son refus.

Les malheureux déserteurs criaient encore, leur glaçant le sang à tous, à mesure que l'après-midi défilait. Ils mouraient lentement, sous les tortures infligées par leurs ennemis, laissant les assiégés imaginer les tourments qui les attendaient. Sapant le moral des villageois restés à l'intérieur, qui pâlissaient de minute en minute…

Comme il observait ces derniers par la fenêtre, Evan se dit qu'il ne faudrait rien attendre d'eux, lors de la bataille qui se livrerait la nuit prochaine. Ces paysans tremblants ne possédaient ni les armes ni la force de les tenir. Tout ce qu'ils pouvaient faire, à l'heure actuelle, c'était rassembler leur famille autour d'eux, et pleurer de terreur en se blottissant les uns contre les autres.

Evan se demandait encore ce qui le retenait d'en faire autant.

Se dressant soudain d'un bond, comme le barbare manchot se perdait au milieu d'un nouveau couplet sur la responsabilité et la nécessité dans laquelle ils se trouvaient, l'adolescent dressa le poing et s'écria :

— Assez ! Je sais que c'est ma faute ! Mais rendez-vous à l'évidence... Nous allons tous mourir, c'est tout ! (Il se tourna vers Aiswyn, implorant son pardon du regard, puis soutint de nouveau celui des adultes avec défi.) Et vous êtes une bande de fous si vous pensez que je serais capable d'y changer quoi que ce soit...

Sur ces mots crachés comme une malédiction, il s'en fut en claquant la porte, laissant toute l'assemblée abasourdie. Il courut jusqu'à la grange, et se jeta sur les genoux, les bras passés par-dessus la tête comme pour se protéger, les coudes pressés sur ses oreilles afin de ne plus entendre les hoquets des suppliciés.

Il ne savait pas combien de temps s'était écoulé ainsi, lorsque la porte grinça en s'ouvrant doucement.

Arrivant dans son dos, quelqu'un vint passer une main apaisante dans sa tignasse épaisse.

— Je ne te blâme pas..., souffla gentiment Aiswyn.

Toujours agenouillé, il la remercia silencieusement, baisant la main qu'elle avait posée sur lui.

— Qu'est-ce que je devrais faire, petite sœur ? Que ferais-tu, toi ?

La bergère soupira.

— Nous sommes trop jeunes pour endosser de telles responsabilités, affirma-t-elle patiemment. Peut-être que d'autres le pourraient, mais... on ne peut pas demander à un arbrisseau de cacher le soleil.

» Cependant, il ne faut pas leur en vouloir, nuança-t-elle. Ils ne te connaissent pas comme je te connais. Ils ne peuvent pas comprendre combien tu es jeune et frivole... Te demander de prendre une telle charge sur tes épaules, c'est de la folie !

Evan leva enfin les yeux :

— Tu me trouves immature ?

— Non..., se corrigea-t-elle, sans toutefois sembler très sûre d'elle. Indépendant, individualiste... Enfin, ils n'ont pas le droit de te demander ça : tu n'es pas fait pour porter le sort du monde !

» Moi, je t'apprécie tel que tu es. On ne peut pas changer la nature des gens.

Elle chercha soudain ses mots, hésitante, puis conclut :

— Je voulais simplement que tu saches… Quoi qu'il puisse advenir, tu as mon soutien.

Evan ne répondit rien, mais pressa fortement la main de son amie sur son front, et ils restèrent ainsi de longues minutes.

— Comment sont les villageois ? demanda-t-il enfin.

Aiswyn eut un geste évasif :

— Apeurés, mais décidés à se battre, je crois.

— Je vois. Étrange, hein, d'imaginer que nous allons mourir ici, dans quelques heures…

— Ce n'est pas ta faute, répéta obstinément Aiswyn.

Le garçon se leva, semblant courbaturé comme un vieillard, et se dirigea vers la sortie.

— J'ai besoin d'être un peu seul, déclara-t-il. Je te retrouve tout à l'heure.

S'arrêtant néanmoins à l'entrée de la grange, il se retourna et ajouta :

— Aiswyn… Merci. C'est bon de savoir qu'une personne, au moins, me comprend et ne m'en veut pas.

L'orphelin partit alors faire les cent pas, son regard fiévreux défiant quiconque de l'approcher. Les heures passèrent, les pathétiques défenses du village s'organisant peu à peu.

Lorsqu'arriva le crépuscule, l'adolescent vint se dresser seul au centre du village, où tous les visages se tournèrent vers lui.

Il se tenait très droit, arborant une posture martiale. Sorcelame luisait dans sa main.

Chapitre 33

Nul n'eut le temps de lui poser la moindre question. Les cris stridents des créatures déchirèrent l'espace tandis qu'elles fondaient sur le village. Aussitôt, ce fut un chaos indescriptible de battements d'ailes, les victimes se débattant au milieu de leurs attaques en piqué.

Très vite, les villageois se dispersèrent, courant bravement à leurs postes de combat. Malgré la panique, ils tâchaient d'appliquer les commandements de Kendan.

Evan, quant à lui, se concentrait sur ses efforts pour ne pas laisser l'âme de Sorcelame prendre le contrôle de son corps. Il sentait que l'arme luttait, s'agitait… Une partie de sa conscience était comme plongée dans un labyrinthe. Mais son expérience de la veille n'avait pas été inutile : se servant de ses souvenirs, il revoyait en pensée le chemin sur lequel l'esprit de Caessia l'avait guidé. Grâce à ce repère, il s'orientait le long des souples fils argentés, et maintenait l'esprit de l'épée sous son emprise, comme une bête en cage.

Peu à peu, il prenait confiance, et ce duel intérieur lui demandait moins de ressources. Ce qui lui permit de se concentrer sur les combats.

La plupart des kyntyls, ainsi que le barbare manchot avait nommé les créatures volantes, s'étaient d'abord ruées vers lui. Il n'en avait conçu aucun étonnement : Sorcelame devait attirer les serviteurs de la Mère Stérile comme un aimant.

Mais la Compagne de Gaelion était alors entrée en scène, commençant à produire la même mélodie que la veille, ce qui troubla les monstres ailés et les obligea à se poser. Evan en vit certains s'écraser non loin de lui, tandis que d'autres atterrissaient tant bien que mal parmi les défenseurs.

De l'autre côté de la palissade, des exclamations de rage s'élevèrent… Les chefs ombriens, qui avaient pensé s'épargner un long siège en investissant le village par la voie des airs, en étaient quittes pour revoir leurs plans.

Suffisamment de kyntyls s'étaient cependant introduites dans l'enceinte du hameau pour menacer la sécurité des défenseurs. Leurs cavaliers, ces étranges êtres encapuchonnés que l'orphelin avait déjà affrontés, se ruaient déjà dans sa direction.

Evan se força à respirer calmement. Tant que Gaelion jouerait, les autres créatures resteraient au sol, obligeant le gros de l'armée à attaquer le bourg par ses portes… Il pouvait donc, pour le moment, se concentrer sur les adversaires qui accouraient vers lui.

Dans sa main, les runes pourpres de Sorcelame brillaient faiblement. Du regard, il chercha Aiswyn, mais ne la trouva pas. Sans doute avait-elle rejoint la palissade, conformément à ce qu'elle avait annoncé lorsque Gaelion avait voulu la mettre à l'abri. Le garçon ne pouvait s'empêcher de trembler en l'imaginant là-bas, seulement armée d'un ridicule lance-pierre… Il aurait mille fois préféré la savoir enfermée à double tour dans la grande maison qui abritait les vieillards et les enfants du village.

Evan chassa cependant ces pensées angoissantes, et prit soin de mobiliser toute ses facultés sur le moment présent. Il fit bien, car le premier adversaire fut bientôt sur lui.

Laissant à Sorcelame juste assez de liberté pour qu'elle guide son bras, il l'accompagna autant que possible dans l'arc de cercle mortel qu'elle dessina. Le coup porta.

La cape flottante du Chaosien fut soufflée, au niveau supposé du thorax de l'humanoïde. Les yeux rouges et lumineux de ce dernier s'éteignirent aussitôt.

Sorcelame, poursuivant son mouvement en sifflant, trancha un nouvel ennemi en deux. Verticalement, cette fois, l'épée lacéra le tissu de la cape, ainsi que la chose qui se dissimulait à l'intérieur. Le temps d'un battement de cœur, avant que l'entité maintenant anéantie ne disparaisse, Evan eut le temps d'apercevoir enfin sa véritable apparence… Il frissonna, découvrant qu'en réalité, les Shërlims n'avaient rien d'humain : sous leurs capes noires, il n'y avait que des ombres, parmi lesquelles dansaient cinq ou six de ces tentacules osseux qu'il avait d'abord pris pour des fouets… À l'endroit où aurait dû se trouver le cœur d'un être humain, ces appendices tranchants se rassemblaient en un nœud de lumière rouge pulsante. Il aurait aimé détailler davantage la mystérieuse créature sans visage, mais en mourant, celle-ci ne laissa aucune autre trace que le tissu noir qui lui servait d'enveloppe.

Evan continua à se battre, comme arrivaient de nombreux nouveaux adversaires. Les Chaosiens semblaient presque se bousculer pour l'atteindre, leurs yeux rouges vibrant à l'unisson des runes de Sorcelame. Avec avidité, ils flottaient jusqu'à lui en fendant la foule des défenseurs, indifférents à tout autre ennemi.

L'épée, dans la main du garçon, se mouvait toujours avec grâce, parant aisément les tentacules tranchants. L'adolescent, lui, faisait son possible pour conserver ses mains fermement serrées sur la garde, et pour suivre les vives circonvolutions de son arme. L'aura pourpre autour de la lame commençait à prendre plus de substance, si bien que Sorcelame laissait maintenant des traînées en forme de huit derrière chacun de ses arcs de cercle.

Du coin de l'œil, Evan essayait de surveiller comment évoluait la situation sur le reste de la place. Les kyntyls, forcées à se poser par la mélodie de Gaelion, avaient repris leur mouvement de reptation et glissaient de manière répugnante vers les villageois. Traînant leurs ailes derrière elles comme deux poids morts, elles n'en demeuraient pas moins agiles, donnant de cruels coups de bec et de serres dans toutes les directions.

Non loin de là, Caessia gisait, inconsciente. Elle était tombée dès les premières secondes de la bataille, comme Evan l'apprendrait plus tard. Ses talents de jadienne s'avérant totalement inutiles contre ces Shërlims sans véritable corps physique ni points vitaux traditionnels, elle avait été prise par surprise… Lacérée en plusieurs endroits, elle demeurait immobile dans une flaque de sang, sans que l'adolescent pût juger de la gravité de son état.

Chose étonnante, son Troll domestique semblait avoir traîné sa maîtresse à l'écart, et paraissait même monter la garde devant son corps comateux. Plus surprenant encore pour Evan fut de voir l'animal brandir une étrange chaîne cloutée, s'en servant comme d'une arme contre les kyntyls qui tentaient d'approcher. Le garçon n'avait jamais entendu parler de Trolls sachant se battre, et pourtant celui-ci se démenait avec une habileté qui semblait le fruit d'une longue expérience. Il supposa que la bête était plus intelligente que ses congénères, ayant ainsi pu être spécialement dressée pour la défense.

Son tour d'horizon lui montra enfin que les villageois, peut-être encouragés par sa présence, se tenaient mieux qu'il ne l'avait cru. Ils ne reculaient pas, face à la poussée des ennemis qui cherchaient à atteindre le porteur de Sorcelame.

Quant à ceux qui défendaient les portes, ils faisaient preuve d'encore plus de bravoure. Les combats faisaient rage sur toute la périphérie de cette ceinture de rondins, mais particulièrement au niveau de l'entrée du hameau. Les Chaosiens y lançaient leurs kyntyls contre les portes, faisant vibrer et chanceler toute une partie de la palissade. Harangués par Kendan, qui avait revêtu trois longues griffes métalliques, accrochées au bout de son bras valide, les paysans se battaient vaillamment pour interdire l'entrée du bourg à l'ennemi.

Quelque chose se passa soudain sur la droite d'Evan, captant son attention. Sans qu'il sache bien comment ils avaient pénétré dans le village, quatre sorciers ombriens étaient là, escortés par une petite unité de Shërlims. Ce qui avait attiré l'œil du garçon, c'était l'aura blanche qui venait d'apparaître autour des grands hommes chauves… Tandis que les sorciers prenaient position en carré, des flux d'énergie fusèrent, en quatre fils de lumière pâle, qui vinrent relier leurs corps. La zone ainsi délimitée faisait une dizaine de pas en longueur, protégée par l'escorte des sorciers.

Alarmé, l'adolescent essaya de se rapprocher, mais les Shërlims qui l'encerclaient toujours réduisaient sa mobilité. Tombant pourtant sous les coups de Sorcelame, les Chaosiens paraissaient encore nombreux entre Evan et les sorciers…

En quelques secondes, l'orphelin vit les Ombriens commencer à psalmodier, et un losange blanchâtre apparut dans les airs au-dessus d'eux.

Pressentant un grave danger, il aurait voulu accélérer le mouvement, mais il n'était pas maître de ses bras, et devait laisser Sorcelame se battre pour lui s'il voulait avoir la moindre chance de survie.

Le losange s'ouvrit en croix, comme si on déchirait l'espace, et révéla un nouveau paysage. Comme s'il s'agissait d'une porte flottant au-dessus du sol, ouverte sur un ailleurs nébuleux et pourpre.

Evan ne voyait pas bien ce qu'il y avait de l'autre côté du portail, mais il craignait le pire. Comme les sorciers continuaient à psalmodier leurs monocordes incantations, le losange s'agrandit peu à peu, jusqu'à atteindre bientôt plusieurs mètres de large.

Une forme inconnue y fit alors son apparition, silhouette ondulante et menaçante. Prête à enjamber le bord du portail magique, la créature de cauchemar fut bientôt pleinement visible, et Evan faillit lâcher pied de frayeur.

C'était un être hybride, le haut d'un corps de femme s'élevant depuis le tronc d'une énorme araignée. Les longues pattes crissantes s'agitaient contre les limites du losange, cherchant à passer du côté où se trouvaient Evan et Sorcelame. Mais, par chance, le portail n'était pas encore assez large…

L'adolescent trembla en observant l'entité. Cette image évoquait quelque chose dans sa mémoire, mais il ne parvenait pas à se rappeler quoi. Vaguement, l'idée d'une vérité colossale et innommable le taraudait, comme il fouillait dans son esprit à sa recherche.

Une femme-araignée... Tout ce qu'il savait, pour le moment, c'était qu'il ne devait pas la laisser sortir. De cela, il avait une certitude viscérale.

Il lui fallait donc à tout prix abattre les sorciers... en espérant que cela suffirait à refermer le portail magique. Fébrilement, il tenta de compter les ennemis qui le séparaient encore des Ombriens. Mais il ne parvenait toujours pas à les dénombrer. Ils étaient nombreux, se fondant les uns dans les autres, agitant leurs fouets d'os tranchants comme une forêt de lianes. Ils l'encerclaient, avançaient sur lui sans relâche, de leur démarche qui n'en était pas une, progressant en glissant comme des ombres. Et les efforts des quelques villageois qui essayaient de l'aider à s'en libérer n'y changeaient rien.

L'immense créature, confiante, arborait un sourire cruel. Son torse humain possédait quatre bras, qui ondulaient selon une danse lente et hypnotique. Sa peau était d'une couleur terne, uniforme, entre le bleu et le violet, sauf sur sa partie animale, couverte de plaques de chitine plus foncée.

Elle paraissait sublime et terrible.

Simplement en l'apercevant, plusieurs habitants du village n'avaient pu supporter la puissance de l'aura qui émanait d'elle, et s'étaient écroulés, comme foudroyés. Evan lui-même se sentait prêt à défaillir. Jamais il n'avait vu une entité dégageant un tel pouvoir. Il était comme figé de terreur, ses bras seuls demeurant mobiles, accrochés à l'épée qui se battait toujours avec acharnement.

La créature avait maintenant passé la moitié du corps à travers le portail maintenu par ses sorciers. Alors, Evan reçut comme un choc, car ses souvenirs lui revenaient enfin...

Ce que sa mémoire avait essayé d'oblitérer, cette vérité abominable dont il n'avait d'abord pas voulu se rappeler, c'était la plus horrible des légendes qui couraient à la surface de Genesia. Celle qui évoquait la peur ultime, la fin de tout espoir. Qui parlait d'un être monstrueux tapi dans sa retraite depuis mille ans, enfermé après avoir failli imposer sa loi au monde et détruire les Six Royaumes…

Evan se souvenait. Cette sombre déesse, mi-femme, mi-araignée, correspondait à l'apparence qu'on prêtait traditionnellement à… la Mère Stérile.

Il sursauta soudain, tiré de sa transe terrifiée, comme de grands cris s'élevaient par-dessus la rumeur des combats. Tournant la tête, il vit que dans son dos, les portes manquaient de céder sous les assauts de l'ennemi. Les défenseurs n'étaient pas assez nombreux pour tenir tête à une armée entière… Ils ne pouvaient plus contenir les Chaosiens. Ils en avaient déjà fait plus qu'Evan eût cru possible.

Non, pas maintenant…, gémit-il mentalement. *Laissez-moi encore un peu de temps…*

Si les portes lâchaient, il le savait, tout était perdu. Même armé de Sorcelame, il ne pourrait pas faire face sur deux fronts à la fois. Pris en tenaille entre les ennemis de l'extérieur et ceux qui avaient déjà pénétré dans le village, il échouerait à atteindre les sorciers avant que leur monstrueuse maîtresse n'ait franchi l'arche magique.

Alors, la bataille serait finie. Le sort de Genesia serait joué. On ne luttait pas contre la Mère Stérile.

Avec une vigilance anxieuse, il observa comment les villageois et Kendan tentaient encore de tenir les portes fermées. Il vit le bourgmestre connaître une mort héroïque, se servant de son corps pour faire bouclier contre un tentacule osseux qui allait décapiter le barbare. Il vit Kendan mener une dernière charge, puis tomber à son tour. Beaucoup trop loin. Le garçon ne pouvait rien faire…

Les portes cédèrent.

Evan, qui avait presque atteint le premier des quatre sorciers, encouragea son épée de toute son âme, tâcha de se positionner le mieux possible pour la placer dans des configurations meurtrières.

Ayant fait voler en éclats les portes de rondins et une partie de la palissade, les Shërlims et leur kyntyls se ruaient maintenant à l'intérieur du village, fondant sur Evan.

Mais ce dernier faisait enfin face au sorcier ombrien en longue robe cérémonielle. Sorcelame se leva alors, et frappa son front tatoué d'une araignée, faisant gicler un sang noir comme de l'encre.

Immédiatement, le portail vacilla et clignota, avant de se réduire brutalement d'un quart. La Mère Stérile, repoussée, lâcha alors un cri de rage qui parut emplir le monde entier, résonnant dans les entrailles d'Evan comme un tremblement de terre.

Mais l'adolescent ne se laissa pas intimider. Encouragé par son succès, il vola de sorcier en sorcier, en un seul et même mouvement souple et délié. Accompagnant Sorcelame comme s'il se fût agi d'une gracieuse cavalière, il la fit danser presque amoureusement, menant son fil jusque sur les torses et les gorges des Ombriens.

Lorsque la tête du quatrième et dernier roula à terre, avant même qu'il n'ait pu réagir, le losange se referma d'un coup sec. Levant les yeux, Evan vérifia avec soulagement que le portail magique avait bel et bien disparu. Là où s'était tenue la Mère des Douleurs, il n'y avait plus que le ciel étoilé d'une nuit d'été…

Mais la mort des quatre sorciers eut aussitôt d'autres conséquences. Semblant subitement désorientés et aveugles, les Shërlims se mirent à hurler, faisant entendre leur voix sinistre pour la première fois. C'était comme une longue sirène haletante, un son assez proche du hululement criard de leurs montures ailées.

Les Chaosiens s'éparpillèrent alors dans toutes les directions, et les défenseurs mirent quelques instants à comprendre que l'ennemi tentait de battre en retraite. En une minute, pourtant, l'armée des ténèbres eut disparu dans les bois environnants.

Evan, n'en revenant pas, lâcha Sorcelame à ses pieds.

Soudain pris d'une folle angoisse, il chercha Aiswyn et Gaelion du regard. Tous deux semblaient sains et saufs, ce qui le soulagea au-delà des mots. Il n'aurait pas supporté que son amie d'enfance doive payer les conséquences de ses actes…

Kendan, en revanche, était mourant. Une poignée de villageois l'entouraient avec amitié et respect, assistant à ses derniers instants. S'approchant à son tour, Evan vit le barbare manchot lui faire signe de s'agenouiller près de lui.

— Sorcelame…, haleta-t-il, du sang coulant entre ses lèvres.

— Je l'ai posée là, tout près, fit le garçon. Je vais vous la chercher…

Mais Kendan hocha négativement la tête, saisissant l'adolescent par le bras. Sa prise était ferme, presque agressive, tandis qu'il plongeait son regard de métal brûlant dans celui d'Evan :

— Finrad…, toussa-t-il entre deux respirations sifflantes. À Farnesa…

— Comment ? s'étonna l'adolescent, stupéfait que le barbare connaisse son vieillard.

Kendan prit alors une lente et douloureuse inspiration, rassemblant ses dernières forces, concentrant toute son énergie pour parvenir à prononcer une ultime phrase :

— L'Initié… Je devais lui apporter Sorcelame afin qu'il accomplisse le rituel… qu'il la débarrasse de sa corruption…

Sa main retomba, lâchant le poignet d'Evan, comme le barbare se tordait dans un dernier sursaut :

— Apporte-la-lui, petit. Promets-moi de le faire !

L'adolescent resta bouche bée un instant. Un instant de trop, pour le malheureux barbare… Lorsqu'Evan s'apprêta à répondre, il était trop tard pour promettre quoi que ce soit. Le garçon dut se contenter de lui fermer les paupières.

Chapitre 34

Presque une minute, Evan demeura agenouillé là, au-dessus du corps sans vie du barbare.

Arrivé dans son dos, Gaelion lui tendit bientôt la main pour l'aider à se relever :

— Tu nous as sauvés, tous, déclara-t-il avec un petit hochement de tête. Merci, mon garçon. Tu peux être fier.

Aux côtés du Harpiste, se tenaient Aiswyn et Caessia. Cette dernière ne semblait finalement souffrir que de blessures superficielles. Evan supposa qu'elle n'avait été qu'assommée par le choc d'un tentacule. Quant à la bergère, elle avait le regard hagard… La bataille paraissait l'avoir profondément choquée. D'ailleurs, le simple fait qu'elle ne vienne pas immédiatement serrer Evan dans ses bras et lui dire son soulagement qu'ils soient tous deux sains et saufs prouvait bien, à ses yeux, l'intensité de son trouble.

Le garçon, l'air un peu ailleurs, regarda en direction de l'endroit où s'était momentanément ouvert le portail. Il soupira :

— Vous avez vu ? Vous avez vu ce qui a failli se produire ?

Caessia hocha la tête avec gravité :

— Maintenant, au moins, il n'y a plus de doute possible : la

Dernière Prophétesse est bel et bien de retour à la surface de Genesia…

Plongés dans un soudain silence, ils regardèrent autour d'eux. Peu de villageois semblaient avoir survécu… Les vieillards, les enfants et les femmes enceintes qui s'étaient mis à l'abri durant les combats sortirent pour tenter d'aider les blessés.

Comme il faisait un tour d'horizon de ce paysage de désolation, Evan aperçut alors une troupe de cavaliers approchant du village. Jugeant l'événement insolite, au beau milieu de la nuit, l'adolescent alerta ses compagnons.

À en juger par le nombre de leurs flambeaux, les nouveaux venus pouvaient être une vingtaine, galopant en file indienne sur la petite route forestière.

Avec une légère inquiétude, Evan et les autres observèrent l'approche de la troupe. Quelques villageois s'étaient joints à eux, scrutant la route.

— Ça ne peut pas encore être des ennuis…, murmura Aiswyn, hochant la tête.

Son bon sens devait lui souffler que c'était impossible, chacun ici ayant son compte de soucis pour la nuit…

Elle se trompait lourdement.

Lorsque les cavaliers furent assez proches, tous purent reconnaître l'uniforme ecclésiastique des Fraters et de la Soror qui chevauchait à leur tête. Une vieille connaissance d'Evan et de ses amis…

— Oh non, pitié…, souffla Caessia tandis que l'Examinatrice et ses hommes investissaient le village. Par les Anciens Rois, c'est ma faute…

Comme Evan l'observait d'un œil interrogateur, elle déclara :

— La Fraternité. Elle me pourchasse depuis ma naissance. J'avais espoir qu'elle ait perdu ma trace !

L'orphelin ne répondit rien, tandis que la voix de l'Examinatrice s'élevait :

— Quel carnage ! Que s'est-il passé, ici ?

Ce fut l'un des villageois qui lui répondit :

— Nous avons été attaqués par des créatures de Sü'adim.

Nous pouvons tous témoigner.

Les yeux de la jeune Soror s'agrandirent légèrement, marquant son étonnement :

— Vous les avez repoussés ? Intéressant.

Pendant qu'elle paraissait plongée dans ses pensées, Gaelion attrapa Evan et Aiswyn par le bras, leur faisant signe de fuir discrètement.

Mais il était déjà trop tard. Les étincelles noires commencèrent à danser autour de l'adolescent, avant que l'Examinatrice ne les chasse d'un geste.

— Je sais très bien que tu es là, dit-elle en se tournant vers leur petit groupe. C'est précisément la raison de ma venue…

Entendant ces mots, Caessia se pencha à l'oreille d'Evan, murmurant :

— Je suis désolée…

Puis, à voix normale, s'adressant à l'Examinatrice :

— En effet, je suis ici. J'ignore toujours pourquoi vous en voulez à ma vie, mais je sais une chose : les habitants de ce village n'ont rien à voir avec ça. Alors, finissons-en, mais laissez-les en paix.

La surprise se peignit sur le visage de la Soror, tandis qu'elle tendait le bras afin que la lumière de son flambeau atteigne la jeune noble.

— L'infante Caessia ! s'exclama-t-elle. Incroyable… Fraters, on dirait bien que nous allons faire d'une pierre deux coups.

Comme Caessia semblait ne rien comprendre, Evan lui souffla :

— Idiote ! C'est moi qu'elle cherchait…

— Mais…, balbutia la jeune fille. C'est bien moi que vous voulez… tuer, n'est-ce pas ?

L'Examinatrice eut un sourire glacial.

— Te tuer ? Non… Tant que tu vivais à la Nef, tu étais dangereuse… Mais pas ici. Ce qu'on peut contrôler n'est pas dangereux. Ce qu'on peut *utiliser* n'est pas dangereux.

La jeune noble se contenta de secouer la tête, sans paraître concevoir ce que la Soror lui disait.

Au même moment, sur un geste de cette dernière, la moitié

des Fraters se mirent subitement en position, le bout des doigts posés sur les tempes.

Evan aurait voulu réagir, mais il ne savait pas quoi faire.

Très vite, l'air vibra et il entendit le Troll grogner et se débattre. Gaelion, qui avait tenté de saisir sa Compagne, n'en avait pas eu le temps. Et ses bras semblaient à présent refuser de lui obéir, comme tenus à l'écart de la harpe par une force invisible.

Aiswyn, elle-même, avait l'air de se débattre dans un cocon d'air solidifié. Une expression de peur et de dégoût se lisait sur son visage, faisant bondir Evan avec colère :

— Que font vos hommes ? Laissez mes amis !

Sans lui prêter attention, la jeune femme ordonna :

— Faites-les prisonniers. Nous les emmènerons pour interrogatoire.

Deux Fraters mirent alors pied à terre, et entreprirent de ligoter solidement le Troll, le ménestrel et la jeune bergère, toujours paralysés.

Evan et Caessia, qui tentaient de les en empêcher, furent à leur tour saisis par une paire de tenailles invisibles qui les clouèrent sur place. Immobilisés par la force télékinésique, ils durent observer leurs compagnons sans rien faire, échangeant avec eux des regards horrifiés et un concert de gémissements furibonds.

Lorsque ce fut fait, l'Examinatrice ordonna qu'on rase le village, et qu'on passe au fil de l'épée tous les survivants. Entendant cela, Evan sentit ses entrailles se retourner, ne pouvant y croire… Mais la Soror semblait sérieuse. À son lieutenant qui paraissait hésiter, elle dit sèchement :

— Je ne veux pas de témoins, l'affaire est trop importante. Allons ! Vous voyez bien qu'il y a eu une bataille récemment. Finissez le travail : personne ne saura que c'est notre œuvre.

Alors, sous le regard anéanti d'Evan et de Caessia, les Fraters obéirent. Les vaillants villageois qui avaient lutté jusqu'au bout, les blessés, les femmes et les enfants… tous furent massacrés sans détail. Ils n'avaient aucune chance contre les cavaliers, à la fois soldats et Dracomanciens. Les religieux accomplirent cette tâche mécaniquement, semblant imperméables à la moindre pitié, au moindre sentiment.

La fin de la nuit fut faite de cris d'horreur et de supplications, de formes floues se tordant de douleur et s'écroulant dans l'obscurité. Puis une aube funeste se leva enfin, sur les ruines fumantes et jonchées des cadavres du hameau martyr.

La colonne de Fraters était prête à repartir. Les prisonniers avaient été jetés en travers des selles, bras et jambes attachés sous le ventre du cheval. Tous les Daedoriens étaient également remontés.

Seuls Evan et Caessia restaient encore à terre, encerclés par les destriers piaffant déjà d'impatience. L'Examinatrice leur avait rendu leur liberté de mouvement, mais ils savaient bien qu'elle pourrait les immobiliser de nouveau s'ils tentaient quoi que ce soit.

— L'Ost-Hedan…, murmura la jeune femme.

Elle respira profondément, comme si elle savourait pudiquement une heure rare et longtemps attendue.

— Lequel de vous est-ce ? médita-t-elle à haute voix. Nous nous sommes longtemps posé la question…

» Et maintenant, je vais enfin en avoir le cœur net !

Joignant les mains devant son front, elle ferma alors les yeux, faisant apparaître le tatouage brun qui indiquait l'usage de la Dracomancie.

Evan et Caessia sentirent aussitôt leurs veines se comprimer, et il leur sembla bientôt étouffer.

La Soror reprit la parole :

— Vous sentez vos artères se boucher… Vos poumons gonflent et mettent toute votre poitrine sous pression. Votre gorge enfle et l'air ne passe plus.

Elle hocha la tête, pinçant les lèvres dans une parodie de compassion.

— Ce sortilège exerce un poids grandissant sur toutes les particules de votre corps, expliqua-t-elle. Votre sang va s'écouler de plus en plus lentement… En une heure, au maximum, n'importe quel être humain finit par en mourir.

Elle marqua une pause le temps d'un battement de cœur.

Cela fut suffisant aux deux adolescents pour sentir, dans leur corps, qu'elle disait vrai.

— N'importe quel être humain…, poursuivit l'Examinatrice, mais pas l'Ost-Hedan. Je doute que la Dracomancie puisse le tuer. Le blesser, le neutraliser… mais pas le tuer.

» Vous voyez, je saurai bientôt lequel de vous deux vaut la peine que je le ramène à Daedor. Il ne me reste qu'à patienter une petite heure…

Sur ces paroles, elle fit volter son cheval et regagna la troupe de ses Fraters, qui attendaient un peu plus loin.

Evan et Caessia restèrent seuls dans l'obscurité.

Tous deux ressentaient comme un point de côté, mais qui s'étendait dans tout le corps. Même s'ils avaient voulu s'enfuir sans leurs amis, les premiers effets du sortilège les auraient empêchés d'aller bien loin.

Leur sang paraissait devenir plus épais, de minute en minute.

Ainsi isolés dans les ténèbres, ils s'étaient laissé aller sur le côté, s'allongeant pour mieux supporter la pression qui s'exerçait dans leurs veines et leurs voies respiratoires.

Leurs têtes posées tout près l'une de l'autre, ils se regardaient en silence. Ils ne voyaient que les yeux de l'autre, les traits du visage disparaissant dans l'obscurité. L'azur malicieux et rêveur d'Evan sondait le jais profond et brillant de Caessia. Sans pouvoir l'expliquer, ils se sentaient terriblement proches. Suffoquant ensemble, peu à peu… ils savaient pourtant qu'un seul d'entre eux se relèverait de ce sol glacial.

Evan essaya de rire de l'absurdité de leur situation. En vain… Caessia, elle, réussit à dire quelques mots, d'une voix étouffée :

— Alors, l'un de nous deux va mourir ici…, résuma-t-elle.

— Ouais… Pourquoi ? Tu veux prendre les paris ?

• • • SAGIM • CANALE • • •

Achevé d'imprimer en novembre 2003
sur rotative Variquik
à Courtry (77181)

Imprimé en France

Dépôt légal : novembre 2003
N° d'impression : 6984